À PROPOS DE L'AUTRICE

Louise Allen, autrice de plus de quarante romans historiques, vit sur la côte est de l'Angleterre. Aussi longtemps qu'elle se souvienne, elle a toujours été fasciné par l'Histoire. Elle affectionne tout particulièrement l'époque mouvementée de la Régence anglaise, si riche en intrigues de cœur et de Cour.

La proposition du comte de Kendall

LOUISE ALLEN

La proposition du comte de Kendall

Traduction française de
GÉRALDINE PART

Les Historiques

HARLEQUIN

Collection : LES HISTORIQUES

Titre original :
THE EARL'S MARRIAGE BARGAIN

HARPERCOLLINS FRANCE
83-85, boulevard Vincent-Auriol, 75646 PARIS CEDEX 13
Service Lectrices — Tél. : 01 45 82 47 47 - www.harlequin.fr
ISBN 978-2-2804-6032-3 — ISSN 1159-5981

Composé et édité par HarperCollins France.
Imprimé en décembre 2021 par CPI Black Print (Barcelone)
en utilisant 100% d'électricité renouvelable.
Dépôt légal : janvier 2022.

FSC
www.fsc.org
MIXTE
Papier issu de
sources responsables
FSC® C159065

Pour limiter l'empreinte environnementale de ses livres, HarperCollins France s'engage à n'utiliser que du papier fabriqué à partir de bois provenant de forêts gérées durablement et de manière responsable.

Chapitre 1

1er septembre 1814

Si elle avait incarné un personnage d'un des romans écrits par son amie Melissa, Jane aurait à présent été en route pour la frontière écossaise sur une chaise de poste lancée à toute allure sur les pavés, en compagnie d'un gentleman fringant à la réputation sulfureuse qu'elle se serait apprêtée à épouser dans le plus grand secret.

La réalité était malheureusement tout autre. Suite à sa disgrâce, elle se dirigeait vers Batheaston, où elle devait séjourner environ six mois chez sa cousine Violet. Constance Billing, la femme de chambre de sa mère, l'accompagnait. Comment Jane allait-elle pouvoir supporter cette femme pendant un si long trajet ? Cela faisait tout au plus dix minutes qu'elles avaient quitté Londres et elle perdait déjà patience. On pouvait dire que Constance portait bien son nom, hélas… Comment faisait-elle pour bouder ainsi sans relâche et trouver à redire quel que soit le sujet abordé ?

Jane pouvait malgré tout se réjouir sur un point : au moins, ses parents ne l'avaient pas envoyée dans leur demeure familiale située dans le Dorset… Les excentricités dont sa cousine Violet était coutumière ne manqueraient pas de la distraire et, avec un peu de chance, Billing repartirait pour la capitale rapidement après leur arrivée à Batheaston.

— Il est trop tôt pour changer de chevaux, dit Jane en consultant le guide routier qu'elle avait emporté. Kensington se trouve à moins de trois kilomètres de distance de Londres. Je suppose que nous ferons notre première halte à Hounslow.

— Dans ce cas, Miss Jane, pourquoi nous sommes-nous arrêtés ?

— Parce que, comme vous pouvez le constater, la circulation est totalement interrompue, pour une raison ou pour une autre.

Jane tendit le cou pour jeter un coup d'œil à travers la vitre avant du véhicule.

— Ah, je vois. Il y a un accident.

Elles se trouvaient sur la route très empruntée qui traversait le village de Kensington. De toute évidence, les deux véhicules impliqués avaient leurs roues totalement bloquées. Les deux cochers étaient, quant à eux, en train de s'invectiver tout en faisant tournoyer leur fouet en l'air, ce qui n'était par ailleurs d'aucune utilité. D'innombrables passants et d'autres cochers encore s'étaient arrêtés pour observer la scène et y allaient chacun de leurs bons conseils, ce qui commençait à créer de sérieux embouteillages.

Jane baissa la vitre latérale et se pencha par la fenêtre. Soudain, une corne retentit non loin derrière.

— C'est sans doute une diligence ! s'exclama-t-elle. À moins que ce ne soit la malle-poste qui essaie de se frayer un chemin.

Elle revint s'adosser à son siège capitonné et se réjouit de la distraction qui s'annonçait. Elle avait souvent entendu des voyageurs se plaindre des fiacres en raison de leur manque de stabilité sur la route, mais cet inconfort était largement compensé par l'imposante baie vitrée située à l'avant du véhicule qui permettait de voir tout ce qui se passait. Bien entendu, Billing n'approuvait pas un tel poste d'observation et s'arrangeait pour ne jamais regarder dans cette direction. Les récriminations pleuvaient : elles ne bénéficiaient pas de l'intimité nécessaire lors d'un long trajet ; à force de se tordre le cou pour ne pas en perdre une miette, Jane allait finir par attirer l'attention des gredins qui passaient par là…

— Je vous prie de remonter cette vitre immédiatement, Miss Jane, la réprimanda-t-elle tout à coup. Ne me dites pas que vous n'avez pas remarqué cette taverne de l'autre côté de la rue. Ne nous faites pas prendre des risques inutiles.

Jane lui concéda volontiers ce point. Avec sa façade miteuse et ses vitres d'une saleté repoussante, The Civet Cat ne souffrait pas la comparaison avec les charmantes auberges impeccablement tenucs dans lesquelles elle se rendait parfois dans les villages proches de sa demeure familiale.

Alors qu'elle s'imaginait déjà donner un coup de neuf à cette devanture crasseuse et l'agrémentait mentalement de quelques jardinières de géraniums, la porte de la taverne s'ouvrit brusquement sur trois hommes qui sortirent en trombe, faisant aussitôt fuir les passants. Deux autres individus à la mine patibulaire, un gourdin à la main, leur emboîtèrent le pas.

Billing laissa aussitôt échapper un cri.

— Dieu du ciel, ces hommes vont nous rouer de coups jusqu'à ce que mort s'ensuive !

Jane réprima un mouvement d'humeur.

— Ne dites pas de bêtises, Billing, il ne nous arrivera rien. Mais je n'en dirais pas autant de cet homme si personne ne lui porte secours très rapidement.

Un contre quatre ! La bagarre qui s'annonçait n'avait rien d'équitable. Le plus costaud des deux assaillants munis de gourdins avait attrapé par le col un homme de grande taille aux cheveux bruns. Les autres fondirent aussitôt sur ce dernier pour le rouer de coups.

Jane tendit la tête.

— Mais pourquoi personne n'ose-t-il s'interposer ? De toute évidence, il ne s'agit pas d'une simple bagarre d'ivrognes mais d'une agression ciblée. Ils devraient appeler un agent de police !

Le cœur battant, elle observa la scène – et tant pis pour les rappels à l'ordre incessants de Billing ! L'homme de grande taille parvint tout à coup à se libérer et asséna un coup de poing si violent à l'un de ses assaillants que ce dernier tomba à la renverse et vint s'étaler sur ses acolytes.

— Bien joué, monsieur ! Ne vous laissez pas faire !

Billing la tira par la manche d'un coup sec.

— Taisez-vous, pour l'amour du ciel !

Jane fit mine de ne rien entendre. N'y tenant plus, elle descendit la vitre de la portière en toute hâte et s'y agrippa pour observer la scène de plus près. Malgré le formidable coup de poing que l'homme malmené était parvenu à décocher, celui-ci était à présent en bien mauvaise posture. La brute qui s'était affalée sur les trois autres s'était déjà relevée en secouant la tête comme pour se remettre les idées en place et semblait à nouveau prête à en découdre.

Il plongea la main dans la poche intérieure de son gros manteau et Jane retint son souffle. S'il en sortait un couteau, cela se terminerait en un horrible carnage. Mais, à sa grande surprise, l'assaillant extirpa une feuille de papier pliée en quatre qu'il fourra aussitôt dans la poche de l'homme fermement maintenu par ses compères.

— Avec tous nos compliments, lança-t-il avant de saisir à nouveau fermement son gourdin.

Il asséna un coup d'une telle brutalité à l'homme déjà mal en point que les deux comparses qui le tenaient prisonnier en lâchèrent prise. Le malheureux s'étala de tout son long sur le trottoir, percutant au passage une roue du fiacre. Billing laissa échapper un cri de terreur tandis que le véhicule tanguait sur ses essieux.

Scandalisée par ce déchaînement de violence, Jane ouvrit la portière à la volée, saisit l'homme mal en point par le bras et le col de son manteau, puis le tira de toutes ses forces pour l'aider à se hisser à l'intérieur de leur voiture.

— Montez ! lui ordonna-t-elle.

L'homme l'avait-il seulement entendue ? Mais il y avait bien plus urgent. Le grognement furieux que venait d'émettre la brute édentée qui s'était déchaînée sur sa victime ne lui disait rien qui vaille. L'homme blessé s'écroula mollement aux pieds de Jane, faisant tanguer le véhicule. Vite ! Elle referma promptement la portière et l'assaillant se la prit en pleine figure.

Saisissant son ombrelle d'une main, Jane se mit à farfouiller de l'autre dans son réticule. Mais où était donc le pistolet de poche de sa mère ? Elle l'avait pourtant enveloppé dans son mouchoir ! Elle se préparait déjà au pire lorsqu'un grand coup de klaxon lui vrilla les oreilles. La malle-poste passa en trombe, obligeant les badauds qui s'étaient attroupés autour des voitures à s'écarter sur son passage. Le postillon de leur fiacre, qui avait visiblement compris la situation périlleuse dans laquelle ils se trouvaient, saisit sa chance et donna un violent coup de fouet aux chevaux. Le véhicule fit aussitôt une embardée et s'engouffra dans le sillage de la malle-poste, laissant The Civet Cat et les malfrats qui en étaient sortis loin derrière eux.

L'espace d'un instant, Jane crut qu'elle allait se sentir mal. Elle s'obligea à maîtriser sa respiration et déglutit avec difficulté, se débarrassant au passage de ses armes de fortune.

— Miss Jane, demandez immédiatement au postillon de s'arrêter ! Cet individu est en train de salir le bas de nos robes.

Billing se pencha alors par la fenêtre qu'elle venait de descendre d'un coup sec pour apostropher le conducteur.

— Vous n'y pensez pas ! s'écria Jane d'un ton autoritaire. Et si ces horribles brutes nous rattrapaient ? Aidez-moi à le retourner. Oh ! ne soyez pas aussi sotte, Billing ! Ne me dites pas que la vue du sang vous rend malade. Et posez les pieds sur votre siège si vous vous inquiétez tant pour votre robe. Cela aura en plus l'avantage de lui laisser un peu plus de place.

Billing se recroquevilla immédiatement dans un coin, donnant au passage un coup de talon à l'homme étendu à leurs pieds, face contre terre. Il émit à peine un petit grognement. Au moins était-il encore en vie…

Jane se baissa pour lui toucher l'épaule. Le drap de laine de son manteau lui sembla de bonne facture.

— Pouvez-vous vous retourner, monsieur ?

Celui-ci se mit aussitôt à grommeler des propos incompréhensibles, tenta de prendre appui sur ses coudes dans l'espace restreint où il se trouvait, puis jura dans sa barbe lorsque le véhicule roula dans une ornière.

— Non, dit-il dans un souffle.

— Ne bougez pas, dans ce cas. Nous devrions bientôt atteindre une route à péage.

Ils parcoururent environ trois kilomètres avant que la voiture ralentisse pour s'immobiliser ensuite tout à fait.

— Aidez-moi, Billing. *Billing !*

Elles parvinrent tant bien que mal à hisser l'homme sur la banquette. En voyant la profonde entaille qu'il avait à l'épaule, Jane crut défaillir. Il perdait beaucoup de sang, bien plus qu'elle ne se sentait capable de supporter. Quant à son bras, il retombait mollement sur le côté. Ce n'était pas de très bon augure.

Jane glissa son mouchoir sous le manteau du blessé pour presser la plaie, ignorant le cri de douleur et le langage fleuri que cela provoqua aussitôt.

— Maintenez cette compresse de fortune, monsieur.

Il s'exécuta sans rien dire. Ses yeux ne tardèrent pas à se fermer et sa tête se mit à ballotter de droite et de gauche.

Jane compatit aux petits gémissements de douleur qui s'échappaient de sa bouche. Cet homme n'avait certainement pas conscience du lieu où il se trouvait, ni de proférer des jurons en présence de deux femmes. Mais ce n'était pas lui qui la préoccupait le plus. Billing s'était pelotonnée le plus loin possible et ne cessait de l'invectiver, lui répétant en boucle qu'elle leur faisait encourir de terribles dangers et les mettait dans une situation extrêmement inconvenante. Sans parler de son comportement indigne d'une lady !

— Je n'ose imaginer ce que dira votre mère – une dame si respectable ! – en apprenant que… Jamais une lady n'envisagerait un seul instant de…

Jane choisit de faire la sourde oreille. À quoi bon se lancer dans des explications que Billing était incapable de comprendre ?

Le postillon venait de régler le péage et parut s'apercevoir tout à coup qu'il avait un passager supplémentaire à bord. Il passa alors les rênes au garde qui contrôlait l'accès de la route et se planta devant la fenêtre de Jane.

— Que se passe-t-il, miss ? Ce véhicule a été loué pour deux passagers.

— Je suis parfaitement au courant. Je vous demande de faire une halte à la prochaine auberge décente que vous trouverez et vous n'aurez alors plus que les deux passagers prévus à bord.

Il lui adressa un regard dubitatif.

— Si je constate des taches de sang sur les sièges, il faudra me régler des frais supplémentaires à la fin du trajet, dit-il, la mâchoire serrée.

Il remonta néanmoins sur son siège et lança les chevaux au petit galop. Alors que Billing était partie dans une nouvelle litanie de reproches – « Jane, vous ne m'écoutez pas ! » –, leur véhicule s'immobilisa devant une auberge, The Bell and the Anchor.

Jane tourna la tête vers elle.

— Billing, allez demander qu'on nous apporte une bassine d'eau, je vous prie.

— Si j'entre dans cette auberge, Miss Jane, c'est uniquement pour essayer d'enlever les taches de sang de ma robe ! Je vais également aller chercher des gaillards suffisamment costauds pour faire sortir ce vagabond du véhicule, ajouta-t-elle d'une voix suraiguë. Je devrais peut-être aussi leur demander d'appeler un agent de police. C'est sans doute ce que votre mère suggérerait de faire dans un cas pareil, marmonna-t-elle en s'élançant vers l'auberge.

— Descendez immédiatement les bagages de madame, dit Jane au postillon. Ce panier en osier et cette petite valise, juste là.

L'inconnu allait devoir se passer quelques instants de son assistance car il fallait absolument qu'elle mette la main sur son porte-monnaie avant le retour de Billing.

Elle n'eut pas sitôt prélevé deux billets de banque que Billing réapparut, la mine déconfite et flanquée de deux domestiques, sans l'ombre d'une bassine d'eau en vue.

— Que se passe-t-il, Miss Jane ? Que font mes bagages par terre ?

— Billing, vous allez rentrer à la maison. Dans le Dorset. Prenez vos bagages et voilà plus d'argent qu'il n'en faut pour la diligence, pour vous payer une chambre décente et la nourriture dont vous aurez besoin en chemin, ainsi qu'une domestique pour vous accompagner durant le voyage. Cette auberge me semble tout à fait respectable. Je suis sûre qu'ils seront de très bons conseils et vous permettront d'emmener une de leurs servantes avec vous.

Jane glissa à la hâte les deux billets dans les mains tremblantes de Billing puis referma brusquement la portière sans demander son reste.

— Nous reprenons la route ! cria-t-elle à l'attention du postillon.

Ce dernier s'exécuta aussitôt, ignorant les cris indignés de Billing alors que le véhicule s'ébranlait à nouveau. Jane se laissa retomber contre le dossier de la banquette. Tout bien considéré, cet inconnu ferait un compagnon de voyage bien plus agréable que Billing, avec son air revêche et ses plaintes continuelles. Jane tourna légèrement la tête pour observer l'homme d'un peu plus près. Même s'il n'avait rien d'un adonis – en tenant compte de ses ecchymoses, de la saleté et du sang qui ne le mettaient pas à son avantage –, il était bien plus agréable à regarder que Billing. Cela dit, Jane était désormais responsable de lui et n'avait pas la moindre expérience de la manière dont elle devait prodiguer des soins à un homme blessé. Sans compter qu'elle n'avait pas la plus petite idée de la façon dont il se comporterait lorsqu'il reprendrait conscience. La qualité du drap de laine qu'il portait attestait du rang social qu'il occupait, mais ce n'était peut-être qu'un détail trompeur. Et quand bien même ! Fossoyeur ou aristocrate, elle lui aurait porté secours sans faire de distinction.

Melissa l'envierait, sans nul doute. C'était exactement le genre d'aventure qu'elle relatait dans ses romans et qu'elle rêvait de vivre. Son amie allait pourtant devoir se contenter des lettres que Jane lui enverrait dès qu'elle en aurait la possibilité. À sa place, Melissa aurait sans doute brossé un tableau saisissant de la scène que Jane venait de vivre en couchant ses impressions sur le papier, mais Jane possédait quant à elle un autre talent. Pourquoi n'y avait-elle pas pensé plus tôt ? Elle s'assura d'un coup d'œil rapide que l'homme blessé était toujours sans connaissance et que les saignements n'avaient pas repris avant de saisir son carnet de croquis et un crayon bien affûté. Au travail !

Ivo allait ouvrir les paupières puis se ravisa au dernier moment. Il était certes tout endolori mais personne n'était en train de le rouer de coups, ce qui lui procurait déjà un vif soulagement. Il n'était peut-être pas très judicieux de mettre en péril le répit qu'on lui avait accordé, simplement pour satisfaire sa curiosité. Tout ce qu'il savait, c'était qu'il se trouvait dans un véhicule en mouvement. Il pouvait également sentir une vague odeur de cuir et un délicieux parfum aux tonalités florales.

À la façon dont le véhicule oscillait, il en conclut qu'il était sans doute dans un fiacre, et au parfum qui lui chatouillait les narines, qu'il avait probablement été secouru par une lady. Cela le mettait dans une situation plutôt embarrassante mais bien plus enviable que l'embuscade tendue par les brutes que Daphne avait lancées à ses trousses. Affronter la réalité était au-dessus de ses forces. Comment la femme qui autrefois lui répétait inlassablement qu'elle l'adorait et l'attendrait le temps qu'il faudrait avait-elle pu se conduire ainsi ? Mais ce qu'il ressentait lorsqu'il s'autorisait à y songer n'avait aucune importance. Il n'avait pas honoré la promesse qu'il avait faite à son ami sur son lit de mort, voilà ce qu'il ne supportait pas. Le frère de Daphne. Et ce cuisant échec était bien plus douloureux que sa blessure à l'épaule gauche.

Il se concentra alors sur les bruits environnants. Il entendait les sabots des chevaux claquer sur le sol ainsi que les ordres que leur criait le postillon de temps à autre, tandis que le fiacre grinçait et brinquebalait. Il perçut également un drôle de bruit, à la limite de sa conscience, une sorte de grattement très atténué. Il n'aurait su dire pourquoi, mais cela avait quelque chose d'apaisant.

La voiture se mit brusquement à ralentir, prit un virage un peu sec puis s'immobilisa. Ivo ouvrit lentement les paupières et se retrouva aussitôt plongé dans deux jolis yeux noisette ourlés de longs cils.

— Oh ! vous êtes éveillé ! En voilà une bonne nouvelle. Je me demandais comment nous allions nous y prendre pour vous sortir de la voiture si vous étiez toujours inconscient. Vous devez peser votre poids, ajouta la jeune lady inconnue sans le quitter des yeux. Sans compter que vous êtes maculé de sang. Et extrêmement sale.

Il cligna des paupières plusieurs fois d'affilée pour s'accoutumer à la lumière et elle se recula alors légèrement, ce qui lui permit de l'observer un peu malgré le terrible mal de tête qui l'affligeait. Des cheveux bruns, des taches de rousseur et un visage en forme de cœur. Elle n'était pas spécialement jolie et ne souffrait pas la comparaison avec Daphne, qui était d'une beauté à couper le souffle, mais elle semblait à la fois avenante et d'une vivacité contagieuse.

— Nous nous sommes arrêtés devant une auberge. Vous sentez-vous capable de sortir du véhicule ? J'ai demandé à l'un des palefreniers de venir vous aider.

Elle lui adressa alors un sourire, la tête légèrement penchée sur le côté. Ce sourire éclatant lui parut tout à coup bien plus enviable que la moue boudeuse de tant de belles femmes qu'il avait eu la chance de croiser.

Ivo eut soudain l'impression d'être observé très attentivement et cligna à nouveau des paupières. C'était sans doute le fruit de son imagination. Sans parler de tous les coups qu'il avait reçus sur le crâne. Jamais une lady n'aurait dévisagé ainsi un homme. Un inconnu de surcroît. Maintenant qu'il y pensait, jamais une lady n'aurait porté secours à quelqu'un qui se faisait molester, ni ne l'aurait emmené dans son véhicule, comme il en avait un vague souvenir.

— Allons-y, essayons de vous sortir de là, voulez-vous ?

Elle se pencha par-dessus lui pour ouvrir la portière et un homme le saisit aussitôt par l'aisselle.

— Oui, allez-y doucement, faites attention à son épaule gauche.

Quelqu'un le tira alors hors du véhicule et, tandis qu'il tentait de retrouver l'équilibre, il s'affaissa brusquement.

Sa bienfaitrice étouffa un cri.

— Oh ! mon Dieu. J'espère que vos plaies ne se sont pas remises à saigner !

Le palefrenier l'aida aussitôt à se redresser.

— Ah, où ai-je donc mis mon réticule et ma coiffe ?

Les jambes chancelantes, Ivo parcourut la cour de l'auberge du regard et hocha la tête en direction du jeune homme baraqué qui le soutenait et dont émanait une forte odeur d'écurie.

— Où… ?

— Nous sommes à l'auberge The Pack Horse à Turnham Green, dit la jeune lady sans lui laisser le temps de finir sa question. Voulez-vous vous appuyer un peu sur moi ? Non ? Par ici, dans ce cas.

— Qui… ?

— Je m'appelle Jane Newnham. Monsieur l'aubergiste, je souhaiterais un salon privé, de l'eau chaude, du cognac et je vous prierais de faire venir immédiatement le meilleur médecin des environs. Mon… *frère* a été molesté par des voleurs de grand chemin, ajouta-t-elle en lui donnant un petit coup de coude dans les côtes.

Elle désirait probablement qu'il comprenne bien le message – peut-être aurait-elle pu s'y prendre autrement, cependant…

L'aubergiste hocha la tête.

— Excellent, je vous remercie, lui dit-elle.

Ils se remirent alors en route.

— Pourquoi ? parvint à articuler Ivo.

— Parce que vous avez sans doute été poignardé. Et vous avez peut-être d'autres blessures. Mes connaissances en anatomie étant plus théoriques que pratiques, et même si je ne vous pense pas en danger de mort imminent, je préfère avoir un avis médical. Nous y voilà ! Voulez-vous vous asseoir sur ce banc ou vous allonger sur ce divan ? Il n'a pas l'air très confortable, cela dit, et vous risquez fort d'en tomber.

— Je vais m'asseoir.

Par quel miracle était-il tout à coup parvenu à prononcer trois mots sans être interrompu ?

Le palefrenier le déposa sans ménagement sur le banc.

Ivo ravala ce qu'il avait envie de lui dire et attendit que le garçon d'écurie sorte en traînant les pieds.

— J'ai l'impression que je vous dois une fière chandelle, miss. C'est bien *miss*, n'est-ce pas ? Miss Newnham. Je dois cependant reconnaître que je suis très intrigué. Je me souviens vaguement avoir été tiré dans votre véhicule pour être mis à l'abri. Mais je croyais avoir aperçu deux femmes alors que vous êtes seule à présent.

— Billing m'accompagnait. Je me suis débarrassée d'elle dès que j'en ai eu l'occasion. Je l'ai laissée devant une auberge et lui ai donné suffisamment d'argent pour pouvoir rentrer chez elle. C'est la femme de chambre de ma mère. Elle me tapait déjà sur les nerfs avant que vous ne vous joigniez à nous. Et pourtant, nous venions à peine de quitter Mayfair ! Les gens qui émettent continuellement des critiques ont tendance à vite me fatiguer. Pas vous ? C'est un peu comme si on frottait constamment du papier émeri sur mon âme.

À en juger par sa façon de parler et les vêtements qu'elle portait, cette femme était sans conteste une lady. Mais elle avait beau être originale voire un peu fantasque, cela semblait invraisemblable à Ivo qu'une jeune lady voyage seule ! Le respect des convenances interdisait également de se retrouver en compagnie d'un inconnu dans une auberge. Il lui exprima donc sans détour le fond de sa pensée. Avec la plus grande fermeté.

— Ne dites pas de bêtises, répliqua-t-elle aussitôt. Je n'allais tout de même pas vous abandonner à votre sort ! Et puis, je vois bien que vous êtes un parfait gentleman. Dans le cas contraire, je peux vous assurer que vous ne feriez pas toutes ces objections. Ne vous inquiétez pas. J'ai dit à l'aubergiste que j'étais votre sœur et je n'ai aucune connaissance à Turnham Green.

Ivo retint un soupir d'exaspération. Quelques semaines auparavant, il était encore officier dans l'armée de Sa Majesté et avait été blessé bien plus grièvement par le passé, à plusieurs reprises. Malgré ses nombreuses contusions, il était en état de faire preuve de l'autorité nécessaire pour se débarrasser une bonne fois pour toutes de cette femme. Mais elle se retrouverait alors seule et sans la moindre escorte… Dans quel imbroglio s'était-il fourré ?

— J'entends le médecin qui arrive, dit soudain Miss Newnham d'une voix enjouée. Je suis sûre qu'il va vous remettre rapidement sur pied.

Quelques petits coups furent frappés à la porte et un jeune homme aux cheveux roux et au visage parsemé de taches de rousseur entra dans la pièce, un large sourire aux lèvres.

— J'ai cru comprendre que ce gentleman a été attaqué en chemin ? Je suis heureux que vous n'ayez pas perdu connaissance, monsieur. Je m'appelle Jamieson.

Il attendait sans doute une réaction quelconque de sa part car il s'empressa d'ajouter :

— Je sais que j'ai l'air un peu jeune pour pouvoir exercer ce métier, mais je vous assure que je suis diplômé de la faculté de médecine d'Édimbourg. Je vais vous aider à vous déshabiller, monsieur. Juste le haut. Il va falloir y aller en douceur.

— Docteur Jamieson, il y a une lady dans la pièce ! protesta-t-il aussitôt.

— Ne vous en faites pas pour cela, mon cher, répliqua sa bienfaitrice d'un ton apaisant.

Mon cher ?

— Mon frère a toujours été excessivement pudique, docteur Jamieson. Il me semble par ailleurs qu'il sera plus facile de lui enlever son manteau, sa chemise et le reste, en s'en chargeant tous les deux.

Et… Le reste ?

— Bien entendu, miss. Je ne pense pas qu'il sera nécessaire de lui ôter le bas, dit-il en riant de bon cœur. Pas encore, tout au moins.

Ivo sentit sa mâchoire se contracter. Il faudrait lui passer sur le corps pour qu'il accepte d'enlever son pantalon devant cette femme !

Il ne pouvait pas nier que son épaule le faisait atrocement souffrir, cependant. Quant à ses côtes, elles étaient si endolories qu'il avait l'impression d'avoir été piétiné par un cheval. Il savait également par expérience que tout se passerait mieux s'il se détendait un peu. Aussi acquiesça-t-il malgré ses réticences.

— Je ferai comme bon vous semble, docteur.

Contre toute attente, Miss Newnham se montra à la fois douce et habile tout en lui épargnant les simagrées qui, en général, prolongeaient inutilement les souffrances. Il fut rapidement débarrassé de son manteau et de son gilet. Moins de cinq minutes plus tard, il était en bras de chemise. Quand la compresse de fortune que Miss Newnham lui avait appliquée sur l'épaule tomba brusquement par terre, Ivo s'aperçut qu'il s'agissait d'un tissu agrémenté de jolie dentelle, désormais irrécupérable. Il la dédommagerait dès qu'il le pourrait.

Miss Newnham tira soudain sans la moindre inhibition sur sa chemise pour la faire sortir de l'arrière de son pantalon. Le médecin – Dieu merci – se chargea quant à lui des pans de chemise rentrés *à l'avant*. Une fois torse nu, Ivo laissa échapper un petit soupir de soulagement, même si le pire était sans doute à venir.

— Je suppose que vous vous êtes engagé dans l'armée, dit Jamieson après l'avoir étudié attentivement pendant environ trente secondes.

— En effet.

— Eh bien, je peux vous assurer que vous aurez désormais deux épaules identiques, monsieur. Comment vous êtes-vous fait cette blessure ?

Le médecin frôla alors de ses doigts froids la vieille cicatrice qu'Ivo avait juste au-dessus de la clavicule.

— Un éclat d'une plate-forme de lancement touchée par un tir, répondit-il d'un ton laconique.

Il sentit tout à coup des gouttelettes de sang perler sur son torse et il baissa instinctivement la tête pour inspecter la plaie qui lui barrait l'épaule gauche. Le regard de Miss Newnham lui brûla alors le dos et ses muscles tout endoloris se tendirent malgré lui.

— Miss, pourriez-vous demander qu'on apporte de l'eau chaude ? demanda Jamieson.

Ivo le remercia secrètement d'avoir trouvé un moyen de se débarrasser temporairement de Miss Newnham. Quelques minutes plus tard, une domestique apporta la bassine d'eau chaude souhaitée. Ivo ferma les yeux et tenta de faire le vide dans sa tête afin de laisser le médecin l'examiner à sa guise et effectuer les soins requis.

— Vous n'avez rien de cassé, dit finalement Jamieson. J'ai nettoyé votre plaie au niveau de l'épaule. Elle n'est pas très profonde et aucun organe n'a été touché. Je vous ai fait deux points de suture. Vos côtes sont pleines de contusions diverses et variées, mais n'étant pas franchement adepte des bandages serrés, je préfère vous laisser tranquille de ce côté-là. Votre dos risque d'être couvert de bleus d'ici peu, mais je n'ai pas remarqué de marques inquiétantes dans la zone des reins. Est-ce que tout va bien sous la ceinture ?

Ivo avait fait de son mieux pour protéger cette partie précise de son corps. Il avait certes de multiples ecchymoses au niveau des cuisses et des mollets, mais dans quelques semaines il n'y paraîtrait plus.

— Parfaitement bien, répondit-il en serrant les dents.

Son corps commençait à accuser le coup. Ses muscles et ses tendons se mirent à trembler de concert sans qu'il puisse y faire quoi que ce soit.

— Laissez-moi vous aider à enfiler cette chemise propre, dit le médecin en s'avançant vers lui.

Cela lui sembla tout à coup au-dessus de ses forces. Par

chance, le médecin ne chercha pas à faire rentrer les pans de la chemise dans son pantalon. Ivo entendit alors le même grattement étrange qu'il avait confusément perçu dans le fiacre. Ses oreilles lui jouaient probablement des tours. Rien d'étonnant après les multiples coups qu'on lui avait assénés.

— Il est grand temps de vous mettre au lit, dit Jamieson d'un air entendu.

— Où est mon portefeuille ? Je l'avais mis dans la poche intérieure de mon manteau.

Le médecin se mit aussitôt à fouiller les poches du manteau qui était posé à côté de lui.

— Je crains qu'il n'ait disparu, monsieur. Les brigands qui vous ont molesté vous l'ont sans doute dérobé lors de l'attaque.

— J'ai pris des chambres pour la nuit, dit soudain Miss Newnham qui se trouvait juste derrière lui.

Ivo sursauta. Le léger bruit de grattement s'interrompit aussitôt.

— Ne vous inquiétez pas, mon cher frère. Ces brutes vous ont peut-être détroussé mais ils ne m'ont pas volé mon réticule. Nous avons suffisamment d'argent pour terminer notre voyage.

Uno, dos, tres... Les paupières closes, Ivo compta mentalement jusqu'à dix en espagnol.

— Vous trouviez-vous juste derrière moi dans la pièce pendant que je me faisais examiner ?

— Bien entendu. Dites-moi, docteur, combien vous devons-nous ?

Ivo se concentra sur la réponse de Jamieson. Il avait bien l'intention de rembourser Miss Newnham dès qu'il en aurait l'occasion. Puis il entendit tinter des pièces de monnaie. Curieusement, il perçut ensuite le bruit d'une feuille de papier qu'on déchire.

— Ceci vous fera peut-être plaisir, dit-elle.

— Voyons voir..., dit le médecin. Mais c'est superbe ! Je

vous remercie, miss. Quel talent vous avez ! Bonne journée, monsieur. Il faut absolument vous reposer et rester au lit pendant un jour ou deux si vous avez un peu de fièvre. Vu toutes les cicatrices que vous avez, je suppose que vous savez à quoi vous attendre.

La porte se referma derrière Jamieson et Miss Newnham vint alors se poster devant lui.

— Votre chambre se trouve juste en haut de l'escalier sur la droite. Désirez-vous que j'appelle un des garçons d'écurie pour vous aider ?

— Que faisiez-vous ici ? rétorqua-t-il. Et qu'avez-vous donné au médecin après lui avoir réglé sa consultation ? Et pour répondre à votre question, oui, je suis parfaitement capable de monter quelques marches sans l'aide de quiconque !

Du moins l'espérait-il.

— Je ne tiens pas spécialement à être déposé une nouvelle fois comme un vulgaire paquet par ce jeune garçon d'écurie maladroit comme il n'est pas permis, ajouta-t-il d'une voix maussade.

Miss Newnham fit quelques pas et revint avec à la main un carnet à croquis qu'elle ouvrit d'un petit coup sec pour lui montrer un dessin. Elle l'avait représenté le dos nu, Jamieson penché au-dessus de lui en train de l'examiner. C'était à la fois saisissant et très précis d'un point de vue anatomique. Jamais une jeune lady n'aurait dû croquer une telle scène…

— J'ai également fait un portrait du docteur. C'est ce que je lui ai donné.

— Était-ce donc votre crayon que je percevais sans comprendre de quoi il s'agissait ? Est-ce que vous dessiniez en voiture ?

Elle ne répondit pas à sa question mais revint à la page précédente du carnet de croquis. Elle l'avait dessiné, recroquevillé dans un coin du véhicule, les yeux clos, les cheveux en bataille et les vêtements en désordre. Elle recula d'une page encore et il découvrit alors le portrait d'une femme aux lèvres pincées et à l'air revêche qui n'avait décidément pas l'air commode.

— C'est Billing. Vous devez comprendre à présent la raison pour laquelle je l'ai renvoyée chez elle. Elle me tapait sur les nerfs, alors vu l'état dans lequel vous vous trouviez, je n'ose pas imaginer l'effet dévastateur qu'elle aurait eu sur vous.

Chapitre 2

L'inconnu qu'elle avait secouru observa le portrait avec attention puis la dévisagea durement.

— C'était votre chaperon, dit-il d'un ton collet monté qui tranchait avec son apparence peu recommandable.

— Ma geôlière, voulez-vous dire. Ne faites pas cette tête ! Je ne crois pas que vous soyez du genre à vous scandaliser à l'idée qu'une jeune femme puisse voyager seule.

— Mais vous n'êtes pas seule, justement, puisque vous êtes avec moi, *un homme*, lui fit-il remarquer. Sans compter que j'ai probablement l'apparence d'un vulgaire gibier de potence.

Il se leva d'un bond mais vacilla aussitôt sur ses jambes.

— Un gibier de potence ? Cela n'a aucun sens. Malgré votre état, je vois bien à la façon dont vous vous exprimez, aux vêtements que vous portez – sans parler de votre souci de respecter scrupuleusement les convenances – que vous êtes un gentleman, rétorqua Jane d'un ton égal.

Elle pensait réellement ce qu'elle venait de dire. Sans bien savoir pourquoi, elle se sentait en sécurité avec lui. Elle lui posa alors une main sur le bras pour le rassurer. Même à travers la chemise en toile de lin épaisse qu'elle avait empruntée à l'un des domestiques, elle sentit qu'il avait froid. Et qu'il était terriblement tendu. Elle remarqua également un léger tremblement sous la paume de sa main. Il était sans doute épuisé. Et tout endolori. Sans parler du sang qu'il avait perdu, ce qui l'avait certainement beaucoup affaibli.

— Vous devriez aller vous coucher et vous reposer, à présent.

Il parut y réfléchir quelques instants puis hocha la tête en guise d'assentiment. Elle se réjouit d'avoir affaire à un homme raisonnable et pas à un de ces fanfarons qui se croyaient obligés de paraître invincibles en présence d'une femme. Elle rassembla précipitamment les vêtements éparpillés puis ouvrit la porte.

— Vous avez quelques marches à monter. La porte est ouverte. Je vous suggère de déposer vos vêtements – hormis la chemise que vous portez – devant votre chambre, je les ferai laver et repriser.

Il lui adressa un petit signe de tête et sortit. Elle ne lui proposa pas de l'accompagner afin de ne pas le froisser dans son amour-propre mais ne le quitta pas des yeux.

— Comment vous appelez-vous ? lança-t-elle.

Il marqua une courte pause.

— Ivo, répondit-il. Lord Merton, commandant de Sa Majesté, ajouta-t-il sans se retourner.

Il gravit tant bien que mal deux marches supplémentaires, s'immobilisa à nouveau puis posa sa main couverte de cicatrices sur la rampe d'escalier.

— À vrai dire, je suis Lord Kendall, à présent. Je n'arrive pas à m'y faire.

— Mais le comte de Kendall est décédé il y a quelques mois !

Elle se rendit aussitôt compte de sa terrible maladresse.

— Je vous présente mes excuses. C'était votre père ?

— Oui, dit-il en reprenant son ascension.

Jane ouvrit la bouche puis se ravisa. Le comte n'apprécierait guère de parler de ses titres honorifiques depuis l'escalier d'une auberge, pas plus qu'il n'aurait envie de satisfaire sa curiosité en un moment pareil. Tout cela n'avait aucun sens.

Dans quel guêpier le petit-fils et à présent futur héritier d'un marquis s'était-il fourré pour se faire rouer de coups par des malfrats devant une taverne mal famée ?

Elle attendit qu'il referme la porte derrière lui, grimpa l'escalier à toute vitesse puis s'arrêta trois marches en contrebas de la chambre, ne sachant pas trop à quoi s'attendre. Allait-il s'écrouler par terre dans les secondes qui suivaient ou entrouvrirait-il la porte dans quelques instants pour déposer ses vêtements sur le seuil comme elle le lui avait demandé ?

Elle entendit alors des bruits sourds impossibles à décrypter. Il n'y avait certainement aucune raison de s'alarmer ni d'intervenir sans y avoir été invitée. La porte s'entrouvrit enfin, l'espace d'un instant. Une paire de bottes et un tas de vêtements apparurent comme par magie, puis le lourd battant en bois se referma dans un claquement sec. Jane ramassa les affaires puis redescendit l'escalier. Par habitude, elle secoua chaque vêtement et s'assura que les poches étaient vides. Elle découvrit alors un mouchoir de très bonne qualité ainsi que l'addition toute froissée d'une taverne qui datait de la semaine précédente. Elle la mit de côté. Puis, comme elle pliait soigneusement le manteau, elle entendit un petit bruit de froissement. Dans la poche intérieure, elle trouva un papier plié en quatre, tout chiffonné et portant des traces de doigts sales. Il n'était pas cacheté. Elle l'aplanit avec soin puis le glissa ainsi que l'addition dans la couverture de son carnet à croquis où elle avait l'habitude de conserver des notes et des feuilles de papier. Aucun de ces documents ne semblait avoir la moindre importance. Elle les replacerait dans la poche du manteau lorsque les vêtements seraient propres.

Elle appela alors une domestique pour lui demander de se charger du linge sale et des bottes à cirer, puis commanda du thé qu'elle allait prendre dans le petit salon privé où elle se trouvait.

Elle n'avait nullement l'intention d'être aux petits soins pour Lord Kendall. Il ne semblait rien attendre d'elle, par ailleurs. C'était plutôt curieux, à bien y penser. Lorsqu'ils tombaient malades, son frère et son père se faisaient toujours dorloter de bonne grâce. Le moindre rhume nécessitait quantité de remèdes et d'infusions spécifiques, la préparation de bouillie et l'entretien de formidables flambées dans la cheminée de leur chambre.

Elle avait tout de même demandé qu'une brique chaude soit placée dans le lit du comte, qu'on lui apporte une carafe d'eau et qu'on place de l'écorce de saule en poudre à son chevet. Ses vêtements allaient être lavés et remis en état. Elle n'avait donc rien à se reprocher.

S'il acceptait de l'escorter jusqu'à Batheaston pour la remercier de lui avoir porté secours – encore fallait-il qu'il en soit physiquement capable –, elle en serait très heureuse. Sa compagnie serait sans nul doute plus agréable que celle de Billing et cela lui éviterait de se faire importuner par les hommes qu'elle croiserait éventuellement au cours du trajet qu'il lui restait à effectuer.

Et si c'était Lord Kendall lui-même qui se montrait indélicat ? Elle réfléchit sérieusement à la question tout en ajoutant du sucre dans sa tasse de thé. Elle pouvait sans doute se fier à son instinct. Il n'avait vraiment rien d'un prédateur ou d'un débauché. Elle avait, de surcroît, bien conscience de ne pas être un canon de beauté. Il y avait peu de risques que cet homme cherche à la séduire.

Même si Jane pressentait que le comte n'avait pas le physique requis pour satisfaire les fantasmes romanesques de son amie Melissa, cette dernière serait probablement ravie d'être informée de cette rencontre des plus fortuites. Lord Kendall n'avait pas à rougir de sa stature, possédait une épaisse chevelure brune et était doté d'une excellente dentition. Mais ce n'était pas ce qu'on appelait un bel homme. Il était sans doute trop… trop viril pour qu'on le trouve élégant. Ses sourcils étaient trop épais, sa bouche trop sévère, sa mâchoire très affirmée et son nez pas très droit. Les héros que Melissa dépeignait dans ses romans s'inspiraient des statues grecques, ils étaient blonds comme les blés et d'une élégance sans pareil.

Jane s'empara alors de son carnet de croquis et étudia attentivement ses dessins. Lord Kendall avait des muscles extrêmement bien dessinés. Les croquer plus en détail serait une expérience à la fois instructive et très agréable. Même si c'était cette recherche effrénée de la perfection qui au départ lui avait valu tous ses ennuis…

Mais n'était-elle pas une artiste ? Au diable les conventions ! S'il lui fallait souffrir pour son art, eh bien soit, elle n'hésiterait pas – même si, pour être tout à fait honnête, dessiner Lord Kendall dans le plus simple appareil ne promettait nulle souffrance… Mais oserait-elle seulement le lui demander ?

Jane sursauta en entendant l'horloge sonner 6 heures. Elle allait commander un dîner pour deux et envoyer un domestique demander à Lord Kendall s'il désirait manger quelque chose. Curieusement, elle ne trouva aucune cloche dans le salon pour appeler une servante. Comme elle ouvrait la porte pour descendre à la réception, elle poussa un petit cri de frayeur.

— Je vous demande pardon, Miss Newnham. Je ne voulais pas vous faire peur.

Le comte recula aussitôt d'un pas.

— J'étais sur le point de frapper à votre porte.

— Avez-vous récupéré vos vêtements ? demanda-t-elle précipitamment.

Quelle idiote ! Évidemment qu'il les avait récupérés.

— Comme vous pouvez le voir.

Un valet de chambre un tantinet pointilleux aurait probablement frémi en voyant la tenue du comte mais, du point de vue de Jane, le personnel de l'auberge avait fait un excellent travail.

— Souhaitez-vous entrer vous asseoir ? J'allais justement

partir à la recherche d'un domestique pour commander le dîner. Il est encore un peu tôt, mais je dois vous avouer que j'ai une faim de loup.

— Merci, dit-il en entrant dans la pièce.

Au même instant, une servante apparut juste derrière lui, l'air embarrassé.

— La patronne s'excuse pour l'absence de sonnette, dit-elle en s'essuyant les mains sur son tablier, mais un gentleman complètement ivre s'est affalé par terre la semaine dernière en tirant dessus et l'a arrachée du plafond. Désirez-vous quelque chose à dîner, miss ? Monsieur ? La diligence en provenance de Londres va arriver dans dix minutes environ et la malle-poste suivra trente minutes plus tard. Nous serons alors complètement débordés.

— Nous allions justement passer commande. Avez-vous de l'appétit, mon… cher Ivo ?

Il lui jeta aussitôt un regard furibond.

— Oui, ma chère *Jane*, répondit-il en insistant sur son prénom.

— Eh bien, dit la servante d'un ton enjoué, nous avons une tourte au gibier ou une pintade rôtie. Il y a également des escalopes de veau à la crème. Nous avons de la soupe à la queue de bœuf en hors-d'œuvre et une tarte aux pommes en dessert.

— Nous prendrons tout ce que vous avez suggéré, dit Lord Kendall. Et envoyez-nous le sommelier, je vous prie.

— N'est-il pas imprudent de boire du vin ou de l'alcool après avoir reçu un coup sur la tête ? demanda Jane. Je ne suis pas du genre à faire des réflexions à tout bout de champ, ajouta-t-elle après qu'il lui eut une nouvelle fois décoché un regard furieux, je me préoccupe simplement de votre santé. Je ne voudrais pas qu'une fièvre vous terrasse. Cela nous ralentirait alors considérablement.

Et elle s'assit aussitôt à table pour lui prouver qu'elle n'avait nullement l'intention de se faire du tracas pour lui.

— *Nous ?* Je n'avais pas conscience qu'un tel partenariat existait.

Lord Kendall tira une chaise vers lui et s'assit face à elle, les deux mains posées à plat sur la table, comme quelqu'un prêt à quitter précipitamment les lieux.

Jane se surprit alors à observer attentivement ses mains couvertes de cicatrices, ses ongles bien coupés, ses veines saillantes, sa chevalière en or, puis détourna le regard. Le moment était mal choisi pour penser à la série d'études de mains qu'elle aimerait tellement dessiner.

— Vous n'avez pas d'argent. Moi si. Si je ne vous avais pas porté secours, Dieu sait ce qui vous serait arrivé. Je n'ai plus de femme de chambre pour m'accompagner jusqu'à la fin de mon trajet. Vous pourriez m'escorter jusqu'à Batheaston.

— Voyager en compagnie d'un homme sans le moindre lien de parenté avec vous serait proprement scandaleux ! Si je me sentais capable de pouvoir parcourir une telle distance, je vous proposerais à la rigueur de vous escorter à cheval et vous pourriez louer les services d'une domestique qui voyagerait avec vous. Hélas, les circonstances étant ce qu'elles sont, il serait encore plus incorrect de rester ici tous les deux jusqu'à ce que j'aie retrouvé suffisamment de force pour monter à cheval.

— Vous êtes d'une rare honnêteté sur votre état physique, dit-elle, intriguée. La plupart des hommes préféreraient fanfaronner et prétendre être parfaitement capables de traverser toute l'Angleterre plutôt que d'avouer une quelconque faiblesse passagère.

— Privilégier mon amour-propre à votre sécurité ? Imaginez un instant que nous fassions une mauvaise rencontre au cours de notre voyage, Miss Newnham. Si mon bras droit ne me permet pas d'utiliser correctement un pistolet – et encore faudrait-il que nous en ayons un à notre disposition – ou de me débarrasser d'un assaillant d'une façon ou d'une autre !

Il l'observa alors pendant un assez long moment.

— Dites-moi, y a-t-il beaucoup de gentlemen dans votre entourage ?

— Mon père, mon frère, la petite noblesse locale et leurs fils. Oh ! il y a également l'évêque d'Elmham – celui qui vient de partir en retraite – et son secrétaire. Le duc d'Aylsham, également. J'étais demoiselle d'honneur lors de ses noces.

— Vous évoluez dans un cercle on ne peut plus respectable, Miss Newnham.

— Vous semblez quelque peu ironique. Voulez-vous dire par là que le duc n'a pas toujours été un modèle de perfection ? Je peux vous assurer qu'en épousant ma très chère amie Verity, qui est la fille de l'évêque[1] que je viens de mentionner, il a beaucoup changé.

— Pourquoi cela ne me surprend-il guère ?

Jane sentit aussitôt ses joues s'empourprer.

— Puis-je suggérer d'éviter les sujets de discorde, Lord Kendall ? L'envie pourrait tout à coup me prendre de me remettre en route et de ne pas dilapider inutilement mon argent.

Il pinça imperceptiblement les lèvres.

— Je voulais simplement dire, répliqua-t-il, que le duc d'Aylsham a sans nul doute encore besoin de s'égayer un peu de temps en temps.

De toute évidence, Lord Kendall n'assumait pas pleinement ce qu'il sous-entendait quelques instants plus tôt.

— Bien sûr, dit-elle d'une voix qui se voulait enjouée.

Il la fixa alors d'un air incrédule.

— Vous ne ressemblez absolument pas à l'image que je me faisais d'un comte, lança-t-elle sans réfléchir.

— Vraiment ? J'ai passé ces neuf dernières années dans l'armée, cela explique peut-être votre impression. Je n'ai

1. La religion anglicane permet aux évêques et aux prêtres de se marier, contrairement à leurs homologues catholiques. (Toutes les notes sont de l'éditeur.)

eu que trois mois pour m'entraîner à devenir comte et cela fait à peine deux semaines que je suis rentré en Angleterre.

— Neuf ans ? Mon Dieu ! Mais quel âge avez-vous ?

— Vingt-sept ans. J'ai commencé comme porte-drapeau.

Il paraissait plus âgé… Elle lui aurait facilement donné trente ans ou plus, mais peut-être cela était-il dû à ses nombreuses blessures et à l'impression de maturité qu'il dégageait.

— J'ai vingt-deux ans, ajouta-t-elle en espérant ainsi obtenir d'autres confidences.

— Je suppose que vous venez à peine de terminer la Saison mondaine.

— Je n'y ai pas participé. Mon père estime que je peux largement me contenter de la noblesse locale. Ma mère n'est évidemment pas de cet avis.

Jane aurait également pu ajouter que son frère aîné coûtait une fortune à la famille, mais elle garda cette remarque pour elle.

— Cela a-t-il porté ses fruits ? Avez-vous laissé un fiancé qui se languit de vous à Londres ? Ou peut-être une ribambelle de soupirants ?

— J'habite dans le Dorset et personne ne m'y attend. Mes parents et moi avons passé un mois à Londres chez ma tante Hermione. Elle n'était pas au mieux de sa forme. Non pas que je désire avoir une ribambelle de soupirants. Et encore moins être fiancée.

Lord Kendall cessa brusquement de faire glisser son index sur la fissure de la table en bois massif, leva la tête et vint planter son regard dans le sien.

— Et pourquoi donc ?

— J'ai l'impression que le mariage n'apporte que des complications. Tout comme les hommes en général. Je suis une artiste, voyez-vous. Je pense que la vie de femme mariée et l'art ne font pas bon ménage. Je ne tiendrais pas ce genre de discours si j'étais un homme, il va sans dire…

C'était la première fois qu'elle exprimait à haute voix ce

qu'elle pensait secrètement depuis de très longues années. Cela lui sembla tout à coup fondamental de spécifier que l'art faisait partie intégrante de sa vie. Ce n'était pas juste un passe-temps comme ses parents le pensaient. Cela la définissait. *Jane Newnham était une artiste.*

— Je crois que vous n'avez pas vraiment saisi les enjeux du mariage, Miss Newnham. Vous dessinez sans doute extrêmement bien, mais je ne vois pas en quoi cela pourrait interférer. La plupart des ladies que je connais dessinent ou peignent des aquarelles et prennent quantité de cours auprès des meilleurs professeurs.

— Je ne vous parle pas d'un simple passe-temps, reprit-elle d'un ton égal, mon art passe avant tout le reste.

L'étrange sentiment de légèreté que les mots qu'elle venait de prononcer avait produit l'envahit brusquement et lui donna davantage confiance en elle encore.

— Je veux continuer à progresser et à produire des peintures à l'huile à la mesure de mes ambitions. Mais ce que je désire avant tout, c'est peindre des portraits aussi réussis que ceux des meilleurs professionnels.

Lord Kendall l'observait d'un air impassible.

— Vous ne voulez tout de même pas gagner votre vie en faisant des portraits ? dit-il. C'est totalement irréaliste.

Était-ce réellement ce qu'elle avait voulu dire ? Réussirait-elle à mener un tel projet ?

Cette perspective avait quelque chose de terrifiant. Elle n'y avait jamais pensé en ces termes, pour être tout à fait honnête. L'idée lui plaisait beaucoup, cependant. Mais l'air incrédule et le ton désapprobateur de son interlocuteur lui revinrent alors en pleine figure.

Elle faillit riposter pour lui montrer de quel bois elle se chauffait, mais se ravisa.

— Artemisia Gentileschi, Elisabeth Vigée Le Brun, Angelica Kauffmann, Mary Beale, Sofonisba Anguissola…

Elle aurait aimé citer d'autres noms encore d'artistes

femmes, tout particulièrement de nationalité anglaise, mais n'en trouva pas.

— Des exceptions qui confirment la règle. Du reste, vous êtes une jeune femme de bonne famille. Vous savez bien que vous devrez vous marier un jour ou l'autre.

Il avait asséné cette affirmation d'un ton si tranchant, presque méprisant, qu'elle en eut la chair de poule. Si l'éventualité qu'elle devienne un jour portraitiste professionnelle lui semblait aussi peu envisageable, pourquoi s'était-il alors donné la peine d'évoquer le sujet ? L'hypothèse de faire de la peinture un vrai métier lui parut tout à coup terriblement alléchante. Mais serait-elle capable de se lancer dans une telle aventure ?

— Me marier est donc une obligation, selon vous ? Vous croyez que je n'aurais pas mon mot à dire ?

Jane ne put réprimer un grognement fort peu élégant, étourdie à la fois par le vent de protestation qui s'était levé en son for intérieur, ainsi que par les perspectives qui s'ouvraient à elle suite à cette discussion.

— Je deviendrai une artiste indépendante et je n'ai ni besoin ni envie de me marier. Les hommes sont ennuyeux, peu recommandables et ne sont pas dignes de confiance. Sans compter qu'ils manquent cruellement d'originalité ou d'imagination.

— Merci pour vos réflexions.

Manifestement, elle l'avait piqué au vif. Il n'y avait plus le moindre signe d'amusement sur son visage.

— Je ne vois pas pourquoi vous prenez mes remarques de façon si personnelle. Vous êtes comte et petit-fils héritier d'un marquis, dit-elle en faisant un geste dédaigneux de la main. Vous êtes certainement un homme très recommandable. Peut-être même passionnant et d'une fidélité à toute épreuve. Enfin, tout cela n'est que de la théorie puisque je ne vous connais pas plus que cela.

— Cela arrivera peut-être plus vite que vous ne l'imaginez si votre famille découvre que nous passons la nuit ici tous les deux.

Cette fois, elle ne décela pas une once de mépris dans sa voix. Elle crut même apercevoir une lueur amusée dans son regard.

Il avait plutôt de beaux yeux, par ailleurs. Bleu foncé. Ourlés de longs cils. C'était sans doute son plus gros atout. Ses épaules mises à part, peut-être. Faire briller ses yeux bleus avait quelque chose de gratifiant, elle devait bien le reconnaître. Quel charmant défi ce serait de capturer ce regard sur une toile !

Une foule de questions se bousculèrent alors dans sa tête.

Quelle somme pourrait-elle demander pour la réalisation d'un portrait ? Pourrait-elle réellement vivre de son art ?

Comme il la regardait toujours d'un air interrogateur, elle se sentit obligée de le rassurer.

— Je ne vois pas comment mes parents pourraient apprendre où je me trouve en ce moment, murmura-t-elle.

— Miss Newnham…

— Appelez-moi Jane. Nous risquerons moins de faire un faux pas lorsque nous faisons semblant d'être frère et sœur en présence des domestiques, suggéra-t-elle.

S'attacher aux questions pratiques l'apaisa un peu.

— Vous avez raison, Jane. Moi c'est Ivo. Vous pouvez en revanche peut-être cesser de me jeter des « mon cher » à tour de bras. Les frères et sœurs se témoignent rarement autant d'affection. C'est du moins ce que j'ai pu observer dans mon entourage.

Elle lui donnait raison sur ce point. Hubert et elle s'étaient querellés pendant toute leur enfance et n'avaient à présent rien en commun.

La domestique entra alors en trombe, disposa une grande nappe blanche sur la table, sortit des couverts de la poche de son tablier et repartit sans attendre d'un pas pressé.

— C'est un joli nom, Ivo. Ce n'est pas courant. Le mien est si quelconque.

Elle se resservit du thé.

— Voulez-vous que je demande une autre tasse ? Non ? Si je veux percer dans le milieu artistique, il vaudrait mieux que je change de nom, vous ne croyez pas ?

Elle s'y voyait déjà. Une image précise s'imposa alors dans son esprit. Un atelier, un chevalet, un fauteuil et une chaise longue pour ses modèles, sans oublier tous les accessoires et les tentures savamment disposés. Elle serait vêtue d'une tunique ample et fluide, des pinceaux glissés dans ses cheveux coiffés de manière artistique. Rêver d'une coiffure élégante avec les cheveux ternes et fins dont elle était affublée constituait sans doute la partie la plus improbable de la vision qui venait de se présenter à elle, songea-t-elle, un brin amusée.

— Vous faites sans doute allusion à un nom de plume, dit Ivo sans la quitter des yeux. Dans votre cas, il serait plus judicieux de parler de *nom de pinceau*, par ailleurs.

— Un *nom de pinceau* ? L'idée me plaît beaucoup ! s'écria-t-elle en lui adressant un sourire conquis bien malgré elle.

Il lui jeta alors un regard énigmatique qui la déstabilisa un peu.

— Il faudrait que j'y réfléchisse sérieusement, reprit-elle. Pensez-vous que Bath soit le lieu idéal pour ouvrir mon atelier ?

— Absolument pas. De quelle somme d'argent disposez-vous, Miss Newnham ?

L'extrême gravité avec laquelle il venait de s'adresser à elle balaya en un instant les merveilleuses images qui venaient de se former dans son esprit, ainsi que la promesse de bonheur qui en découlait.

Ce n'était pas le moment de faire preuve d'un tel sérieux. Rire était le meilleur moyen d'éviter d'avoir des nœuds à l'estomac à présent qu'elle avait pris conscience de ses aspirations les plus profondes. Jane haussa les sourcils en feignant de prendre un peu de hauteur.

— Nous venons à peine de nous rencontrer, Lord Kendall. Vous soucier du montant de ma dot me semble quelque peu prématuré.

Au regard glacial qu'il lui lança, elle comprit qu'il n'était nullement disposé à plaisanter avec elle.

— Je suis entièrement d'accord avec vous, répondit-il d'un ton emphatique. Je voulais simplement savoir quelle somme d'argent vous aviez à votre disposition *avec vous*.

— Trente livres sterling. Suffisamment pour le voyage et les frais qui pourraient éventuellement s'ajouter.

— Cela est bien suffisant pour louer les services d'une domestique respectable qui vous accompagnerait durant le trajet qu'il vous reste à parcourir. Et pour dormir à vos côtés ce soir. Je suis convaincu que vous trouverez une jeune femme convenable dans cette auberge.

C'était exactement ce qu'elle avait conseillé à Billing, mais Jane n'avait nulle envie de s'appliquer cette recommandation à elle-même.

— Je pensais que nous étions au moins d'accord sur ce point. Le véhicule dont je dispose n'est pas suffisamment grand pour accueillir trois passagers. Ce serait extrêmement inconfortable.

— Je croyais que vous aviez compris ce que cela sous-entendait. Je vais rester *ici*.

Jane sentit son sang se glacer dans ses veines. Les multiples contusions dont il souffrait – et qui commençaient à changer de couleur – n'aidaient sans doute pas à lui donner un air affable.

— Dois-je vous rappeler que vous êtes sans le sou et sans le moindre document qui puisse justifier de votre identité, que vous êtes blessé à l'épaule et que vous avez tout l'air d'un boxeur pas très doué qui vient de se prendre une belle raclée, *milord* ?

Elle n'était pas loin de dépasser les bornes, elle le savait. Eh bien, il n'avait qu'à s'en prendre à lui-même ! Il la mettait tellement mal à l'aise qu'elle n'avait pas vraiment d'autre choix que de lui tenir tête.

— À moins que par bonheur vous connaissiez quelqu'un dans les environs, ce dont je doute, j'ai vaguement l'impression que vous devrez marcher un long moment avant de vous trouver en terrain connu.

— J'en suis pleinement conscient, ainsi que de la position compromettante dans laquelle je vous ai placée. Mais je vous en prie, cessez de vous préoccuper de moi.

— Oh ! pour l'amour du ciel ! s'exclama-t-elle en se levant d'un bond.

Elle eut tout juste le temps de rattraper le pot de lait qui avait entrechoqué la théière à cause de ses mouvements brusques. Lord Kendall se mit aussitôt debout, mais elle lui intima l'ordre de se rasseoir d'un geste irrité de la main.

— Asseyez-vous, je vous prie. Faire les cent pas m'empêchera de vous jeter le bol de sucre à la figure. Je ne vous ai pas traîné à l'intérieur de ma voiture avec une ombrelle pour toute arme face à des brutes prêtes à en découdre pour maintenant vous laisser ici, blessé et dans le dénuement le plus complet. Vous oubliez également que ces voyous pourraient très bien nous avoir suivis.

Il pinça les lèvres.

— C'est effectivement un paramètre à prendre en compte. Encore une bonne raison pour vous demander de quitter les lieux dès que possible. Je vous le répète : il n'est pas trop tard pour vous trouver une domestique qui vous accompagnera jusqu'à la prochaine auberge où vous pourrez passer la nuit.

— Jamais je ne vous laisserais ici dans de telles conditions. Je n'apprécie pas la condescendance avec laquelle vous vous adressez à moi et vous trouve particulièrement agaçant, mais ma conscience m'interdit de vous abandonner à votre triste sort.

— Et moi, je refuse d'avoir votre réputation souillée sur la conscience.

Il se leva une nouvelle fois, visiblement furieux de devoir s'accrocher au dossier de sa chaise pour parvenir à garder l'équilibre.

— Allez-vous enfin cesser de débiter de telles sornettes !

Jane frémit en s'entendant parler aussi crûment à un homme qu'elle connaissait à peine.

— Je me sentirai bien plus en sécurité escortée par un gentleman plutôt qu'en compagnie d'une domestique inconnue. Asseyez-vous, je vous en conjure, vous ne tenez plus sur vos jambes. Personne ne me connaît, et je doute que quiconque puisse vous reconnaître après toutes les années que vous avez passées à l'étranger. Sans parler des coups que vous avez reçus au visage.

Le souvenir évanescent de ce que sa cousine Violet lui avait raconté la dernière fois que Jane l'avait vue lui revint en mémoire.

— Votre grand-père réside près de Bath, n'est-ce pas ? C'est là-bas que vous étiez censé vous rendre ?

Chapitre 3

Ivo sentit une douleur lancinante lui parcourir la main et s'aperçut qu'il pressait si fort le dossier de sa chaise que les jointures de ses doigts avaient blanchi. Il desserra son étreinte. *La demeure de son grand-père.* C'était précisément le lieu où il ne désirait pas se rendre mais où il était attendu depuis son retour en Angleterre. Il aurait peut-être mieux fait de s'y résoudre plutôt que de se lancer à corps perdu à la recherche de Daphne Parris. La petite sœur entêtée de son ami Charles. La petite fille quelconque et volontiers boudeuse auprès de laquelle il avait grandi et qui était devenue une magnifique jeune femme qui l'avait littéralement hypnotisé.

Il était tombé amoureux, l'avait demandée en mariage la veille de son départ pour la France, où il devait rejoindre son régiment en compagnie de Charles. Elle lui avait promis de l'attendre s'il lui promettait en retour de revenir et de l'épouser. Il était son héros, si vaillant et si beau dans son uniforme écarlate. Quant à elle, elle était si ravissante ce soir-là avec ses grands yeux remplis d'admiration. Il s'était pris pour un demi-dieu capable de vaincre Napoléon à mains nues si seulement elle le lui avait demandé.

Lorsqu'il avait compris que les parents de Daphne la trouvaient bien trop jeune pour célébrer des fiançailles en bonne et due forme et que celle-ci ne leur donnait pas vraiment tort sur ce point, il avait accepté de garder leur engagement secret. Ils s'étaient simplement échangé des preuves de leur amour : un pendentif en forme de cœur accroché à une chaîne pour elle et, pour lui, une mèche de ses cheveux blonds qu'il conservait précieusement dans son portefeuille. Le portefeuille qu'on lui avait dérobé à Knightsbridge, par ailleurs.

Avait-il fait preuve d'arrogance en croyant que l'amour qu'elle déclarait lui porter avec une telle ardeur durerait toujours ? Comment avait-il pu croire qu'elle l'attendrait jusqu'à ce que les combats cessent ? Il s'était bercé d'illusions. Et s'était visiblement mépris sur la profondeur des sentiments qu'elle nourrissait à son égard. Les siens n'avaient pas faibli alors que la guerre l'avait ensuite entraîné sur les terres espagnoles.

La promesse qu'il avait faite à Daphne l'avait aidé à tenir bon, alors qu'il aurait sans doute été parfois plus facile d'abandonner la partie et de quitter cette terre à jamais. Puis Charles, juste avant de rendre son dernier souffle, lui avait confié que Daphne avait l'intention d'épouser un baronnet connu pour ses libertinages. Charles l'avait supplié d'empêcher sa sœur de commettre l'irréparable. Il était le seul à connaître leurs fiançailles secrètes et, visiblement, il n'acceptait pas que Daphne ne tienne pas parole.

Ivo avait promis à son meilleur ami de faire tout ce qui était en son pouvoir pour empêcher ce mariage malgré l'immense chagrin que la trahison de Daphne lui avait causé. Il lui paraissait non seulement inconcevable qu'elle ait tant changé mais se reprochait surtout de ne pas avoir pressenti ce revirement de situation. Dire qu'il n'était même pas parvenu à tenir la promesse qu'il avait faite à Charles…

La naïveté dont il avait fait preuve le remplissait de honte désormais. Il avait cru qu'il s'agissait d'un simple malentendu, qu'elle n'avait peut-être plus réellement confiance en lui et que tout serait rapidement réglé en se parlant à cœur ouvert. Cette perspective lui avait permis de tenir le coup, jusqu'au moment où ils s'étaient retrouvés face à face. Là, il avait littéralement perdu pied. Comment était-on censé réagir lorsque la femme que vous aimiez vous rejetait sans ménagement puis envoyait des hommes à votre poursuite pour vous faire rentrer cette nouvelle réalité dans le crâne ? Pourquoi le détestait-elle tout à coup ? Se retrouvait-elle piégée, maintenant qu'elle s'était mariée contre l'avis de ses amis et de sa famille ? Rompre des promesses sacrées l'obligeait-elle à une telle violence ?

— Que faisiez-vous dans cette taverne ? lui demanda soudain Jane, l'arrachant brusquement aux sombres pensées qui tourbillonnaient dans sa tête.

Il ne répondit pas.

— Cherchez-vous à éviter votre grand-père ?

C'était effectivement mieux ainsi.

— J'avais fait une promesse à un ami. Qui est aujourd'hui décédé.

— Oh ! je suis sincèrement désolée pour vous, murmura-t-elle en se rasseyant. Et c'est cette promesse donnée sur le lit de mort de votre ami qui vous a mis en danger ?

— Charles, c'est ainsi que mon ami se prénommait, s'inquiétait pour sa sœur cadette. Il avait toutes les raisons de se faire un sang d'encre, même si je dois reconnaître qu'au départ je pensais que la fièvre le faisait un peu délirer. Je refusais de croire que Daphne se montrerait aussi… insensée.

Aussi déloyale, aurait-il dû dire.

— J'ai d'abord tenté de le calmer mais, après avoir glané d'autres informations, j'ai compris que la situation était grave. Elle était courtisée par un baronnet à la réputation sulfureuse. Je ne nommerai pas cet individu mais Charles était convaincu qu'il ne nourrissait pas de nobles intentions envers sa sœur, dont la dot faisait de nombreux envieux. D'autant que son père n'était plus là pour la protéger.

Il marqua une hésitation avant d'ajouter :

— Elle était promise à un autre de surcroît.

Quelqu'un qui n'était pas en Angleterre pour s'occuper

d'elle. Quelqu'un qui avait cru que l'amour pouvait subsister pendant des années en envoyant simplement de temps à autre des lettres griffonnées à la hâte à la lueur du feu.

— Dès que le décès de Charles a été annoncé publiquement en Angleterre, plus personne ne pouvait empêcher sa sœur de commettre l'irréparable, ni décourager le beau parleur qui l'avait séduite.

Excepté l'homme qui était parti combattre les Français la fleur au fusil, avec la certitude que Miss Parris resterait sagement chez elle à l'attendre.

— N'a-t-elle tenu aucun compte des recommandations que son frère lui avait faites ? Lui a-t-il écrit avant de rendre son dernier souffle ?

— Oui. Et elle lui a même répondu. Elle était persuadée qu'il s'agissait d'un amour véritable. « L'homme auquel elle avait donné son cœur l'avait laissée seule et elle avait fini par se lasser de l'attendre. » « Si les sentiments que cet homme éprouvait à son égard avaient été sincères, il serait venu la retrouver depuis bien longtemps. » Je suis sûr qu'elle s'est sentie négligée.

Il aurait dû garder en tête qu'elle était encore très jeune, qu'elle avait besoin de recevoir régulièrement de longues lettres au lieu des mots qu'il gribouillait à la va-vite, lorsqu'il avait un moment à lui et l'énergie de penser à autre chose qu'au champ de bataille où il passait le plus clair de son temps.

L'intensité avec laquelle Jane l'observait le mit mal à l'aise tout à coup et il s'efforça de ne pas trahir les émotions qui l'agitaient. Elle n'avait sans doute rien remarqué. Ce qui le taraudait, c'était l'origine de cette catastrophe avec Daphne. La négligence dont il avait fait preuve pouvait-elle tout expliquer ? S'était-il trompé en croyant bien la connaître ? À moins qu'il n'ait simplement inventé de toutes pièces la profondeur des sentiments qu'elle nourrissait à son égard ?

— Charles m'a informé qu'il demanderait une permission dès qu'il aurait suffisamment de forces pour quitter le lit. J'ai alors compris qu'il ne se rendait pas compte de la gravité de son état. Il pensait rentrer chez lui et empêcher ce mariage. Il était le tuteur de sa sœur, après tout, et il ne pouvait pas rester assis sans rien faire et la laisser tomber entre les mains d'un débauché notoire, même si elle était prête à rompre ses fiançailles avec l'homme qu'il aurait aimé la voir épouser.

Ivo reprit son souffle, des images de son ami tourmenté plein la tête.

— J'ai vu Charles se tourner et se retourner dans son lit, bouleversé à l'idée que sa sœur puisse trahir son meilleur ami. Il n'avait plus qu'une idée en tête, empêcher celle-ci de commettre une folie. C'est ce qu'il répétait en boucle juste avant de se mettre à délirer et de rendre son dernier souffle. Je lui ai promis de faire de mon mieux. C'est ce que j'aurais fait dans tous les cas. Je connaissais sa sœur depuis sa plus tendre enfance.

Je l'aimais. Et malgré tout ce qu'elle lui avait fait, il l'aimait encore.

— Mais vous étiez engagé dans l'armée, comment avez-vous fait ?

Les yeux fixés sur lui, Jane se pencha en avant, les deux coudes sur la table au milieu des tasses et des soucoupes, et se mordilla la lèvre inférieure comme si elle était en train d'écouter une histoire de bravoure particulièrement haletante. Elle ne comprenait visiblement pas qu'il lui parlait de quelque chose de bien plus personnel qu'il n'était prêt à le reconnaître.

— J'allais demander une permission, mais le jour de l'enterrement de Charles j'ai reçu une lettre m'informant de la mort de mon père. J'avais désormais de très bonnes raisons de rentrer en Angleterre au plus vite et mon colonel m'a immédiatement donné sa bénédiction. Le traité de Fontainebleau venait d'être signé et Napoléon était vaincu.

L'armée pouvait désormais se passer de moi sans trop de difficultés.

— Que s'est-il passé à votre retour ?

— Je suis arrivé trop tard. Daphne s'était déjà enfuie en compagnie de son baronnet aux motivations douteuses. Ses tantes étaient désemparées. Elles ont reçu une lettre de Daphne quatre jours plus tard. Elle revenait d'Écosse où elle avait passé plusieurs semaines en compagnie du baronnet qu'elle venait d'épouser. Je suis allé la voir. Dans la maison de son époux. Une vieille bâtisse qui tombe en ruine juste à la sortie de Kensington. Sir Clement, son mari, n'était pas là lorsque je suis passé, et j'ai bêtement pensé qu'elle me suivrait sans faire d'histoire en la voyant abandonnée au beau milieu des toiles d'araignées et des domestiques à la mine renfrognée faute de salaires réguliers. Je lui ai expliqué que son époux promettait à ses créanciers les plus pressants de les rembourser dès qu'il toucherait sa dot. Pour toute réponse, Daphne m'a lancé un vase à la figure.

Il préféra ne pas répéter les paroles fielleuses qu'elle avait déversées sur lui sans vergogne. Jamais il n'aurait cru qu'une femme aussi belle puisse proférer de telles méchancetés. Il en avait été profondément choqué et blessé dans son amour-propre. Qu'était-il arrivé à la jeune fille rieuse qui s'était accrochée à son cou lorsqu'il lui avait fait ses adieux ?

— C'est un peu rude, murmura-t-elle d'un ton compréhensif.

Il haussa les épaules.

— J'ai réussi à l'esquiver.

Il n'avait pas l'intention d'exposer la cuisante déconvenue à laquelle il avait dû ensuite faire face.

— Le vase m'a à peine effleuré, reprit-il. Elle m'a littéralement mis au défi de la déloger de sa nouvelle demeure et a refusé tout net la proposition que je lui ai faite de la ramener chez ses tantes, le temps de déterminer si son mariage avec le baronnet était bien légal. Je lui ai expliqué que le tribunal pouvait peut-être annuler cette union, même si cela demande du temps et une somme d'argent conséquente. Je lui ai également rappelé qu'elle n'était pas encore majeure, qu'elle avait été victime d'un enlèvement et s'était mariée sans obtenir la permission de son frère.

Ivo lui avait par ailleurs exposé les faits avec un calme dont il ne se serait jamais cru capable. Il pouvait au moins s'enorgueillir de ne pas avoir trop écorné le peu de fierté qu'il lui restait.

— Comment a-t-elle réagi ? demanda Jane. En vous envoyant un autre vase à la figure ?

— Non, répondit-il avec une ironie désabusée. Elle m'a simplement ri au nez et clamé qu'elle aimait son mari plus que tout, qu'elle était parfaitement au courant de la réputation sulfureuse qui le précédait et a ajouté que c'était exactement ce qu'elle recherchait. Qu'elle ne voulait surtout pas d'un mari mortellement ennuyeux à l'instar des hommes que ses amies avaient épousés.

Un homme comme lui, en somme. L'homme auquel elle était promise. L'homme qui avait osé faire passer son devoir avant elle.

— Elle avait soif d'aventure et de liberté, murmura Jane.

Il chercha alors la façon la moins choquante de répéter ce que Daphne lui avait confessé en toute franchise.

— Elle m'a sommé de partir en agitant la cloche destinée aux domestiques, après m'avoir asséné qu'elle ne renoncerait pas facilement aux plaisirs que son mari lui donne dans le lit conjugal. Comme je n'allais pas l'enlever à mon tour, j'ai quitté les lieux en espérant trouver rapidement un moyen de la sortir de là. J'ai bien remarqué qu'on m'avait pris en filature, mais je n'y ai pas vraiment porté attention. J'ai cru qu'elle cherchait simplement à m'avertir que je n'étais pas le bienvenu chez elle. Une heure plus tard, alors que j'étais attablé devant une pinte de bière pour me donner un peu de courage, avant de passer voir ses tantes pour leur expliquer que Daphne n'était pas retenue contre sa volonté et refusait de mettre un terme à son mariage, je me suis retrouvé nez à nez avec quatre brutes armées de gourdins.

Il reprit péniblement son souffle avant de poursuivre son récit.

— Elle a manifestement voulu me faire comprendre une bonne fois pour toutes que je devais la laisser tranquille. Et elle a peut-être eu peur que je m'en prenne à son mari. Tout ce que je sais, c'est qu'elle a lancé quatre sbires à mes trousses. Et que vous êtes arrivée au beau milieu des « arguments » extrêmement persuasifs qu'on essayait de me faire entrer dans le crâne.

Il n'avait donc plus qu'une option : se rendre à Merton Tower pour requérir les services du meilleur avocat qu'il puisse trouver. Et si quelqu'un pouvait dénicher cette perle rare, c'était bien son grand-père qui avait la réputation d'être procédurier. Ivo aurait également pu chercher un appui juridique à Londres pour prêter main-forte aux tantes de Daphne, mais le temps était sans doute venu de ravaler sa fierté et de demander de l'aide au marquis. Le bien-être de Daphne Parris passait avant tout le reste. Non seulement elle était tombée dans les griffes d'un débauché notoire mais les garçons d'écurie que celui-ci employait étaient de véritables brutes.

— S'il l'a couchée dans son lit, elle porte peut-être déjà son enfant, dit Jane sans manifester le moindre embarras.

Décidément, cette femme n'avait pas froid aux yeux. Aucune lady de sa connaissance n'aurait abordé un sujet aussi embarrassant.

— Et même sans en arriver là, reprit-elle un instant plus tard, le mariage ayant été consommé, il sera bien difficile de l'annuler. Et si Daphne persiste à dire qu'elle l'a suivi de son plein gré, je ne vois vraiment pas ce que vous pourrez faire. Sans compter que sa réputation est définitivement entachée désormais, quand bien même le mariage serait dissous.

Ivo remarqua alors qu'elle était tellement concentrée sur le problème qui les occupait qu'elle fronçait les sourcils mais, ce qui l'étonna le plus, c'était qu'elle ne semblait nullement choquée par l'histoire de Daphne.

— Vous avez sans doute raison, concéda-t-il. Mais j'ai promis à Charles que je ferais tout mon possible pour empêcher ce mariage.

Il se sentait également redevable envers l'amie d'enfance rieuse et un brin téméraire qui le charmait tant autrefois. Si seulement il obtenait la preuve que cette personne existait toujours...

— Et c'est exactement ce que vous avez fait. Et si Daphne finit par regretter ce mariage déraisonnable, elle sait qu'elle peut compter sur vous.

— Vous avez sans doute raison...

Même si ce n'était pas ainsi qu'il voyait les choses jusqu'alors, cela représentait une bien maigre consolation. Daphne n'en faisait qu'à sa tête et nul ne pouvait prévoir comment elle se conduirait si elle finissait par ouvrir les yeux.

— Il faudrait effectivement que je me rende à Bath, admit-il enfin en se rasseyant. Si nous faisons très attention, nous pouvons sans doute voyager incognito et éviter le formidable scandale qui nous éclabousserait si la nouvelle se répandait.

Le comportement exemplaire de Jane Newnham le troubla. Non seulement elle ne semblait pas porter de jugement négatif sur son compte, malgré son incapacité à extirper la jeune écervelée du piège dans lequel elle était tombée, mais elle n'affichait pas l'air triomphal qu'elle aurait pu arborer en obtenant qu'il l'escorte comme elle le souhaitait depuis le départ. Même si cela le perturbait quelque peu, il commençait à apprécier celle qui l'avait secouru de manière aussi rocambolesque.

— Quel soulagement ! s'écria-t-elle. Non seulement je me sentirai bien plus en sécurité en votre compagnie mais aussi je ne me ferai pas de mauvais sang à votre sujet.

Depuis quand se faisait-on du souci pour lui ? Sa mère

avait rendu son dernier souffle alors qu'il était à peine âgé de cinq ans, il n'avait aucun frère et sœur, et son père lui avait clairement fait comprendre qu'aucun Merton digne de ce nom ne se laisserait tirer dessus, ne se ferait empaler, ni ne trouverait la mort sur un champ de bataille. Ce dernier n'avait donc pas éprouvé la moindre inquiétude lorsque son fils unique s'était engagé dans l'armée. Son défunt père avait-il un jour éprouvé un quelconque sentiment à son égard ? Ivo se le demandait parfois. Donner la vie à un fils héritier qui porterait son titre de noblesse en temps voulu n'était-il rien d'autre qu'une façon d'accomplir son devoir ? Son père avait certes engagé les meilleurs tuteurs et professeurs pour s'occuper de lui, mais s'était-il seulement un jour préoccupé de son bien-être ?

Quant aux émotions et sentiments que son grand-père éprouvait à son égard, le mystère était encore plus profond.

— Le dîner ne va pas tarder à être servi. Si nous nous retirons dans nos chambres immédiatement après, nous pourrons nous mettre en route tôt demain matin, dit Jane en terminant sa tasse de thé.

Elle attrapa le plateau de thé pour le poser sur le buffet.

— J'ai l'impression que ma « sœur » sait parfaitement prendre les choses en main, dit-il d'une voix amusée.

En voyant le visage de Jane s'assombrir tout à coup, il se demanda si sa plaisanterie avait été mal interprétée.

— Il est grand temps que je prenne les choses en main, en effet, et que je cesse de me faire mener par le bout du nez, dit-elle d'une voix grave. Je n'ai pas suffisamment songé aux possibilités qui s'offrent à moi.

À en juger par ses sourcils froncés, les possibilités en question ne paraissaient pas la rendre particulièrement heureuse.

Alors qu'il prenait appui contre le dossier de sa chaise en tâchant de trouver une position qui lui permette de respirer confortablement malgré ses côtes contusionnées, il regretta le sérieux qui s'était soudain emparé de Jane. Même si celle-ci ne sortait pas spécialement de l'ordinaire, sa voix était plutôt plaisante et, lorsque quelque chose l'amusait, le ton enjoué qu'elle employait l'émouvait et lui donnait aussitôt envie de sourire sans même savoir ce qu'il y avait de drôle.

Derrière ses propos pleins de ressentiment se profilait sans doute une histoire quelque peu complexe. L'impossibilité de gagner sa vie en pratiquant ses talents artistiques comme elle l'avait suggéré était peut-être la meilleure explication. Cela avait éveillé la curiosité d'Ivo, mais il ne la connaissait pas suffisamment pour approfondir le sujet. D'autant qu'avec le caractère bien trempé qu'elle avait elle refuserait sans doute de répondre à ses questions. Par ailleurs, s'intéresser à Jane le divertissait et lui évitait de penser à son avenir ou au mariage calamiteux de Daphne. Mais saurait-il occulter les sentiments qu'il éprouvait envers celle qui l'avait si injustement trahi, et ce tout le temps que durerait cette soirée ?

La servante entra alors avec un plateau chargé de nourriture qu'elle se mit aussitôt à disposer sur la table. Le sommelier la suivit, des toiles d'araignées dans les cheveux, et Ivo vit Jane se renfrogner lorsqu'il commanda du ratafia pour elle tandis qu'il choisissait du vin du Rhin et un pichet de bordeaux pour lui.

— Je préférerais commander ce dont j'ai envie et cesser d'accepter docilement ce que l'on considère *convenable* pour une lady, dit-elle quelques minutes plus tard.

Elle avait prononcé ce mot d'un air dégoûté tout en lui servant une bonne louche de soupe à la queue de bœuf.

— Avez-vous l'habitude de boire du vin ? demanda-t-il, méfiant tout à coup.

Jane n'était déjà pas facile à gérer lorsqu'elle était sobre, aussi préféra-t-il prendre les devants.

— Je bois un verre de temps à autre au cours du repas, dit-elle d'une voix à peine audible. Le ratafia est si sucré qu'il m'écœure.

Alors qu'elle lui tendait son bol de soupe d'un air concentré tout en se mordillant la lèvre inférieure, Ivo l'observa sans un mot. Pourquoi s'opposait-elle ainsi au mariage ? Cette idée fantasque de vouloir gagner sa vie en se faisant rétribuer pour ses talents artistiques y était sans doute pour beaucoup. S'était-elle lassée de faire tapisserie ? Une jeune lady aussi intéressante ne devait pourtant pas laisser les gentlemen de son entourage indifférents. Ce n'était certes pas une grande beauté, mais elle faisait néanmoins un assez bon parti et possédait les codes sociaux attendus lorsqu'elle était disposée à en faire bon usage.

— Vos parents n'approuvent certainement pas votre désir de devenir peintre professionnel, dit Ivo après lui avoir passé la corbeille de pain et le beurre. Mais je suppose qu'ils s'enorgueillissent de votre incroyable talent.

— Les ladies apprennent à dessiner et à peindre des aquarelles dès leur plus jeune âge, mais on attend d'elles qu'elles représentent uniquement des paysages, des enfants ou des scènes champêtres – à condition bien sûr que celles-ci soient suffisamment pittoresques et ne dépeignent pas les conditions de vie parfois sordides de ceux qui y vivent. La peinture figurative et la peinture à l'huile ne sont pas acceptables, voyez-vous. Sachez également que mes parents ne savent rien de mes ambitions artistiques.

— Comment vous êtes-vous formée à ces techniques, dans ce cas ?

— J'ai d'abord eu un professeur de dessin et de pastel. Puis je me suis entraînée chez mon amie Verity, celle qui a épousé le duc d'Aylsham, et qui organisait régulièrement des réunions chez elle en compagnie d'autres amies. Nos parents pensaient que nous lisions des textes sérieux au cours de ces séances, alors que nous disposions au contraire d'une tour rien que pour nous dans le palais épiscopal pour mener nos travaux à bien.

En la voyant poser sa cuiller avec un certain agacement, il comprit que sa surprise avait dû se lire sur son visage.

— Les femmes peuvent travailler avec le même sérieux que les hommes, vous savez. Verity est antiquaire. Je peins. Lucy est pianiste, Melissa romancière et Prudence est une classiciste. Verity exceptée, nous avons toutes des parents qui n'approuvent guère nos passions. L'évêque est également un érudit et encourage Verity à donner le meilleur d'elle-même.

— J'en conclus que votre club de lecture n'en était pas vraiment un.

— Eh bien… Melissa lit des romans à l'occasion ; Prudence, des textes en latin ou en grec ; Lucy, des partitions. Verity étudie des revues savantes et, de mon côté, je parcours des ouvrages retraçant la vie des peintres que j'affectionne. Pour être honnête, nos parents sont persuadés que nous passons notre temps à étudier des sermons… Même si l'évêque est désormais à la retraite – le pauvre a eu une attaque voilà quelques années –, toutes sortes de publications spirituelles lui sont encore adressées. Nos parents sont toujours très impressionnés par le ton de celles que nous rapportons à la maison.

— Cela signifie-t-il que l'évêque est de connivence avec vous ?

— Il ne lui est jamais venu à l'idée que nos parents n'approuvent pas ce que nous faisons. Il nous laisse utiliser la tour de Verity même si celle-ci est à présent une femme mariée. Il entend Lucy jouer du piano et il lui arrive même de venir admirer mes peintures. Il sait que Lucy emprunte des livres dans sa bibliothèque et que Melissa écrit mais, après tout, toutes les jeunes ladies font de même. En amateur, cela va sans dire, ajouta-t-elle, les mâchoires serrées. Que le ciel nous préserve de nous prendre au sérieux !

— Vous partez malgré tout séjourner pendant une assez longue période chez votre cousine.

— C'est exact.

Elle ouvrit alors son petit pain en deux avec une brutalité qui le fit légèrement tressaillir.

— Disons que je suis tombée en disgrâce.

— Puis-je vous en demander la raison ? Je suppose qu'il ne s'agit pas d'une… amitié imprudente avec un homme, maintenant que je connais votre vision du mariage.

— C'est pourtant bien à cause d'un homme, dit Jane d'une voix enjouée. Arnold, le valet de pied, pour être exact.

Ivo se figea, une cuillerée de soupe à mi-chemin entre son assiette et sa bouche.

— Un *valet de pied* ?

— Sa musculature est tout à fait remarquable. On m'a dit qu'il pratiquait la boxe à ses heures perdues. Je voulais simplement le dessiner ! Il avait accepté de se déshabiller pour une demi-guinée.

— Vous le dessiniez sans… ? *Dans le plus simple appareil ?*

— Tout à fait. Enfin, c'est lui qui était dans le plus simple appareil. Pas moi. Comment aurais-je pu m'y prendre autrement pour étudier l'anatomie masculine ?

Ivo en laissa retomber sa cuiller dans son bol. Comme il y restait encore un peu de soupe, l'éclaboussure qui suivit n'aida en rien à améliorer son apparence déjà fort peu présentable.

— Eh bien, avec des livres, par exemple ? suggéra-t-il en s'essuyant comme il le pouvait à l'aide de sa serviette. Des images d'art ? Des statues ?

— Ce n'est pas la même chose qu'un homme en chair et en os, répliqua Jane. C'était très instructif d'observer votre dos sous tension, vous savez.

Une expression avait dû le trahir car elle s'empressa d'ajouter :

— Naturellement, je vous donnerai le dessin en question si vous le désirez. Je suis consciente de m'être laissé emporter par l'occasion qui se présentait à moi. J'aurais d'abord dû vous demander la permission. Mais c'était si intéressant de pouvoir étudier votre colonne vertébrale, dit-elle en poussant un petit soupir.

Même si c'était quelque peu déplacé vu les circonstances, cela lui rappela les femmes qui s'étaient parfois extasiées sur son corps musclé. Mais jamais en ces termes. Et aucune ne s'était jamais intéressée à sa colonne vertébrale !

— Gardez-le, je vous en prie, dit-il en reposant sa serviette sur ses genoux. Faites comme bon vous semble.

Jane le fixa alors avec une telle intensité qu'il se réjouit de voir tous les plats qui les séparaient.

— Je voulais simplement dire que vous pouvez garder le dessin. Mais je ne vous permets pas de me prendre à nouveau pour modèle à l'avenir.

Son visage s'affaissa aussitôt.

— Enfin, je n'y verrai aucun inconvénient si je suis habillé, corrigea-t-il.

La chaleur dans la pièce sembla monter d'un cran et il regretta de ne pas pouvoir s'éponger le front.

— Merci.

Le sourire radieux qu'elle afficha tout à coup l'incita à l'imiter, même si elle allait indubitablement lui causer des tracas dont il se serait volontiers passé.

Mais sa conscience lui rappela soudain qu'elle l'avait tiré d'un bien plus mauvais pas.

La servante vint alors débarrasser la soupière et les bols, et Ivo en profita pour changer complètement de sujet. La situation était déjà bien assez confuse sans informer le personnel de l'auberge que sa « sœur » dessinait des hommes nus !

— Je propose de nous arrêter à Newbury demain soir. C'est à environ quatre-vingts kilomètres d'ici. Je suppose que vous ne désirez pas parcourir davantage de distance en une seule journée.

On déposa alors devant lui de la pintade rôtie, un couteau à découper ainsi qu'une tourte à la pâte feuilletée bien dorée.

Un plat aux délicieux effluves de crème et d'oignons fut ensuite placé devant Jane. Puis la servante ajouta un plat de légumes au milieu de la table et s'effaça devant le sommelier qui déposa les bouteilles de vin.

— Quatre-vingts kilomètres ? C'est sans doute le maximum que nous puissions faire, dit Jane. Nous pourrons nous estimer heureux si nous parvenons à les parcourir en six heures, et avec vos blessures et les cahots inhérents à un voyage en fiacre, le trajet va vous sembler bien long. Que désirez-vous ? Un morceau de tourte au gibier ou du veau ? Les deux semblent très appétissants.

— Un peu de chaque, je vous prie. Voulez-vous un peu de volaille ?

Ivo réprima le sourire qui lui monta aux lèvres. Aux yeux des autres, ils affichaient sans doute l'image même de la distinction, mais cela n'était dû qu'au rang qu'ils occupaient dans la société, car au fond ils ne faisaient que donner le change. Lui avec ses ecchymoses et elle avec ses idées scandaleuses.

Jane découpa une portion généreuse de tourte qu'elle déposa sur une assiette avant d'y ajouter un morceau de veau agrémenté de sauce, laissant juste assez de place pour les légumes. Elle fit glisser l'assiette en direction d'Ivo, qui venait de lui servir une aile de pintade et un morceau de blanc. Elle se servit ensuite des petits pois carottes tout en se faisant des remontrances. Mon Dieu, quelle quantité de nourriture elle s'apprêtait à ingurgiter ! Sans oublier la tarte aux pommes qui était prévue pour le dessert… Elle but dans la foulée une bonne gorgée de vin qu'elle trouva si bon qu'elle en reprit immédiatement une autre en se délectant.

— Je vous demande pardon ? Je crains de ne pas avoir entendu ce que vous avez dit.

— J'étais juste en train de me régaler, reconnut-elle.

Ivo plissa les yeux, l'air perplexe. Pour une raison qu'elle ne s'expliqua pas, il semblait avoir rougi tout à coup. La pintade rôtie était peut-être trop chaude.

— Le vin, dit Jane en guise d'explication. Il est délicieux.

Il hocha la tête tout en ajoutant de la volaille et des légumes dans son assiette déjà bien remplie. Malgré ses années dans l'armée, il n'avait certainement pas perdu l'habitude de bien manger dès que l'occasion se présentait.

— Je ne m'attendais pas à un aussi bon repas, reprit-elle. La taverne The Pelican à Speenhamland, à la sortie de Newbury, a très bonne réputation. Nous devrions également nous régaler demain soir.

— The Pelican propose des menus à un prix exorbitant, dit Ivo en se servant un verre de vin rouge. On dit même que cette taverne s'appelle The Pelican parce que l'addition est aussi grosse que le bec de cet oiseau.

— Nous pouvons nous le permettre, dit Jane en faisant un geste vague, son verre de vin à la main.

Ce vin du Rhin était vraiment exquis, et dîner en compagnie d'un gentleman n'était finalement pas désagréable du tout.

— Vous devriez faire des économies. Naturellement, je vous rembourserai dès que possible, mais je me demande néanmoins pourquoi vous tenez tant à faire de telles folies. Je comprendrais si vous étiez l'amiral Nelson en personne et que…

— Nelson est mort, rétorqua Jane.

Elle allait peut-être également goûter un petit morceau de cette tourte au gibier, après tout. Elle sentait tellement bon, et la nourriture passait toute seule avec ce vin délicieux. Comme c'était plaisant de ne pas subir le regard désapprobateur de sa mère depuis l'autre côté de la table. Celle-ci répétait sans cesse qu'une lady digne de ce nom se devait de picorer comme un oiseau et ne buvait jamais plus d'un demi-verre de vin.

— Pensez-vous qu'une lady devrait se contenter de quelques bouchées et feindre de ne pas avoir d'appétit ?

— Non, répondit Ivo d'une voix ferme. Cela ne fait pas honneur aux cuisiniers qui se sont donné du mal en préparant les plats et je pense, de surcroît, que la nourriture ne devrait jamais être gâchée. C'est terrible d'avoir faim, vous savez. Sans compter qu'une lady qui a bon appétit a généralement les mêmes appétences pour…

Il s'interrompit aussitôt et se mit à tousser.

— Veuillez m'excuser, une miette dans la gorge. Les mêmes appétences *pour l'existence*, voilà ce que j'allais dire.

— Vous êtes sûr que vous allez bien ? Vous êtes tout rouge.

— Je me sens parfaitement bien, je vous remercie, dit Ivo en remplissant son verre. Pour revenir à ce que nous disions : Nelson est peut-être mort, mais il n'en demeure pas moins que tous les gens plus ou moins importants descendent au Pelican.

Jane haussa les épaules.

— Je ne suis qu'une jeune lady originaire du Dorset dont personne n'a jamais entendu parler. Quant à vous, personne ne vous reconnaîtra avec toutes vos contusions. Nous devons en revanche nous mettre d'accord sur un nom de famille si nous continuons à nous faire passer pour frère et sœur.

Elle parcourut alors la table en quête d'inspiration et fixa son regard sur le plat de légumes.

— Pease ? suggéra-t-elle. Pomeroy ? Pomfret ? Poppinghall ?[1]

— Ne soyez pas ridicule. Nous sommes Mr et Miss Turnham. Nous prendrons un salon privé et nous nous rendrons dans une taverne à Newbury s'il s'avère impossible d'avoir un minimum d'intimité au Pelican !

— D'accord, Ivo, concéda Jane d'une voix docile qui lui attira aussitôt un regard soupçonneux.

1. En anglais : pois, salle à manger, et autres termes inspirés du lexique culinaire.

Tout cela était nouveau pour elle. Elle n'avait pas l'habitude de faire les choses comme elle l'entendait et se réjouit de l'aventure terriblement excitante qu'elle était en train de vivre. Son père et sa mère étaient certes des parents très aimants, mais ils respectaient tous deux les conventions à la lettre. Sa mère nourrissait de grandes ambitions à son égard et lui imposait par conséquent un respect scrupuleux des bonnes manières. Jane en eut la nausée rien que d'y penser. Depuis les noces de son amie Verity Wingate avec un duc, la mère de Jane s'était mis en tête de lui trouver un époux d'un rang social élevé. « Et pourquoi pas ? Il n'y a pas de raison », comme elle le répétait en boucle.

Lorsque Jane lui avait fait remarquer qu'il n'y avait aucun duc en âge de se marier, au lieu de mettre un terme à cette conversation insupportable, cela avait au contraire incité sa mère à se replonger dans le *Debrett's Peerage* à la recherche cette fois des fils héritiers de ducs toujours célibataires. Par chance, aucun ne vivait dans le Dorset et, malgré l'optimisme à toute épreuve dont sa mère ne se départissait jamais, celle-ci avait fini par comprendre qu'aucun homme titré ne croiserait le chemin de sa fille si elle ne quittait pas la demeure familiale. Ses parents avaient donc accepté l'invitation de sa tante Hermione à séjourner quelque temps chez elle, dans l'espoir que Jane rencontre enfin des soupirants dignes d'intérêt.

« Notre pauvre Hermione n'est pas au mieux de sa forme depuis quelque temps. Nous devrions lui rendre une petite visite. Et elle est d'un naturel tellement généreux », avait dit sa mère d'un air entendu.

Jane n'avait eu aucun mal à comprendre ce que cela signifiait. S'ils menaient correctement leur barque, sa tante Hermione, qui avait un compte en banque bien fourni, financerait ses premiers pas dans la haute société londonienne.

Hermione était la plus jeune sœur de son père et elle était plutôt bien disposée à l'égard de Jane. Elle avait accepté de la recevoir pour lui permettre de faire ses débuts – certes un peu tardifs – à Londres lors de la Saison mondaine. Mais c'était sans compter sur ce valet de pied qui avait posé pour elle dans le plus simple appareil… Voilà pourquoi Jane était à présent en route pour Batheaston. Sa cousine Violet avait accepté de la prendre en charge, et le seul domestique homme qui était à son service avait la soixantaine.

Jane remarqua alors que son verre de vin était vide et les deux bouteilles étaient malheureusement hors de portée.

— Voulez-vous me verser un autre verre, Ivo ?

— Je pense que vous avez suffisamment bu.

— Je n'ai bu que deux verres.

— Je dirais trois. Ce qui fait déjà deux verres de trop.

Parvenir à ses fins avec lui serait peut-être plus difficile qu'elle ne l'avait imaginé. Comme Jane tendait la main vers la bouteille, il la plaça avec humeur hors de sa portée et l'expression sévère qu'il arbora lui rappela soudain qu'il avait été officier dans l'armée et avait l'habitude de se faire obéir.

— Vous n'êtes pas dr-drôle, milord.

Peut-être avait-il raison, cela dit, songea-t-elle en s'entendant bafouiller un peu.

— Je suis heureux de l'entendre, Miss Newnham, parce que c'est exactement l'impression que je veux donner. Notre expédition n'a pas vocation à être amusante, divertissante ou *drôle*. Si la chance est de notre côté, nous effectuerons un trajet ennuyeux et sans histoire. Et si ce n'est pas le cas, tous les ingrédients semblent réunis pour provoquer un scandale et un désastre sans commune mesure, pour vous comme pour moi.

Il s'interrompit en voyant une servante entrer à nouveau pour leur apporter la tarte aux pommes tant attendue. Par la porte entrouverte, le remue-ménage provoqué par l'arrivée des passagers de la diligence se fit distinctement entendre.

— Fermez soigneusement la porte, s'il vous plaît, dit

Ivo à la domestique alors qu'elle emportait les restes du plat principal.

Jane le regarda d'un air interloqué.

— Ne comprenez-vous pas que n'importe qui pourrait entrer par erreur ? dit-il, passablement agacé. Tout ceci est insensé. Nous devrions immédiatement vous renvoyer à vos parents !

— Certainement pas ! Oh ! zut, la servante a oublié la crème.

Jane parcourut la pièce du regard puis se souvint qu'il n'y avait pas de cloche pour appeler les domestiques.

— Je n'aurais jamais dû envisager de me rendre à Batheaston avec vous, reprit Ivo sans se préoccuper le moins du monde de l'absence de crème. Je me demande bien à quoi je pensais. Je vais vous ramener à Londres à la première heure demain matin.

— C'est hors de question ! Je n'irai pas à Londres et je ne vois pas comment vous pourriez m'y contraindre.

— J'en ai pourtant la capacité, rétorqua-t-il en se levant d'un bond.

Comme il contournait la table dans sa direction, Jane recula sa chaise et s'aperçut soudain qu'il semblait épuisé et crispé.

Malgré son teint hâlé dû à la vie au grand air lorsqu'il était officier dans l'armée, il était blême à présent et grimaçait de douleur à chaque mouvement brusque qu'il effectuait. Elle n'appréciait pas sa démonstration de force, quelque peu ratée par ailleurs, mais elle pouvait peut-être faire preuve d'un peu de compassion à son égard.

— La nuit porte conseil, ne croyez-vous pas ? Demain mat…

Le brouhaha derrière la porte monta encore d'un cran et la porte s'ouvrit soudain à toute volée, heurtant de plein fouet l'épaule blessée d'Ivo.

— J'ai complètement oublié la crème, miss. Nous sommes tellement occupés avec…

La servante s'interrompit net en s'apercevant de ce qu'elle venait de faire et poussa un petit cri effrayé. Ivo laissa échapper un gémissement de douleur, tourna par réflexe sur lui-même… et envoya promener le pot de crème qui se déversa sur lui.

— Oh ! je suis navrée, miss.

Chapitre 4

Au vu des circonstances, la servante eut beau leur présenter ses plus plates excuses, elle ne reçut qu'un silence glacial pour toute réponse. Si les points de suture avaient sauté et si la plaie s'était rouverte, ils devraient retarder leur départ. Sans parler des risques d'infection supplémentaires…

— Allez immédiatement chercher de l'eau chaude et du linge propre. Et au nom du ciel, refermez cette porte derrière vous !

Jane se dirigea vers Ivo et, à son grand soulagement, elle l'entendit marmonner un torrent d'injures. Il n'aurait pas prononcé un mot si la souffrance avait été intolérable.

Lorsqu'elle lui toucha le bras, il se redressa et baissa l'épaule.

— Ne bougez surtout pas. Attendez quelques instants avant de faire le moindre mouvement.

Elle posa la main sur son épaule valide, mais il se dégagea aussitôt avec impatience.

— Ne faites pas tant d'histoires, les points de suture sont intacts. Laissez-moi vous dire que, malgré les neuf années de combat que j'ai derrière moi, passer une journée en votre compagnie m'a davantage épuisé que tout ce dont j'ai pu faire l'expérience sur un champ de bataille.

— Vous vous montrez terriblement injuste et…

Elle s'interrompit en apercevant la servante qui tamponnait

la crème qu'elle venait de renverser à l'aide de son tablier, de manière totalement inefficace.

— Allez chercher de l'eau chaude et des serviettes comme je vous l'ai demandé. Vous ne voyez pas que vous empirez les choses ?

Ivo s'essuya le visage à l'aide de son mouchoir.

— Mais qu'est-ce que…

— Je crois que nous devrons nous passer de crème, j'en ai peur. Quel dommage. De la crème très épaisse en abondante quantité. J'espère qu'ils trouveront quelqu'un pour nettoyer votre manteau. Je crains fort que vous ne deviez vous laver les cheveux pour vous en débarrasser.

La servante revint avec une cuvette remplie d'eau fumante ainsi que des serviettes alors qu'Ivo se débattait comme il le pouvait avec son manteau.

— Tenez, dit-il en le jetant à la figure de la jeune femme aux joues cramoisies tandis que Jane prenait la cuvette, faites de votre mieux pour nettoyer tout cela !

Alors que la servante ressortait d'un pas précipité, il s'empara de la cuvette, la déposa sur la table et y plongea la tête avant de se frotter vigoureusement le visage et les cheveux.

— C'est vraiment la goutte d'eau qui fait déborder le vase, dit-il d'un ton sinistre alors que Jane lui tendait une serviette. Je vais me coucher et vous allez en faire tout autant. Vous fermerez la porte à double tour et ne sortirez pas de votre chambre avant que je ne vienne vous chercher demain matin. Est-ce bien clair ?

— On ne peut plus clair.

Elle se mordilla la lèvre en le voyant essuyer une dernière fois ses cheveux dégoulinants.

— Mais que diriez-vous de manger la tarte aux pommes avant de nous coucher ?

Elle afficha alors un large sourire pour l'encourager à accepter.

— La situation ne m'amuse pas du tout, Miss Newnham. Si la chance est de notre côté, demain matin je pourrai peut-être vous servir d'escorte mais je crains que mes vêtements ne laissent à désirer. Dans tous les cas, je suis tellement cabossé de partout que les gens risquent de se retourner sur mon passage. Rien de tout cela ne me semble particulièrement approprié pour escorter une jeune lady qui ferait mieux d'éviter d'attirer l'attention. Je vous rappelle que notre équipée n'est guère conforme aux règles de bienséance.

Jane fit de son mieux pour ravaler le fou rire qui menaçait de la secouer.

— Je suis entièrement d'accord sur ce point. Je ne me moquais pas de vous, je vous jure. Il s'agissait d'une, euh, d'une crise d'hystérie probablement.

Quelque chose lui disait qu'Ivo n'aurait sans doute pas apprécié la véritable explication. En effet, les héros qui figuraient dans les romans de Melissa ne tournaient pas sur eux-mêmes comme des toupies après avoir été heurtés par une porte ouverte en trombe par une servante pas très futée, pas plus qu'ils ne se retrouvaient aspergés de crème de la tête aux pieds. Ses héros auraient évité la porte d'un mouvement gracieux à l'instar d'un fleurettiste émérite. La vie réelle n'avait décidément rien à voir avec la fiction !

L'homme irritable aux cheveux trempés qui se trouvait devant elle fronça les sourcils puis cligna des paupières pour éviter que l'eau ne lui dégouline dans les yeux.

— La barbe, à la fin, Jane ! Je peux me charger d'organiser les fourgons de l'armée, mener une charge de cavalerie et m'occuper d'une embuscade tendue par des tireurs isolés, mais je n'apprécie guère d'être contrarié toutes les deux minutes par une gamine qui semble attirer le chaos comme un aimant la limaille de fer.

Une gamine ? Le chaos, rien que ça ?

— Puis-je vous rappeler que je ne suis nullement responsable des blessures qui vous ont été infligées ? Vous devriez peut-être vous retirer dans votre chambre comme vous l'aviez d'abord suggéré si vous trouvez ma compagnie si désagréable.

— Mais cela me priverait de cette fameuse tarte aux pommes, *ma chère sœur.*

La mâchoire serrée, il se dirigea vers sa chaise et attendit que Jane lui serve un morceau de tarte – sans crème – en secouant la tête.

— Et vous devriez peut-être retourner à Londres, ajouta-t-il d'une voix morne.

— Peu importe ce que vous direz, je me rendrai à Batheaston coûte que coûte. Je ne vois pas comment vous pourriez me forcer à rentrer et je vous rappelle que c'est moi qui paie le postillon.

— Je donnerais cher pour vous avoir sous mes ordres pendant vingt-quatre heures, Miss Newnham, dit-il d'une voix morne. Mais je dois néanmoins vous donner raison sur un point : vous n'êtes pas responsable de l'état pitoyable dans lequel je me trouve.

— Pitoyable ? Ne dites pas de bêtises, dit-elle vivement. Vos chances de vous en sortir à la taverne étaient bien minces, et les rustres qui en avaient après vous étaient armés. Quant à la porte qui s'est ouverte au mauvais moment, c'était un pur accident. Quiconque se serait trouvé là aurait connu le même sort. Si vous cherchez à m'apitoyer sur votre sort, il faudra trouver autre chose, Ivo.

— Vous *apitoyer* sur mon sort ? répéta-t-il, indigné.

Quelle diablesse ! Il prit une profonde inspiration afin de retrouver un peu son calme. Elle n'avait pas totalement tort, cela dit. Il s'était bel et bien fait molester, il ne pouvait le nier. Il ne lui serait cependant jamais venu à l'esprit de souhaiter que Jane Newnham ou quiconque le prenne en pitié.

Il avait de surcroît de très bonnes raisons d'être d'humeur massacrante.

Son régiment lui manquait. Il avait mal partout, y

compris à des endroits dont il ne soupçonnait pas l'existence jusqu'alors, même après un dur combat. Il n'était pas parvenu à tenir la promesse qu'il avait faite à Charles sur son lit de mort. La fille qu'il aimait et pensait épouser avait préféré s'enfuir avec un débauché notoire et avait demandé à des brutes de s'occuper de lui pour avoir osé s'interposer. Sans compter que la nouvelle vie qui l'attendait dans le Somerset ne l'enchantait guère, il avait à présent sur le dos une jeune femme maladroite avec un esprit de contradiction peu commun. On ne pouvait pas dire que les choses se présentaient au mieux.

Mais n'était-il pas commandant des armées, que diable ? Il devait à tout prix se reprendre. Il avait vu bien pire, après tout. Il avait de quoi manger, un toit au-dessus de la tête et personne n'était en train de lui tirer dessus.

Pas encore, du moins.

À l'heure qu'il était, le père de Jane pouvait très bien avoir quitté Londres, armé d'un fusil. C'était en tout cas ce qui risquait d'arriver dès que cette fameuse femme de chambre à l'air revêche l'aurait averti de la situation.

— Si vous avez terminé votre dîner, je suggère que nous nous retirions dans nos chambres respectives comme je l'ai proposé il y a une quinzaine de minutes, dit-il avec toute la dignité dont il était encore capable, alors que Jane raclait la dernière goutte de compote de pommes de son assiette avec une évidente délectation.

Puisqu'elle tenait les cordons de la bourse, Jane avait la situation en main. Et elle ne semblait pas vouloir entendre raison. Il n'avait d'autre choix que de l'escorter jusqu'à la demeure de sa cousine à Batheaston et faire de son mieux pour la décourager de mettre à exécution ce projet insensé de s'installer à son compte.

Dieu lui en était témoin, il lui était très reconnaissant de lui être venu en aide à Kensington, mais si elle continuait à secourir de parfaits inconnus sur un simple coup de tête, cela pourrait à terme lui créer de sérieux ennuis.

— Très bien. Je me sens très fatiguée tout à coup. Je me demande bien pourquoi. Je suis généralement en pleine forme après le dîner.

— C'est sans doute à cause du vin, dit Ivo d'une voix maussade.

Encore une chose à laquelle il devrait veiller durant le voyage. Lorsqu'ils seraient enfin arrivés à bon port, il serait alors pleinement qualifié pour se lancer dans la rédaction du manuel *Comment prendre soin et assurer la protection de jeunes ladies obstinées*. En deux volumes, trois shillings chacun, à placer sur le présentoir de tous les papetiers réputés. Le pays devait regorger de pères prêts à débourser une coquette somme pour obtenir ce précieux sésame.

— Pour quelle raison souriez-vous ainsi ? demanda-t-elle en se levant. Vous ne seriez pas en train de manigancer un mauvais coup ? Comme de me ramener de force à mes parents ?

— Non, je reconnais clairement ma défaite sur ce point. Je suis simplement en train de retrouver mon sens de l'humour qui était jusque-là tapi dans de sombres recoins.

Jane partit d'un grand éclat de rire.

— Cela doit être une sacrée épreuve pour vous, Ivo. Ne vous en faites pas, après-demain, vous serez enfin débarrassé de moi.

— Cette perspective me met effectivement en joie, dit-il, le sourire aux lèvres, tout en lui tenant la porte. Les chambres sont équipées de clés, il me semble. Fermez votre porte à double tour, je vous prie, et coincez une chaise sous la poignée.

— Cela me paraît quelque peu exagéré, répliqua Jane alors qu'ils atteignaient le palier.

— Faites-moi plaisir. Je n'ai pas follement envie de bondir hors de mon lit aux premières lueurs du jour pour voler à votre secours parce qu'un ivrogne aura découvert par hasard que les clés de cette auberge ouvrent toutes les portes.

Le petit rire narquois de Jane résonnait encore dans sa tête alors qu'il se déshabillait, le sourire aux lèvres, se glissait sous les draps et posait enfin sa tête douloureuse sur l'oreiller.

Jane avait un mal de crâne atroce. Enfin, pour être plus précise, à en croire les informations qu'Ivo venait de lui transmettre, elle souffrait d'une gueule de bois bien méritée.

— Vous n'avez pas l'habitude de boire, cela n'a vraiment rien d'étonnant. Je vous conseille de vous contenter d'un seul verre la prochaine fois et de ne pas hésiter à boire beaucoup d'eau, ajouta-t-il sans lui témoigner la moindre marque de compassion alors qu'ils grimpaient à bord du fiacre à 8 heures le lendemain matin.

Lui était manifestement courbaturé et endolori au point de serrer les dents, et elle avait un tel mal de tête qu'elle prit la ferme résolution de ne plus *jamais* boire une seule goutte d'alcool. Ainsi gardèrent-ils le silence durant les premiers kilomètres qu'ils parcoururent en direction de Brentford. Elle s'efforça de s'enthousiasmer de la vue imprenable depuis Kew Bridge puis ferma les yeux pour essayer de supporter les soubresauts dus aux célèbres pavés de la route principale de la ville.

— Nous sommes arrivés à Hounslow, dit Ivo quelque temps plus tard, ce qui la fit sortir de sa torpeur inconfortable.

Jane se redressa et jeta un coup d'œil par la fenêtre en direction de la rue très animée.

— Est-ce que Hampstead Heath est notre prochaine étape ?

Elle plissa les yeux en direction du guide routier, s'attendant presque à y trouver dûment consignés les périls en tout genre qui les guettaient sur la route, à la manière des anciennes cartes avec leurs dragons et leurs étranges monstres marins…

— En effet, répondit Ivo, les yeux tournés vers la rue principale de Hounslow alors que leur véhicule cliquetait sans s'arrêter et passait devant une diligence immobilisée devant l'auberge The George Inn.

Jane déglutit péniblement.

— Nous changerons de chevaux à Colnbrook, dit-il. Vous semblez inquiète. Ne vous en faites pas ! Les bandits de grands chemins se font rares de nos jours.

— Cela revient à dire qu'il y a très peu de crocodiles dans un tronçon de rivière. Un seul suffit à vous dévorer, lui rétorqua-t-elle. Et je ne crois absolument pas à ces histoires de gentlemen cambrioleurs qui font preuve d'une certaine galanterie, à l'instar de Claude Duval qui invitait à danser les ladies qu'il braquait.

— Je suis sûr que ce sont tous des rustres dégoûtants sans la moindre éducation, concéda Ivo. Mais je suis également certain que notre postillon sera capable de leur filer sous le nez si l'un d'eux voulait s'en prendre à nous.

— Quel dommage.

Jane fourragea dans les profondeurs de son réticule et en extirpa un pistolet de poche.

— J'espérais pouvoir l'essayer. Dans le feu de l'action, je ne suis pas parvenue à le retrouver à Kensington, ce qui était vraiment négligent de ma part. Cela aurait donné à réfléchir à ces brutes.

— Sans aucun doute. Est-il chargé ? demanda Ivo d'une voix très calme.

Il lui fit soudain penser à un homme en train de raisonner quelqu'un prêt à se jeter d'un piton rocheux.

— Bien entendu. Du moins… c'est ce que je crois. Mais il n'est évidemment pas armé.

Elle l'étudia attentivement en se mordillant la lèvre inférieure.

— Cela dit, maintenant que j'y regarde de plus près, je n'en suis pas tout à fait certaine.

— Si vous pouviez ôter vos doigts de la détente, cesser de le pointer en plein sur ma poitrine et me le passer, je pourrais vérifier tout cela.

Elle déposa le petit pistolet dans la large paume d'Ivo.

— Il n'est ni armé ni chargé. Loué soit l'ange gardien qui veille sur les jeunes femmes incapables de se tenir tranquilles ! Disposez-vous de poudre et de balles ?

— Non.

Elle, incapable de se tenir tranquille ? Oh ! et après tout, à bien y réfléchir, elle aimait assez cette idée.

— Alors pourquoi l'avoir emmené ?

Ivo n'avait pas ajouté « Quelle gamine insensée vous faites ! », mais à en juger par l'expression qu'il arborait c'était exactement ce qu'il voulait dire.

— Avez-vous déjà oublié la tête que vous faisiez il y a moins d'une minute ? lui rétorqua-t-elle. Je me disais qu'en me voyant armée les bandits de grands chemins n'auraient pas très envie de s'en prendre à moi.

— Je pense au contraire qu'ils n'hésiteraient pas une seconde à vous donner un bon coup de matraque sur la tête ou à vous briser le poignet pour que vous le lâchiez. Où diable vous êtes-vous procuré une telle chose ?

— Mon oncle Giles l'a donné à ma mère à Noël. Je pense qu'il s'agissait d'une blague mais je savais où il était rangé, et j'ai pensé qu'il pourrait m'être utile. Cessez de lever les yeux au ciel, je vous prie ! Qu'étais-je censée faire si nous nous faisions attaquer ? Laisser Billing leur lancer des regards furibonds ?

— Cela aurait probablement été plus efficace ! D'autant que vous n'êtes pas parvenue à mettre la main dessus à Kensington.

C'était malheureusement la vérité. Peut-être n'était-elle

pas faite pour une existence de jeune femme incapable de se tenir tranquille, finalement.

— Puis-je vous demander ce que vous ferez si nous nous faisons attaquer ? demanda-t-elle d'un ton entendu.

— La probabilité qu'un tel événement se produise est extrêmement faible. Si quelqu'un essayait de s'en prendre à nous et si le postillon ne parvenait pas à s'en débarrasser, je me demande ce qu'il pourrait bien nous voler.

— J'ai des bijoux dans ma valise et plus de vingt livres sterling dans mon réticule. Vous considérez peut-être cela comme des bagatelles, mais ce n'est pas mon cas.

— Je suis d'accord avec vous. Perdre votre argent serait extrêmement embarrassant et je vous suggère de cacher immédiatement quinze livres sous le coussin d'un des sièges. Quant à vos colifichets, ils n'intéresseront sans doute pas les…

— Hum…

— *Hum ?* Pourquoi cela me donne-t-il aussitôt un mauvais pressentiment ? Qu'avez-vous volé à vos malheureux parents ?

— Rien du tout, répondit Jane d'un ton indigné. La parure de diamants et le collier de perles qui appartenaient autrefois à mon arrière-grand-mère m'ont été donnés. Je les ai emportés à Londres pour les faire estimer. Lorsque j'ai demandé à mon père ce qu'il convenait de faire à ce sujet, il m'a répondu de ne pas me faire de souci pour rien, ce qui, vous en conviendrez, était une remarque particulièrement exaspérante.

— Je ne partage nullement votre sentiment d'exaspération. Pourquoi vouliez-vous les faire estimer ?

— Je n'en étais pas encore certaine, reconnut Jane. Je me disais que je prenais sans doute mes désirs pour des réalités lorsque j'imaginais vivre un jour de ma peinture. J'attendais que ma mère accepte de me voir finir vieille fille et perde enfin espoir de me trouver un bon parti. Mais les choses ont changé. Je sais maintenant que j'aimerais vendre mes bijoux afin d'ouvrir mon atelier. Ce n'est qu'hier, en discutant avec vous, que j'ai compris que me rendre à Bath était l'occasion parfaite pour transformer mon rêve en réalité. Bath est sans doute le lieu idéal pour remplir un carnet de commandes, même si la ville a un peu perdu de son aura. Je pense à tous ces gens fortunés qui vivent là-bas et dépensent leur argent sans compter en babioles.

— Avez-vous réfléchi à la manière dont vous vous y prendrez pour attirer ces clients fortunés dans votre atelier et pour leur donner envie d'acheter vos portraits ?

— J'y ai réfléchi hier soir.

Elle n'avait à présent plus les détails en tête et cela lui demanda un effort de concentration pour présenter son projet avec concision.

— J'ai l'intention de louer une petite boutique dans une rue animée et d'y installer une jolie vitrine – cela pourrait être simplement un portrait disposé sur un chevalet avec des drapés artistiques et un petit écriteau en lettres d'or qui dirait *Portraits réalisés par X. Entrez pour de plus amples informations*. Et j'aurais mon atelier à l'intérieur. Il faudrait que je choisisse un nom d'emprunt, bien entendu.

Elle lui sourit, visiblement enchantée par ce qu'elle venait d'imaginer.

— J'aurai sans doute besoin d'une ou deux commandes pour commencer, puis le bouche-à-oreille fera le reste.

Ivo ne lui rendit pas son sourire.

— C'est de la folie pure.

— Absolument pas. Pourquoi cherchez-vous ainsi à me décourager ?

— Parce que vous n'avez pas la moindre idée de ce qu'un loyer vous coûtera, sans parler de la quantité de matériel dont vous aurez besoin. Vous perdrez chaque penny récolté grâce à la vente de vos bijoux et vous perdrez probablement votre réputation par la même occasion. Vous devrez employer une domestique pour faire taire les mauvaises langues – ce qui occasionnera de nouvelles dépenses – et on vous considérera malgré tout à peine mieux qu'une… qu'une actrice.

— J'ai bien compris à quoi vous faites allusion ! Pourquoi une lady qui se lance dans une carrière artistique des plus respectables devrait-elle être immédiatement assimilée à une prostituée ?

— Parce que personne ne pensera qu'elle gagne sa vie par elle-même, et les gens en tireront la conclusion qu'elle a un protecteur, dit Ivo.

— Ivo, réfléchissez sérieusement à cette question, dit-elle en se tournant vers lui pour lui faire entendre raison. Il y a si peu de portraitistes femmes que la profession ne peut pas s'être attiré les préjugés attachés au métier d'actrice. Je pensais que les ladies se sentiraient plus en confiance si elles ou leurs filles posaient devant une artiste femme. Elles seraient plus en sécurité qu'en présence d'un homme.

— Dites-moi, Jane, vos parents ont-ils les cheveux blancs et une addiction avérée à l'alcool ?

— Certainement pas ! Aucun d'entre eux ne boit exagérément. Ma mère n'a que quarante-six ans et n'utilise quasiment pas de… Je veux dire qu'elle n'a pas de cheveux blancs, et mon père a quarante-huit ans et a juste les tempes un peu grisonnantes. Pourquoi vous êtes-vous mis en tête que… ? Oh ! comme vous êtes désobligeant ! Vous pensez qu'ils se font des cheveux blancs à cause de moi.

Elle aurait sans doute ajouté quelque chose si le fiacre n'avait pas tout à coup fait un grand virage pour s'immobiliser juste après.

— Nous nous sommes arrêtés.

Elle regarda par la vitre et agita la main en guise d'éventail, riant de son pouls anormalement élevé.

— L'espace d'un instant, j'ai cru qu'il s'agissait d'une attaque de bandits de grands chemins. Où se trouve Hampstead Heath ?

— Nous étions en train de nous quereller lorsque nous

l'avons traversé. Nos échanges acrimonieux ont dû effrayer les hordes de bons à rien qui rôdaient. Nous sommes arrivés à Colnbrook. Désirez-vous entrer dans la taverne The George Inn ?

Jane étudia la façade de l'établissement. Il avait l'air respectable. Sa mère ne répétait-elle pas inlassablement qu'en voyage il fallait toujours profiter des commodités décentes qui se présentaient ?

— Je pense que oui.

Quand elle revint dans la cour, Ivo était appuyé contre le véhicule, et le postillon avait un échange plutôt vif avec le palefrenier au sujet des chevaux proposés pour le changement. Un vieil homme barbu était venu se joindre à eux en boitillant. Il était visiblement en train de raconter une longue histoire particulièrement épouvantable.

— … Et là ils tombaient dans la cuve bouillante située juste en dessous. Ah, The Ostrich était célèbre pour ses ragoûts de viande ! Le propriétaire s'emparait de tout ce qu'il trouvait dans leur chambre à coucher et s'est enrichi comme il n'est pas permis.

— Et qu'est-il arrivé à ce scélérat de propriétaire ? demanda Ivo.

— C'était il y a fort longtemps. Avant même le roi Henry VIII. Il a été pendu, traîné par un cheval et écartelé. Ses intestins ont été accrochés à un pic juste devant ses yeux, on lui a coupé la quéquette et…

— Je vous remercie. Buvez une pinte de la meilleure bière, cette histoire a dû vous donner terriblement soif, dit Ivo en lui glissant une pièce dans la main.

Le vieil homme grommela des remerciements et s'en alla en boitillant.

— De quoi diable s'agissait-il ? demanda Jane, alors que

le postillon se mettait enfin d'accord sur deux nouveaux chevaux et qu'Ivo l'aidait à remonter dans le véhicule.

— Un aubergiste sanguinaire dans l'établissement juste en face. The Ostrich. Un mécanisme faisait basculer le lit pendant que le client dormait et celui-ci se retrouvait alors dans une cuve située à la cave, voilà ce que raconte l'histoire.

— Non ! Mais c'est terrifiant ! Je vérifierai les lits des auberges où je dors, à l'avenir, sinon je risque de faire de terribles cauchemars.

— C'est ridicule, répliqua Ivo vivement. Personne ne pourrait user longtemps d'un tel stratagème à notre époque.

— Il y a toujours une première victime. Mon Dieu, cela ferait un tableau propre à frapper l'imagination, vous ne pensez pas ? Le pauvre dormeur dans un demi-sommeil, s'accrochant avec terreur à ses draps alors qu'il glisse inexorablement vers son funeste destin. L'aubergiste démoniaque en train de remuer son chaudron bouillonnant juste en dessous. Je ne suis pas certaine qu'une peinture aussi macabre se vende facilement, cela dit. Il faudra que j'en parle à mon amie Melissa. Je suis sûre qu'elle pourra l'incorporer à l'un de ses romans.

— Ce n'est pas un passe-temps approprié pour une lady d'écrire des choses pareilles.

— J'ai l'impression d'entendre mon père lorsqu'il m'a surprise en train de lire un roman ! Je vous rappelle qu'il ne s'agit pas d'un simple passe-temps, comme vous dites. Melissa a la ferme intention de trouver un éditeur pour ses romans.

Le silence qu'Ivo lui opposa la piqua au vif. Elle lui tourna légèrement le dos et regarda le paysage défiler par la fenêtre.

— Si vous boudez jusqu'à Newbury, le temps risque de nous sembler long, dit-il après avoir traversé deux villages.

— Je ne boude pas. Je m'abstiens de discuter avec une

personne bourrée de préjugés et aux opinions parfaitement désuètes.

— Miss Newnham, vous mettez décidément ma patience à rude épreuve.

— Dans ce cas, sentez-vous libre de descendre au prochain changement de chevaux et de vous rendre à Bath par vos propres moyens. Avec votre passé de soldat, j'imagine que vous avez l'habitude de marcher.

— Je suis, ou plutôt j'étais dans un régiment de cavaliers.

— Voilà qui est épatant !

Elle se tourna vers lui.

— Ne prenez donc pas cet air outragé ! Il ne s'agissait pas de sarcasmes. La cavalerie jouit d'un tel prestige. J'aurais adoré vous peindre en uniforme sur votre monture. De quelle couleur était votre cheval ?

— Percy est noir, avec une patte blanche, et se trouve actuellement dans une pension pour chevaux à Londres en attendant mon retour.

Jane se détendit un peu. Ivo parlait de son cheval avec chaleur et humanité. Peut-être se méprenait-elle sur son compte, après tout ?

— Êtes-vous seulement capable de dessiner correctement un cheval ? demanda-t-il aussitôt.

La trêve n'avait pas duré plus de dix secondes.

— Je les dessine de manière satisfaisante, reconnut-elle, mais pas aussi bien que les gens.

— Dans ce cas, je crains que vous ne receviez aucune commande de ma part. Percy a traversé suffisamment d'épreuves à mes côtés pour ne pas se contenter de quelque chose de simplement satisfaisant.

Puis il ajouta avec une mimique moqueuse :

— Dites-moi, peignez-vous uniquement ce qui vous paraît prestigieux ou tape-à-l'œil ? Ne prendrez-vous pour modèles que les jolies femmes ou les hommes agréables à regarder ?

J'ai bien noté qu'il ne vous était pas venu à l'idée de faire mon portrait avant que je ne vous parle de mon uniforme.

— Vous êtes terriblement injuste avec moi, le rabroua-t-elle.

Jane pencha légèrement la tête sur le côté et l'étudia attentivement. Lorsqu'elle rencontra son regard interrogateur, elle s'aperçut que c'était la première fois qu'elle se conduisait ainsi. Jusqu'alors, elle ne l'avait observé qu'à la dérobée.

— On ne peut pas dire que vous êtes agréable à regarder, dit-elle du ton le plus neutre possible. Vos traits ne sont pas très réguliers. Vous n'avez en revanche pas à rougir de votre silhouette, même si vous n'êtes pas un modèle d'élégance et si votre épaisse chevelure brune vous donne un air résolument tragique. Il faudrait sans doute vous faire poser dans un décor extérieur assez tourmenté.

— Avez-vous l'intention de faire preuve de la même franchise avec tous vos modèles ? Ils risquent de ne pas apprécier…

C'était plutôt séduisant de le voir jouer à celui qui n'était nullement affecté par ce qu'elle venait de lui dire.

— Bien sûr que non.

Il afficha alors un large sourire qui lui coupa littéralement le souffle. Il n'était peut-être pas des plus agréables à regarder mais, lorsque son visage s'illuminait, lorsqu'il était sincèrement amusé, et que ce sourire lui était adressé, il était…

Mon Dieu !

Il lui donnait terriblement envie de lui rendre son sourire. Il lui donnait envie de le toucher. Il lui donnait la sensation d'être… une femme.

— Pourquoi ai-je droit à un traitement différent, dans ce cas ?

— Parce que vous êtes mon ami.

Vraiment ? Ce mot lui était naturellement venu aux lèvres sans qu'elle sache bien pourquoi. Elle ne connaissait pas la personnalité d'Ivo, il passait le plus clair de son temps à critiquer ses faits et gestes et, pourtant, ce mot lui semblait tout à fait approprié. La description factuelle qu'elle avait faite juste avant était bien moins risquée.

Elle ne pouvait tout de même pas lui dire qu'elle le voyait comme un spécimen mâle aux larges épaules pourvu d'un tel magnétisme qu'elle sentait son bas-ventre se contracter rien qu'à le regarder !

— Je suis flatté.

Comment savoir s'il se moquait d'elle ?

— Nous venons de passer Slough et voici la célèbre colline Salt Hill où se réunit le club des Quatre Chevaux lors de ses excursions. Savez-vous qu'ils sortent de Londres à un trot modéré et qu'ils s'arrêtent dans différentes auberges pour se ravitailler ? Ils arrivent ensuite à Salt Hill, y passent la nuit et rentrent au trot le lendemain.

— Font-ils le même trajet chaque fois ? Comme cela doit être ennuyeux ! Et à leur place, j'aimerais explorer davantage et plus rapidement qu'au trot. Comme cela doit être grisant de conduire un véhicule ! ajouta-t-elle d'une voix mélancolique. Où allons-nous changer de chevaux la prochaine fois ?

Elle s'empara du guide routier et l'ouvrit à la page qui les intéressait. Mieux valait faire semblant d'étudier la carte, vu le trouble qu'elle ressentait chaque fois qu'elle croisait le regard d'Ivo.

— Maidenhead. Ainsi nous aurons des chevaux en pleine possession de leurs moyens avant de nous attaquer à Maidenhead Thicket, un bosquet tristement célèbre pour ses bandits de grands chemins, même si ces derniers se font rares depuis quelque temps. Il serait tout de même plus prudent de dissimuler vos bijoux et votre argent sous votre siège.

— Je viens de repérer le lieu dont vous parlez, il est indiqué sur la carte. Vous savez, j'ai toujours pensé que Maidenhead était un nom vraiment improbable pour une ville. Virginité ! Ce n'est vraiment pas un sujet de conversation décent.

Ivo émit alors un drôle de son. Comme s'il riait et s'étouffait à la fois.

— Je crois savoir qu'il s'agit plutôt d'un dérivé d'un terme en vieil anglais et que le nom de cette ville n'a absolument rien à voir avec la virginité.

— Quelle déception ! Je me l'étais représentée comme un lieu exotique de débauche. Cessez de vous moquer de moi, Ivo, ce n'est pas ma faute si les jeunes ladies sont élevées dans un tel cocon qu'on ne puisse poser la moindre question sur le nom d'une ville.

— Vous n'en êtes en rien responsable, Miss Newnham, mais plus je passe de temps en votre compagnie et plus je me dis qu'il vaudrait mieux enfermer toutes les jeunes ladies avant qu'elles ne se marient.

Chapitre 5

Au grand regret de Jane, ils arrivèrent à la taverne The Pelican à 6 heures précises, sans que rien ne vienne troubler le calme du trajet, pas même l'apparition romanesque de bandits de grands chemins.

Une véritable cohue régnait dans la cour de l'auberge et leur postillon dut garer leur véhicule dans un recoin, leur laissant à peine la place de descendre.

Tout en lui tenant la portière, Ivo parcourut la cour d'un regard attentif.

— A priori, je ne vois personne de ma connaissance dans les environs.

— Depuis le temps que vous avez quitté le pays, les chances que vous tombiez sur une de vos connaissances sont infimes, ne croyez-vous pas ? demanda Jane.

Elle lui donna la main, tout en prenant garde de se baisser pour éviter que sa coiffe ne vienne toucher le haut de la portière.

— On n'est jamais trop prudent.

— Oh ! nous avons oublié les objets de valeur à l'intérieur du véhicule.

Elle tourna les talons, souleva le siège, s'empara du sac… et perdit l'équilibre en se retournant, ce qui lui fit manquer la première marche.

Impossible d'éviter la chute. Mais alors qu'elle dégringolait, une main cramponnée sur son sac, elle eut en un éclair la certitude qu'Ivo la rattraperait. Elle n'avait pas prévu en revanche de heurter malencontreusement son épaule blessée durant la manœuvre. Il laissa échapper un petit grognement.

— Je suis sincèrement désolée !

Elle leva les yeux vers lui alors qu'il baissait la tête et leurs lèvres se frôlèrent par inadvertance. Une brève sensation de chaleur l'envahit. Une fois fermement campée sur ses deux pieds, elle prit soudain conscience qu'elle était littéralement en train de le dévisager, le souffle court.

— Vous êtes-vous blessée ? Vous êtes-vous tordu la cheville ?

— Non, souffla-t-elle tant bien que mal.

— Que se passe-t-il dans ce cas ?

— Personne ne m'avait encore jamais embrassée.

— Ce n'était pas un baiser, dit-il d'une voix rauque, tout en la fixant de ses yeux sombres.

— Ah bon ? dit-elle, encore accrochée au revers de sa veste. Quelle déception ! Je me suis toujours demandé à quoi cela pouvait ressembler.

— Voilà ce que c'est, un baiser.

Ivo inclina alors la tête, pressa les lèvres contre les siennes et l'attira tout contre lui.

Ce fut presque aussi rapide que ce frôlement accidentel, mais cela la fit frissonner jusqu'aux orteils, ainsi que dans des parties du corps qu'aucune jeune femme bien élevée ne devrait nommer en présence de quiconque. Ivo la relâcha brusquement, la laissant avec une odeur épicée très agréable dans les narines et le goût de sa bouche sur les lèvres.

— J'espère que votre curiosité est désormais satisfaite.

À entendre le ton extrêmement guindé qu'il venait d'employer, ce baiser ne lui avait manifestement pas procuré le plaisir qu'elle avait ressenti.

— Tout à fait. Merci à vous. Je dois dire que je ne vois vraiment pas pourquoi on en fait tout un plat.

Jane laissa échapper un petit soupir dédaigneux, fit mine

de vérifier le contenu de son sac et remit sa coiffe en place avec de grands gestes étudiés. Fort heureusement, songea-t-elle alors qu'ils se dirigeaient vers la porte de l'auberge, elle n'avait pas les joues cramoisies.

De toute évidence, Ivo n'était pas d'humeur à accepter les sornettes que l'aubergiste lui débita. Ce dernier commença par leur annoncer qu'il n'avait pas de suites privées, puis qu'il en avait peut-être une, mais à un prix tellement exorbitant que Jane ne put s'empêcher d'ouvrir de grands yeux ronds.

— Nous passons seulement une nuit ici, dit Ivo d'un ton vif. Ma sœur est fatiguée. Nous avons besoin d'un petit salon au calme et de deux chambres contiguës à un tarif inférieur à celui de la rénovation totale de votre établissement. Je croyais que The Pelican était un établissement de bonne renommée, mais si vous trouvez ma requête déraisonnable, nous pourrons facilement nous loger ailleurs.

C'était la première fois que Jane l'entendait employer ce ton qui ne souffrait aucune contestation. Un officier de l'armée avait certes l'habitude de commander et de voir ses ordres exécutés, mais cela dénotait également une indubitable confiance en soi. Visiblement, il croyait qu'il lui suffisait d'émettre un désir raisonnable pour que celui-ci soit immédiatement satisfait. Cependant, vu la façon dont il était habillé et son visage tuméfié, sans compter qu'il ne s'était pas donné la peine de donner son nom, son rang ou son titre, il préjugeait sans doute de l'issue de cette discussion. Mais, en voyant l'aubergiste se tortiller tout à coup d'un air gêné, elle comprit qu'elle faisait fausse route.

— Je vous demande un instant, monsieur, je vais aller vérifier. La domestique s'est peut-être trompée.

L'aubergiste disparut sans crier gare et Ivo se tourna alors vers Jane.

— Voilà qui ne m'étonne guère, dit-elle en le dévisageant.

— Que voulez-vous dire ?

— Je comprends qu'il ait pris ses jambes à son cou !

Vous faites peur à voir, vous savez. Il s'est probablement dit que vous n'hésiteriez pas à mettre son auberge sens dessus dessous s'il ne pouvait répondre favorablement à votre demande.

Ivo lui tourna aussitôt le dos en laissant échapper un petit grognement. Son épaule le faisait sans doute souffrir. Sinon pourquoi serait-il d'aussi mauvaise humeur ?

— On peut dire que vous avez de la chance, monsieur ! lança l'aubergiste quand il revint en trombe. Je viens d'apprendre qu'un de nos clients a annulé sa réservation. Nous avons exactement ce que vous cherchez ! ajouta-t-il en claquant des doigts en direction d'un garçon pour lui intimer l'ordre de porter les bagages de Jane.

— Bien, répondit sèchement Ivo.

Comme il cherchait Jane du regard, il s'aperçut qu'elle l'attendait docilement à ses côtés. Sans doute préparait-elle encore un mauvais coup.

— Venez, ma chère sœur.

Même si le baiser qu'ils avaient échangé avait été fugace, il s'en voulait terriblement. Que lui était-il donc passé par la tête ? Il aurait pu mettre cela sur le compte de la douleur lancinante qui lui vrillait l'épaule et lui avait momentanément fait perdre ses esprits, mais à quoi bon se mentir ? Il n'avait pas pu résister à cette charmante ingénue qui le regardait en ouvrant de grands yeux, les lèvres entrouvertes, et qui n'avait pas caché sa déception lorsqu'il avait affirmé que leur premier frôlement de lèvres ne pouvait décemment pas être considéré comme un véritable baiser. Son premier baiser, de surcroît.

C'était la première fois qu'il rencontrait une femme qui savait exactement ce qu'elle désirait. Jane n'avait nullement cherché à le séduire, pas plus qu'elle n'avait usé de sous-entendus ni ne l'avait encouragé d'aucune manière. Leurs lèvres s'étaient rencontrées accidentellement, et elle s'était aussitôt imaginé qu'il s'agissait d'un baiser. Et comme elle était d'une incroyable franchise, elle n'avait même pas dissimulé sa curiosité, en aucune manière. Cette femme était un véritable danger public, songea-t-il en suivant l'aubergiste qui les escorta jusqu'au salon privé qu'il avait exigé.

Elle ne voyait pas pourquoi on en faisait tout un plat. Mais pour qui se prenait-elle ? Aucune femme n'avait jusqu'alors émis la moindre critique sur la façon dont il embrassait, ne serait-ce qu'un frôlement de lèvres…

Tu as le nez de travers, mon pauvre Ivo Merton, voilà ce qui cloche, songea-t-il en retrouvant un peu son sens de l'humour. Jane n'était pas tombée en pâmoison devant lui et cela l'avait sans doute blessé dans son amour-propre.

Elle ne le trouvait pas à son goût. C'était plutôt une bonne chose. Si elle se mettait à défaillir en sa présence, il serait dans de beaux draps !

— Cela devrait faire l'affaire. J'espère néanmoins que les lits ont été correctement aérés.

Ivo reprit ses esprits tout à coup. Jane était en train d'inspecter la pièce d'un œil sévère.

— Des lits humides au Pelican ? dit l'aubergiste, sur la défensive. Je peux vous assurer qu'une telle chose ne s'est jamais produite dans mon établissement, miss !

— Dans ce cas, je vous prie de nous faire porter de l'eau chaude. À quelle heure désirez-vous dîner, mon cher frère ?

— Dans une heure, répondit Ivo en sentant son estomac gargouiller.

C'était exactement ce dont il avait besoin : un dîner copieux, du bon vin et une bonne nuit de sommeil. Il pourrait ensuite faire face à toutes les situations qui se présenteraient à lui. Il saurait même s'y prendre avec la jeune lady innocente qui l'accompagnait et dont l'instinct de survie était semblable à celui d'un chaton qui venait de naître. Il faudrait bien qu'elle perde cette fâcheuse habitude de courir après tout ce qui accrochait son regard ou lui faisait envie.

Ivo s'était délecté d'un savoureux bifteck et avait savouré les trois quarts d'une bouteille de bordeaux lorsque 8 heures sonnèrent. Le moment était venu de faire comprendre les réalités de l'existence à Miss Newnham. Elle était en âge de se marier, après tout.

— Vous ne pouvez pas embrasser un homme dans une cour d'auberge comme vous l'avez fait tout à l'heure, lança-t-il sans préambule.

— C'est vous qui m'avez embrassée, répliqua-t-elle calmement.

— Uniquement parce que tel était votre désir, protesta Ivo, conscient que son autorité lui échappait déjà.

— Ce n'est pas vrai. J'ai simplement dit que… Oh ! et puis vous avez peut-être raison. J'ai pu vous donner l'impression d'être en demande. Je reconnais que ma curiosité était piquée. Embrassez-vous toutes les femmes qui vous en font la requête ?

— Bien sûr que non !

C'était lui qui était mis en cause à présent. Elle était décidément difficile à contrôler.

— Un gentleman ne reçoit généralement pas ce genre de propositions, vous savez. Mais laissons cela de côté. Vous devriez être plus prudente. *La réputation* tient parfois à peu de chose. Facile à ruiner mais difficile à rétablir, une fois entachée.

Il n'était pas peu fier de sa déclaration. C'était exactement le genre de sermons que prononçaient les vieilles matrones guindées.

— En voilà des sornettes ! s'exclama Jane, une cuisse de poulet bien entamée à la main. La réputation de mon amie Verity – celle qui a épousé le duc, vous vous souvenez – a été sérieusement entachée lorsqu'elle s'est fait surprendre dans les bras de celui qui allait devenir son mari par l'évêque en personne et quelques-unes de ses connaissances. Cela ne l'empêche pas d'être considérée aujourd'hui comme une lady tout à fait respectable.

— On pardonne à peu près tout à une femme qui épouse un duc, dit Ivo d'un ton acide. Malheureusement pour vous, il n'y a plus de ducs en âge de se marier pour voler à votre secours.

— C'est exactement ce dont ma mère se plaignait récemment, dit Jane. Elle a passé au peigne fin tout le *Debrett's Peerage* dans l'espoir de m'en trouver un. Un fils héritier aurait sans doute fait l'affaire mais, apparemment, c'est également une denrée rare. Cependant, il me semble vous avoir déjà expliqué que je n'ai pas l'intention d'épouser qui que ce soit. Je vais m'installer en tant qu'artiste professionnelle sous un nom d'emprunt. La réputation de Jane Newnham n'a qu'à bien se tenir ! Personne ne s'en souciera.

En entendant de telles balivernes, Ivo réprima la terrible envie de se prendre la tête entre les mains et de hurler.

— Vous iriez jusqu'à refuser un duc ?

— Pas si j'étais follement amoureuse de lui comme Verity l'est de Will. Mais la probabilité que cela se produise est quasiment nulle. Il faudrait que je rencontre un duc, que celui-ci soit en âge de se marier et que j'en tombe éperdument amoureuse. Autant chercher une aiguille dans une botte de foin !

— En effet.

À l'heure qu'il était, Mr et Mrs Newnham avaient sans doute appris que leur femme de chambre avait perdu la trace de Jane et ils accepteraient sans sourciller la première demande en mariage d'un gentleman respectable, pourvu que ce dernier soit solvable et ne dépasse pas les soixante-dix ans.

— Demain, nous allons une nouvelle fois parcourir environ quatre-vingts kilomètres. Il serait de bon ton d'arriver chez votre cousine sans l'informer que vous avez voyagé en compagnie d'un gentleman inconnu depuis Kensington, sans même une femme de chambre pour vous chaperonner qui plus est.

— Cela ne devrait poser aucun problème. Je pourrais demander au postillon de vous déposer devant la résidence de votre grand-père, et je reprendrais ensuite la route pour Batheaston.

— Ce qui vous ferait faire un détour de plus de vingt kilomètres, à l'aller et au retour. Sans compter que cela ne me plaît guère de vous laisser terminer le trajet seule.

Alors qu'elle lui servait une portion généreuse de crème rhénane, il réfléchit sérieusement à la question.

— Je pourrais peut-être vous fausser compagnie à l'entrée du village. Mais si quelqu'un vous apercevait en compagnie d'un homme, cela provoquerait immédiatement un terrible scandale.

— Cela pourrait effectivement me compromettre, concéda Jane un instant plus tard.

Un peu de crème tomba de la cuiller qu'elle tenait en suspens au-dessus du plat et elle tressaillit légèrement en entendant le *floc*.

— Je comprends vos inquiétudes. Et je ne vois vraiment pas comment vous iriez ensuite à Merton Tower.

— Je peux y aller à pied. Même si par le passé je faisais partie de la cavalerie et malgré les propos que je vous ai tenus l'autre jour, je peux parfaitement marcher si le temps est clément.

— Je n'en avais jamais douté, vous savez.

Elle lui fit alors glisser une coupe remplie à ras bord de crème rhénane. Elle était tellement absorbée par le sujet qui les préoccupait qu'elle ne s'était visiblement pas rendu compte de lui avoir servi une double ration.

Ivo l'observa d'un œil soupçonneux. Aucune référence à la blessure qu'il avait à l'épaule ? Aucune récrimination ?

Pourquoi ne protestait-elle pas en arguant qu'il s'attachait un peu trop à vouloir préserver sa réputation ?

— Les fées se seraient-elles emparées de l'esprit de Jane Newnham ? demanda-t-il tout à trac.

— Je ne vois pas de quoi vous voulez parler.

Elle lui adressa alors un clin d'œil qui signifiait clairement qu'elle voyait au contraire très bien ce qu'il voulait dire.

— Je suis fatiguée, voilà tout. Je n'ai pas envie de me disputer avec vous. Nous pourrions peut-être partir un peu plus tard demain matin ? Que diriez-vous d'un petit déjeuner à 9 heures ?

Ivo se serait bien laissé tenter. Ses ecchymoses lui faisaient atrocement mal, une douleur lancinante lui transperçait l'épaule de part en part, et la perspective d'une bonne nuit de sommeil dans un lit douillet était terriblement tentante.

— J'accepterais volontiers votre proposition, mais votre père doit s'être lancé à nos trousses à l'heure qu'il est. Il doit écumer de rage. Plus tôt vous serez arrivée chez votre cousine, mieux ce sera.

— Je ne vois pas comment il pourrait nous rattraper, dit Jane.

Elle posa sa cuiller sur la table et se mit à compter sur ses doigts comme une écolière.

— Billing a dû passer une bonne heure à fulminer et à sermonner le personnel de l'auberge qui n'avait pourtant rien à se reprocher. Après cela, elle a dû prendre la première diligence en direction de Londres qui avait une place disponible. Disons qu'il s'est écoulé au moins trois heures entre notre départ et le moment où elle s'est remise en route. Ensuite, il lui a bien fallu une heure, peut-être même davantage, pour se rendre dans le centre de Londres. Et comment savoir si elle a aussitôt trouvé un fiacre pour l'emmener chez ma tante Hermione ? Cela signifie qu'il lui a fallu au moins *cinq heures* pour rentrer après que je lui ai fait faux bond.

Jane s'interrompit, l'air songeuse tout à coup.

— À l'heure où elle est arrivée, il n'y avait sans doute personne pour l'accueillir, hormis les autres domestiques. Mes parents et ma tante devaient se rendre à une exposition dans une galerie à Piccadilly puis aller dîner chez une connaissance. Le temps qu'ils rentrent à Hill Street, que Billing leur raconte ce qui est arrivé, que ma mère ait une attaque en entendant son récit, il était bien trop tard pour partir à ma recherche ! D'autant qu'ils n'avaient pas la moindre idée de la direction que j'avais prise, ajouta Jane, subitement inquiète.

Ivo hocha la tête. Cette vision des choses lui paraissait plutôt cohérente.

— Même si Billing n'est pas assez sotte ou suffisamment suspicieuse pour aller s'imaginer que nous étions de mèche et que nous nous connaissions avant que je vous fasse monter dans notre véhicule, je suis certaine que mes parents vont s'inventer les pires horreurs. Ils pensent sans doute que vous m'avez kidnappée ou séduite, ou pire encore.

— Ils nous croient donc en route vers la frontière écossaise pour nous marier dans le plus grand secret ? À moins que je ne vous aie emmenée dans un lieu de perdition ?

— Mon père s'attend probablement à une demande de rançon. Oh ! mon Dieu ! Je n'avais absolument pas réfléchi à cette question en ces termes. Mes parents voient tellement le mal partout qu'il ne leur viendra même pas à l'idée que j'ai simplement porté secours à un inconnu, et que cet imprévu ne m'a pas empêchée de poursuivre mon chemin jusqu'au domicile de ma cousine Violet.

— Ce n'est effectivement pas le genre de raisonnement qu'ils risquent de tenir.

Ivo sentit son cœur se serrer. Quel imbécile il faisait ! Il aurait dû se préoccuper des parents de Jane dès le départ au lieu de se focaliser sur ses blessures, sur l'abattement qui s'était emparé de lui en voyant qu'il n'était pas parvenu à tenir la promesse qu'il avait faite à Charles, sur son cœur brisé ou même sur ce qu'il pouvait faire pour arrêter cette jeune femme horripilante qui semblait ne jamais obéir à personne.

— Pensez-vous qu'ils préviendront la police ?

— Je pense que c'est exactement ce que ferait mon père en pareilles circonstances. Ce n'est pas du tout le genre d'homme à s'élancer à notre poursuite, armé jusqu'aux dents. Mon père est extrêmement conventionnel, vous savez.

Elle lui jeta alors un regard interrogateur.

— Vous paraissez bien pensif tout à coup.

— Je suis en train de réfléchir à la façon dont je pourrais payer ma caution sans faire intervenir mon grand-père, dit Ivo, en ne plaisantant qu'à demi.

Jane se mordilla la lèvre inférieure. De toute évidence, elle le prenait très au sérieux. Il se remémora alors ses lèvres posées sur les siennes, leur goût délicieux et le léger parfum floral qu'elle portait. Son cœur se mit aussitôt à cogner furieusement contre sa poitrine. Mais que lui arrivait-il donc ? Ce n'était vraiment pas le moment de ressentir une attirance physique envers une jeune femme innocente placée sous sa protection. Jane était si différente de Daphne ! Peut-être cela expliquait-il l'attirance qu'il éprouvait envers elle ?

— Il n'y a pas lieu de s'inquiéter, la rassura-t-il, c'était juste pour vous taquiner.

— Nous ne devrions peut-être pas tarder, cependant. Si nous nous mettons en route, disons à 8 heures, je pense que nous ne risquons pas grand-chose.

Ravi d'entendre une remarque pleine de bon sens, il acquiesça. Un départ à 8 heures devrait leur permettre d'arriver à Batheaston vers 1 heure de l'après-midi si tout se passait bien.

— Je vous suggère d'écrire à vos parents pour les informer de votre situation. Dites-leur que vous êtes saine et sauve et que vous êtes en route pour Batheaston comme prévu pour séjourner chez votre cousine. Ils devraient recevoir votre lettre demain en fin d'après-midi. Vous leur écrirez à nouveau une fois arrivée et leur fournirez alors les explications que vous jugerez utiles.

— Sans vous nommer, il va sans dire. Voyons, que vais-je leur raconter ? Que je vous ai amené dans une auberge et que j'ai fait venir un médecin. Une fois certaine que vous étiez hors de danger, j'ai repris la route. Je ne suis pas obligée de préciser que vous m'accompagniez, et dans ce cas, ce ne serait pas exactement un mensonge.

Elle le regarda droit dans les yeux, un sourire radieux aux lèvres, visiblement ravie de la solution qu'elle avait trouvée. Ivo ressentit soudain bien malgré lui une profonde sympathie envers le père de Jane, et par extension envers tous les parents de jeunes filles.

— Je suggère que nous nous couchions tôt et que nous demandions que le petit déjeuner soit servi à 7 heures.

— Parfait, dit Jane en tirant le cordon de sonnette.

Ivo dormit à poings fermés et n'ouvrit un œil qu'aux toutes premières lueurs du jour qui filtraient à peine entre les rideaux. Dans un demi-sommeil, il se demanda ce qui avait bien pu le réveiller. Un bruit furtif dans un recoin de la chambre ? Il s'accouda pour mieux scruter la pénombre. Rien ne bougea. Tout ce qu'il put distinguer, c'était sa pile de vêtements pliés sur la chaise. Des souris, voilà ce qu'il avait sans doute entendu. Il tapota son oreiller pour lui donner une forme plus confortable et ferma les paupières. C'était une auberge de confiance. Quelqu'un viendrait les réveiller à l'heure dite. Il pouvait peut-être s'octroyer une heure de sommeil supplémentaire.

Les rayons du soleil qui s'insinuaient à travers les rideaux finirent par le réveiller tout à fait. Sans parler du bruit en provenance de la cour de l'auberge. Ivo se redressa brusquement pour attraper sa montre à gousset. Les aiguilles formaient un angle parfait. 9 heures.

— *9 heures !* s'étrangla-t-il.

Il rabattit rageusement les couvertures, enfila ses vêtements à la hâte et tira sur le cordon de sonnette comme un forcené. Il se débattait comme un beau diable avec ses bottes lorsqu'une servante portant un bonnet trop large pour elle ainsi qu'un tablier d'un blanc immaculé entra en trombe dans la pièce.

— Quand alliez-vous enfin vous rendre compte de l'heure qu'il est ? J'ai demandé à être réveillé à *7 heures* !

— Oui, monsieur. Mais madame votre sœur nous a demandé de vous laisser dormir. Elle est descendue à six heures et demie, monsieur, et a dit qu'elle prendrait son petit déjeuner au premier changement de chevaux. Elle nous a demandé de vous laisser dormir. Elle vous a commandé un bon petit déjeuner et a réglé la note. Elle a expliqué qu'elle devait retrouver un proche parent de toute urgence, ou quelque chose comme ça, et que vous comprendriez la situation. Elle a laissé une lettre pour vous sur la commode.

La bougresse !

Ivo s'empara de la lettre et des pièces de monnaie s'en échappèrent dès qu'il l'ouvrit.

Cher Ivo,

Hier soir, j'ai compris que vous vous trouviez vous aussi dans une situation compromettante. Je ne pense pas que ce soit une bonne chose de vous retrouver mêlé à un imbroglio impliquant la fille d'un gentilhomme. J'aurais dû prendre en considération la position délicate dans laquelle vous vous trouviez.

Je vous laisse suffisamment d'argent pour prendre la diligence puis pour louer un cabriolet ou un cheval lorsque vous approcherez de chez vous.

Ne vous pressez pas pour me rembourser les frais

engagés, il se passera quelques semaines avant que je n'aie besoin de cet argent pour louer une petite boutique et je peux toujours vendre mes bijoux en cas de nécessité.

Je vous remercie sincèrement pour votre compagnie durant le trajet. J'espère que votre épaule sera bientôt guérie et que vous trouverez votre grand-père au mieux de sa forme.

Mes salutations cordiales,

Votre amie,

J.N.

Ivo laissa échapper un juron, ce qui fit sursauter la servante. Il n'avait aucune chance de rattraper Jane à présent. Il ne lui restait plus qu'à se rendre à Merton Tower.

Le moment était venu d'affronter son destin.

Chapitre 6

— Jane, ma chère cousine !

Violet dévala l'allée qui menait à son portail, les bras grands ouverts, les cheveux au vent, comme un navire mettant les voiles à la première bourrasque. La nature l'avait dotée de formes généreuses qui s'accordaient pleinement avec sa personnalité.

Tandis que Violet la serrait fougueusement dans ses bras, Jane inspira à pleins poumons les effluves de chocolat, de jasmin et de poudre de riz que sa cousine exhalait.

— Tu as fait ta vilaine fille et j'en suis absolument ravie, car cela signifie que je vais pouvoir profiter un long moment de ta compagnie ! Ta mère m'a demandé expressément de te réprimander, dans sa dernière lettre, alors considère que je t'ai amplement sermonnée et oublions dès à présent toute cette histoire. Je suis sûre que nous allons bien nous amuser toutes les deux.

Violet l'invita alors à emprunter l'allée bordée de rosiers et de buissons de lavande aux formes aussi généreuses que les siennes. Leur doux parfum vint aussitôt lui chatouiller les narines.

— Fais attention aux abeilles. Je devrais demander à Tomlin de tailler un peu les rosiers, mais je ne parviens pas à m'y résoudre.

— Comme je te comprends ! Ils sont magnifiques.

Violet utilisait toujours le terme « cottage » pour parler

de sa maison. C'était pourtant une demeure de la fin du XVIIe siècle composée de trois niveaux, en pierre de Bath, et en retrait de la rue principale grâce au jardin implanté devant la bâtisse. Il y avait un autre jardin à l'arrière, entouré de murs, ainsi qu'une cour avec des écuries.

— Où est la femme de chambre qui t'accompagne ? Je suppose qu'elle est restée dans le fiacre et va passer par l'arrière de la maison ? Ta mère m'a prévenue que Billing te chaperonnait.

— Je l'ai renvoyée à la maison lorsque nous étions aux alentours de Kensington. Je dois absolument te confesser quelque chose, cousine. Il m'est arrivé une petite aventure en chemin, ajouta-t-elle précipitamment en voyant Violet écarquiller les yeux.

— Un homme ?

— Euh, oui. Un gentleman, bien entendu.

— Mon Dieu ! Raconte-moi tout. Es-tu amoureuse de lui ? demanda Violet en franchissant le seuil de la porte d'un pas décidé.

— Non ! Pas du tout ! Il est exaspérant et n'est pas très agréable à regarder. Et puis, il est bien trop titré pour s'intéresser à moi. Je dois pourtant reconnaître qu'il me manque déjà. Exactement comme lorsqu'on t'arrache une dent et que tu ne t'habitues pas tout de suite à son absence, ajouta-t-elle après un moment de réflexion.

Elle se faisait également un peu de souci pour lui. Ivo était une force de la nature et devrait supporter sans mal le contrecoup de l'agression qu'il avait subie, mais elle n'en était pas absolument certaine. Par fierté, il lui avait peut-être menti sur son véritable état de santé. Les hommes étaient généralement d'une telle arrogance ! Le mauvais tour qu'elle lui avait joué n'avait pas dû lui plaire, et elle espérait qu'il avait dormi suffisamment pour comprendre qu'il était inutile de se lancer à sa poursuite et qu'il valait mieux rentrer tranquillement chez lui.

— Viens t'asseoir, nous allons prendre le thé, dit Violet en la faisant entrer dans le petit salon à l'avant de la maison. Les domestiques ont mis la bouilloire à chauffer dès que nous avons aperçu ton véhicule. Allez, installe-toi et raconte-moi tout en détail.

Jane ne se fit pas prier. Tout en sirotant son thé et en se délectant de succulents gâteaux, elle se lança dans le récit de tout ce qui lui était arrivé. Enfin, *presque* tout : elle préféra taire les disputes qu'ils avaient eues au sujet de la boutique qu'elle désirait louer pour s'installer en tant que portraitiste. Elle devait encore décider de ce qu'elle confierait à Violet à ce sujet et quand elle le ferait. Et pour une raison ou une autre, elle ne se sentit pas capable d'évoquer le baiser qu'ils avaient échangé.

— Si je comprends bien, tu as voyagé seule depuis Newbury aujourd'hui ?

— Oui. Je dois avouer que je ne serais pas très à l'aise si je devais un jour passer une nuit seule dans une auberge. Quelques hommes m'ont en effet jeté des regards impudents lorsque je me suis arrêtée en chemin pour prendre un rafraîchissement ou utiliser les commodités. Je me suis contentée de les toiser d'un air hautain et ils n'ont pas osé m'importuner davantage.

— Ton mystérieux rescapé n'a donc aucune idée de ce que tu es devenue après ton départ précipité de l'auberge ? J'ai l'impression que tu as eu beaucoup de chance. L'homme que tu as secouru au mépris de la prudence la plus élémentaire s'est visiblement conduit comme un véritable gentleman.

— Je lui ai écrit que je venais chez toi afin de ne pas lui causer d'inquiétude. C'est un aristocrate et un officier de l'armée anglaise. Enfin il l'était il y a encore peu de temps, précisa-t-elle. Mais je ne l'aurais pas davantage laissé aux mains de ces brutes s'il n'avait été qu'un simple balayeur ! Ces hommes n'auraient pas hésité à le blesser grièvement, tu sais. Ou à le battre à mort.

— Tes parents t'auraient sans doute conseillé d'appeler la police.

— Le temps que la police intervienne, il aurait été très mal en point.

— Je suis d'accord avec toi, dit Violet d'un ton chaleureux. Certaines situations exigent de passer à l'action. Mais tu as quand même passé deux nuits avec lui…

— J'ai passé deux nuits dans la même auberge que lui, corrigea Jane. Pas *avec* lui. En dehors de nous trois, personne n'est au courant de ce qui s'est produit. J'ai écrit à mes parents pour leur expliquer que je n'avais pas été enlevée, que je ne m'étais pas enfuie pour me marier sans leur consentement, pas plus que je ne courais le moindre danger, et j'ai formulé les choses de manière à leur donner l'impression qu'après avoir secouru Iv…, le gentleman en question, j'ai poursuivi ma route seule après l'avoir laissé dans une auberge entre les mains d'un médecin. Il faut que je leur écrive une nouvelle lettre pour leur annoncer que je suis bien arrivée chez toi.

— Non, c'est moi qui vais leur écrire, répliqua Violet. Ainsi, ils ne se mettront pas en tête que tu écris sous la contrainte de ton odieux ravisseur.

Violet choisit un petit biscuit qu'elle se mit à grignoter tout en regardant Jane droit dans les yeux.

— Es-tu certaine que tu n'es pas tombée amoureuse de cet homme ? J'espère que tu me le dirais s'il avait fait quoi que ce soit dont il devrait rendre des comptes.

— Je t'assure que je ne suis pas amoureuse de lui.

Elle avait certes très envie qu'il l'embrasse à nouveau et éprouvait une étrange et très agréable sensation lorsqu'elle se remémorait ses yeux rieurs, mais cela ne signifiait aucunement qu'elle était tombée amoureuse de lui.

— Et je peux te certifier qu'en ma présence il n'a jamais fait quoi que ce soit qui puisse me mettre mal à l'aise. Je reconnais que j'ai parfois eu envie de lui tirer les oreilles, mais c'était uniquement en raison de son attitude trop guindée.

Alors pourquoi avait-elle tellement envie qu'il soit à présent à ses côtés pour lui parler ?

— Parfait. Dans ce cas, je peux écrire la conscience tranquille à Mildred pour la rassurer. Je vais m'y atteler immédiatement afin que ma lettre puisse partir avec le courrier du soir.

Elle tendit la main pour tirer le cordon de la sonnette.

— Dorothy va te montrer ta chambre et défaire ta valise. Après un si long voyage, tu dois avoir envie de te reposer un peu. Nous pourrons ensuite faire des projets, dit-elle en affichant un large sourire. Mildred a dit que tu pouvais rester plusieurs semaines. Je suis si contente !

Jane lui rendit aussitôt son sourire. Elle aimait beaucoup sa cousine, qui était comme une grande sœur pour elle. Elle était si compréhensive et si chaleureuse. C'était la plus jeune fille de la sœur cadette de sa mère et elle n'avait que quinze ans de plus que Jane. La tentation de tout lui raconter la tarauda tout à coup. Pouvait-elle lui confier qu'elle avait eu une véritable révélation en discutant avec Ivo ? Qu'elle rêvait de louer un atelier à Bath pour y exercer une activité de peintre professionnelle ? Sans parler du trouble qu'elle ressentait en présence d'Ivo. D'autant qu'elle détestait mentir à Violet. Elle résista néanmoins à l'envie irrépressible de se délester de ce poids. Elle n'avait encore rien décidé, alors ce n'était qu'un mensonge par omission. Il serait temps de s'en inquiéter lorsqu'elle aurait trouvé le lieu dont elle avait besoin.

— Comment oses-tu te présenter ici avec dix jours de retard et avec cette tête de voyou qui s'est bagarré comme un beau diable à la sortie d'une taverne ? demanda le marquis de Westhaven.

Malgré ses soixante-dix ans, il se tenait raide comme

un piquet et arborait le même air belliqueux que s'il avait trente années de moins. Non seulement ses moindres désirs étaient-ils généralement exaucés dans la minute qui suivait mais il avait également l'habitude de recevoir toutes les marques de déférence qu'il pensait mériter, et personne ne s'était sans doute opposé à lui depuis bien longtemps.

— Je reconnais que je ne suis guère présentable. Mes bagages sont restés à Londres et je me suis effectivement retrouvé dans une rixe à la sortie d'une taverne. J'arrive plus tard que vous ne me l'aviez demandé parce que j'avais des obligations envers un ami qui m'a demandé sur son lit de mort d'essayer de ramener sa sœur à la raison et de mettre un terme à une union imprudente. Je suis arrivé trop tard. Elle est mariée et s'est insurgée de mon intervention au point d'envoyer ses valets d'écurie à mes trousses.

Ivo prit place sur le siège de l'autre côté du large bureau en chêne, remarquant au passage que le marquis n'avait pas troqué ses vieux meubles contre ceux qui étaient actuellement en vogue dans les plus belles demeures. Son grand-père ne l'avait nullement invité à s'asseoir, mais il n'avait aucune intention de rester debout comme un écolier prêt à se faire flageller après avoir commis une bêtise quelconque.

Son grand-père, les yeux plissés, plongé dans ses pensées, ne parut pas s'en émouvoir. Ivo resta perplexe. Était-ce purement tactique ? Le vieil homme se rendait-il compte que, désormais, il ne pourrait plus gagner à tous les coups contre son petit-fils ?

— Je suppose que tu veux parler de la fille Parris. Je me souviens que tu étais ami avec son frère quand tu étais plus jeune. D'après mes souvenirs, ils avaient une demeure familiale près de Longfield, dit-il en mentionnant le domaine où le père d'Ivo avait longtemps résidé. Ses tantes sont en train de remuer ciel et terre pour annuler ce mariage. Elles sont d'une incommensurable stupidité. Ne se rendent-elles pas compte qu'il n'y a plus rien à faire ? Clement Meredith l'a séduite, l'a mise dans son lit puis l'a épousée, si j'ai bien suivi. Si celui-ci n'est pas trop bête, il a sans doute déjà engrossé cette jeune écervelée. Est-elle majeure ?

En voyant Ivo secouer la tête, son grand-père arbora un air narquois.

— Elles feraient mieux de prendre les choses du bon côté et de dépenser leur énergie à l'empêcher de faire main basse sur son argent.

Il se concentra alors sur le visage d'Ivo.

— Je me souviens qu'elle et toi aviez un peu le béguin l'un pour l'autre quand vous étiez gamins.

Ivo haussa les épaules mais pas avec suffisamment de nonchalance pour tromper son grand-père.

— C'était donc bien plus qu'un petit béguin. La bêtise de la jeunesse est elle aussi souvent incommensurable… Mieux vaut ne plus avoir affaire à elle si elle est capable de se conduire de la sorte. Ne me dis pas qu'elle a ordonné à ses hommes de t'administrer une telle correction ? Et cesse de prétendre que tes côtes ne sont pas à moitié fracturées. Qu'est-il arrivé à ton épaule ?

— Nous nous étions… fait des promesses, mais c'est du passé tout cela maintenant, dit Ivo.

Il s'adossa alors aussi nonchalamment que possible contre son siège en ignorant les terribles élancements dans ses côtes et dans son épaule.

— Mais elle n'a pas apprécié que j'intervienne, reprit-il aussitôt, et ils étaient quatre contre moi. Rien de cassé, juste des contusions. Et j'ai reçu un coup de couteau au niveau de l'épaule. J'ai plusieurs points de suture.

Il haussa les épaules une nouvelle fois pour prouver qu'il ne s'en sortait pas si mal.

— Eh bien, dit le vieil homme en faisant une grimace dégoûtée. Et Meredith les a laissés faire ? Ce n'est pas un comportement digne d'un gentleman. Il aurait dû te provoquer en duel au lieu d'envoyer ses brutes à tes trousses.

— Il n'était pas là. Daphne en est apparemment la seule instigatrice. Pensez-vous que je devrais le provoquer en duel afin de tenir la promesse que j'ai faite à Charles ? demanda-t-il d'un ton ironique. Je ne pense pas que mon ami me demandait d'aller jusqu'à tuer pour sauver l'honneur de sa sœur.

— Non, je ne te donnerai pas ce genre de conseil. Cet homme est un goujat notoire et ne se comporte pas en gentleman. Et cesse de perdre ton temps pour cette idiote, à présent. Tu as fait tout ce qu'on pouvait attendre de toi.

— J'ai promis de faire tout ce que je pourrais, dit Ivo. J'aurais essayé en tout cas. Même si elle n'éprouve plus aucun sentiment envers moi, il était de mon devoir de tenter quelque chose. Dès que j'ai compris qu'ils étaient mariés, je me suis dit qu'il n'y avait plus rien à faire, mais j'espérais que l'un des avocats de renom qui travaillent pour vous pourrait donner quelques conseils avisés aux tantes de Daphne. Elles peuvent peut-être entreprendre quelque chose.

— Si je comprends bien, tu comptais tenir ta promesse aux dépens de ma bourse, dit son grand-père sans avoir pourtant l'air mécontent.

— Je paierai, mais j'ai besoin de vos recommandations pour mettre les meilleurs avocats sur cette affaire.

Le marquis fit un geste dédaigneux de la main.

— J'ai failli épouser la grand-mère de cette idiote. Je l'aimais beaucoup, tu sais. Mais j'ai l'impression qu'elle avait plus de plomb dans la cervelle que sa petite-fille ! Je paierai les avocats en sa mémoire. Mais dis-moi, disposes-tu d'argent personnel ? demanda-t-il brusquement.

— J'ai des économies, mes arriérés de salaire et éventuellement ce que mon père m'a laissé.

— Cela ne te permettra pas de maintenir le niveau de vie que mon héritier devrait avoir. Tiens.

Le marquis fit alors glisser un petit dossier dans sa direction.

— J'ai pris les dispositions nécessaires pour te léguer ces

domaines. Tu en percevras les revenus et devras en assurer l'intendance. J'ai trop de choses à gérer en ce moment. Ton père n'était pas doué en affaires. Le pauvre n'avait pas grand-chose dans la caboche, pour te parler franchement. Il a pris cela de sa mère…

Il sembla alors perdu dans ses pensées quelques instants.

— Ta grand-mère était très jolie, mais j'aurais dû épouser Amelia Thistleton.

Ivo ne voyait pas bien ce qu'il aurait pu ajouter aux remarques que son grand-père venait de formuler, mais il eut tout à coup le pressentiment que le vieil homme n'en avait pas tout à fait terminé. Il saisit le dossier et commença à le feuilleter, réprimant le petit sifflement surpris qui lui monta aux lèvres. Son grand-père lui donnait le contrôle d'un bon tiers de ses domaines les plus conséquents. Pas ceux qui rapportaient le plus, bien entendu. Même si jusqu'à présent il avait passé sa vie d'adulte au sein de l'armée, il connaissait suffisamment les biens de la famille pour en juger.

— Ce qui m'amène au cœur du problème, dit soudain le marquis.

Ivo reposa le dossier sur le bureau et n'éprouva cette fois aucun mal à se concentrer. À quel problème son grand-père faisait-il allusion ?

— J'espère que tu n'es pas empêtré dans une autre histoire que celle avec cette jeune écervelée de Parris ? Je sais que les jeunes officiers dans ton genre attirent les jeunes idiotes comme les papillons de nuit autour d'une flamme. Il n'y a aucun mal à cela tant que tu gardes la tête sur les épaules et ne te retrouves pas dans l'obligation d'en épouser une.

— Je ne suis pas marié, grand-père. Si tel était le cas, je vous en aurais informé. Je n'avais certes divulgué à personne les engagements que j'avais pris avec Daphne Parris, hormis à son frère, mais tout cela est aujourd'hui caduc.

— Tu n'as donc conclu d'alliance avec personne d'autre ?

Vu le nombre de fois où Ivo s'était retrouvé dans la

ligne de mire de tireurs embusqués français, il connaissait parfaitement cette sensation de poils qui se hérissaient et de frissons qui lui parcouraient la colonne vertébrale. Être traqué n'avait rien d'une sinécure.

De toute évidence, le vieil homme pensait que Daphne n'avait été qu'une amourette de jeunesse, que leurs fiançailles secrètes n'avait été qu'un engouement passager qui n'aurait pas duré. Ivo n'allait certainement pas raconter à son grand-père qu'un soir de pleine lune il avait embrassé Daphne sur la terrasse et lui avait demandé de l'attendre. Elle lui avait alors répondu qu'elle l'attendrait toute son existence s'il le fallait, parce qu'elle l'aimait follement.

— Où voulez-vous en venir exactement, grand-père ?

Il aurait mieux fait de se mettre à l'abri…

— Comment ? Ne me dis pas que tu es aussi bouché que ton père ! Mes héritiers, voilà ce dont il s'agit. Pour quelle raison Matthew ne s'est-il pas remarié après le décès de ta mère ? Je ne le saurai sans doute jamais. Cela nous aurait donné davantage de choix. J'ai pourtant fait défiler suffisamment de filles aux hanches pleines sous ses yeux ! Mais monsieur n'en a rien eu à faire. Il était trop paresseux. Ou alors il préférait sa maîtresse. Elle lui occasionnait sans doute moins de tracas qu'une épouse. Mais à présent il ne reste que toi, et c'est Alfred, le suivant sur la liste, et il est… Eh bien, disons qu'il n'est simplement pas le genre d'hommes à se marier. Quelle barbe ! Vient ensuite ton oncle Horace et je ne quitterai pas ce monde l'esprit tranquille à l'idée de céder la place à cet évêque mielleux qu'est devenu mon fils.

— Oncle Horace a six fils, fit remarquer Ivo.

Son plus jeune oncle, le seul qui ait survécu, était en effet un vieux raseur. Ses fils, en revanche, n'étaient pas du tout bâtis sur le même modèle.

— Je n'ai que vingt-sept ans, grand-père. J'ai encore tout le temps devant moi.

— Ce n'est pas franchement mon impression quand

je te vois te jeter à corps perdu dans les guerres qui nous opposent aux Français ou te faire corriger par de vulgaires brutes lancées à tes trousses, gronda le marquis. Et si ton cheval mettait un sabot dans un trou à lapin ou qu'il t'arrivait n'importe quel autre maudit accident ?

Son fils Matthew, le père d'Ivo, était justement décédé à la suite d'un accident de cheval.

À voir l'expression que le vieil homme afficha, il aurait été malvenu de lui adresser le moindre témoignage de sympathie. L'inverse était également vrai, songea soudain Ivo. Son grand-père ne lui avait pas présenté ses condoléances non plus. Peut-être que le vieil homme avait conscience du gouffre d'indifférence qui avait toujours prévalu entre son père et Ivo.

— Je vois parfaitement ce que vous voulez dire. Mais je ne suis plus dans l'armée, grand-père.

Ivo ne put s'empêcher de penser que le vieil homme faisait preuve de pessimisme, mais la perte de son fils aîné, bien qu'il ne l'ait pas toujours porté dans son cœur, avait dû lui provoquer un terrible choc. Ivo aurait peut-être dû lui manifester de la compassion, mais il ne se sentit pas capable d'une telle hypocrisie. Son père n'avait jamais été proche de lui, c'était presque un étranger à vrai dire, et Ivo ne voyait pas quelles paroles il aurait pu prononcer pour apporter un réconfort quelconque au marquis.

— Est-ce que tu l'es, au final ?

— De quoi parlez-vous ?

— Es-tu fiancé ? Ou engagé ou empêtré dans je ne sais quelle histoire ? Parce que dans le cas contraire j'ai la fille qu'il te faut. La fille cadette de Tredlestone. Jolie, en bonne santé, d'une bonne lignée, des sœurs bien mariées qui ont toutes eu des garçons. Elle aura une excellente dot. Hormis quelques petites allusions, Tredlestone et moi n'avons jamais réellement abordé le sujet, mais je suis certain que ce serait le plus heureux des hommes si tu lui demandais la main de sa fille.

Et Miss Tredlestone ? Se réjouirait-elle qu'on lui demande d'épouser un homme qu'elle n'avait encore jamais rencontré ? Il fallait juste feindre un peu d'intérêt, lui rendre une petite visite et cela ferait l'affaire, grâce aux « petites allusions » de ce vieux diable. Eh bien, il allait choisir son épouse lui-même, n'en déplaise à son grand-père !

Il devait simplement trouver le moyen de faire patienter ce dernier encore un peu. Obtenir un petit moment de répit. Il devait se marier, il en avait conscience, mais c'était encore trop tôt. Son cœur était toujours à vif, même s'il connaissait à présent le vrai visage de Daphne. Une partie de lui complètement insensée la désirait encore. *L'aimait* encore, même si cela paraissait impossible. Il n'aurait pas été très correct de sa part de commencer à courtiser une autre femme dans ces conditions.

— Non, je ne suis pas… fiancé, non, bredouilla Ivo.

Chasser Daphne de son esprit se révéla plus difficile que prévu alors qu'il cherchait désespérément une excuse plausible.

— Il y a une jeune femme que j'ai rencontrée très récemment, pour laquelle j'ai semble-t-il développé des sentiments.

Des sentiments d'une simplicité incroyable. Comme une terrible envie de l'étrangler ou de la faire enfermer à double tour. Ou de l'embrasser à lui faire perdre la tête.

— Nous avons passé un peu de temps ensemble et apprenons à nous connaître. Nous ne nous sommes rien promis, nous n'avons aucun engagement l'un envers l'autre, mais je dois reconnaître que je ne parviens pas à l'oublier. Je crois qu'il ne serait pas convenable de faire la cour à Miss Tredlestone tant que je n'y vois pas plus clair dans les sentiments que j'éprouve à l'égard de cette jeune lady.

Il n'avait toujours pas pris de décision sur ce qu'il convenait de faire. Devait-il se rendre à Batheaston, trouver l'adresse de la cousine Violet et s'assurer que Jane était arrivée à bon port ? Venait ensuite la question de son projet farfelu de s'établir en tant que portraitiste à Bath. Il savait bien au fond de lui qu'il devait mettre un terme à cette folie. Ce serait sans aucun doute ce que les parents de Jane désireraient.

— Qui est cette jeune femme ? Est-elle issue d'une bonne famille ?

— Pas aussi bonne que celle de Miss Tredlestone. Elle est issue de la petite noblesse. Respectable, prospère.

Du moins le supposait-il. La robe de voyage que Jane portait était très bien coupée et conforme à la mode du moment, ses bagages étaient de très bonne qualité et ses parents pouvaient se permettre de louer un fiacre.

— Mais elle est intelligente, pleine de vitalité et assez jolie. Résolue, dit-il.

Têtue comme une mule, eut-il envie d'ajouter tout à coup.

— Une artiste, précisa-t-il.

Une excentrique, surtout.

— Hum. Peut-être que mêler du sang de la petite noblesse au nôtre ne nous ferait pas de mal. Il suffit de regarder ce que sont devenus mes autres petits-fils. Être issus d'une bonne famille ne les a guère aidés. Mais qu'est-ce que cette fille pense de toi ? Est-elle intéressée ? Elle serait idiote de ne pas l'être.

Ivo ne prit pas la remarque de son grand-père pour un compliment. Il était communément admis que toutes les jeunes femmes verraient d'un œil favorable l'attention que leur portait l'héritier d'un marquis, tant que celui-ci n'était pas un vieillard édenté ou un débauché notoire. La mère de Jane, qui n'était pas parvenue à mettre la main sur le moindre duc ou fils héritier, serait sans nul doute folle de joie en apprenant qu'il s'intéressait à elle. Attention toutefois à ne pas susciter trop d'attentes de la part de Jane ou de Mrs Newnham…

— Elle me trouve trop guindé.

Ivo choisit d'ignorer le petit ricanement que sa remarque provoqua chez son grand-père.

— Mais j'ai des raisons de croire qu'elle ne me trouve pas trop déplaisant non plus.

Elle avait voulu qu'il l'embrasse, tout de même !

— Mais je ne suis pas tout à fait certain qu'elle ait envie de se marier dès à présent.

Décidément, il ne devait pas avoir toute sa tête pour s'amouracher d'une femme aussi compliquée…

— Tu ferais mieux de te décider et vite, dans ce cas. Miss Tredlestone ne va pas t'attendre indéfiniment.

— C'est exact.

— Où habite cette jeune lady ?

— Non loin de Bath. Je lui rendrai peut-être une petite visite dans un jour ou deux, une fois que je serai installé, dit Ivo d'un ton désinvolte, attendant d'autres questions sur ses projets ou les aspirations qu'il aurait pu nourrir.

Mais son grand-père lui intima au contraire l'ordre de quitter les lieux d'un geste dédaigneux.

— J'ai différents dossiers à régler. Je te verrai au dîner. L'aile ouest t'est entièrement dévolue. J'ai demandé que les vêtements que tu avais laissés ici dans tes vieux appartements soient transférés dans ta chambre. Tu peux en disposer à ta guise, mais je te demande d'éviter les soirées dissolues qui me tiendraient éveillé jusqu'au beau milieu de la nuit.

— Je m'y engage, grand-père, dit Ivo en se levant pour prendre congé.

Maintenant qu'il surplombait son grand-père, Ivo prit soudain conscience de combien il avait vieilli. L'épaisse chevelure brune que ce dernier arborait autrefois était à présent blanche et clairsemée. Il ravala son agacement. L'âge n'était pas seul en compte. Le marquis venait de subir un coup terrible en apprenant la mort de son fils. Ivo ferait son possible pour lui rendre la vie plus facile, à condition que le marquis ne s'arroge pas le droit de lui imposer un mariage arrangé.

— Le village est aussi charmant que dans les souvenirs que j'en avais.

En ce début d'après-midi, deux jours à peine après son arrivée, Jane se promenait avec sa cousine dans la rue principale, bras dessus, bras dessous.

— Mais il me paraît vraiment petit, ajouta-t-elle.

— Nous sommes à peine deux cents habitants, dit Violet en pouffant de rire. Tu sauras rapidement tous les reconnaître. Je ne peux pas dire que la population soit extrêmement variée ni très stimulante – il y a l'église bien entendu, la société de jardinage des ladies de Batheaston, sans oublier la quinzaine de familles avec lesquelles je dîne de temps à autre – mais je suis surtout très proche de Bath. L'arrivée d'un nouveau venu fait vite le tour des chaumières et je peux t'assurer que nous n'allons pas tarder à être inondées d'invitations en tout genre.

Elles parcoururent une centaine de mètres afin que Jane puisse admirer les jardins dont la société de jardinage s'occupait avec ferveur.

— En parlant de nouveaux venus, dit soudain Violet en lui tirant légèrement le coude, je ne crois pas avoir déjà rencontré ce gentleman. Là, juste devant nous, en train de parler au pasteur.

Elle s'arrêta aussitôt sous prétexte d'admirer les pétales délicats d'un rosier à floraison tardive qui grimpait le long d'un mur.

— Un homme bien mis de sa personne, je dois dire. Je me demande s'il loge au village.

Jane se pencha sur une fleur comme pour mieux en respirer le parfum et observa la scène à travers le feuillage. L'homme qui s'entretenait avec le pasteur était en partie dissimulé, mais elle en voyait suffisamment pour savoir qu'il était de grande taille, large d'épaules et bien habillé. Il portait également une paire de très belles bottes. *Ce serait un plaisir de le dessiner*, songea-t-elle alors que ce dernier prenait congé du pasteur en lui adressant un geste du chapeau.

Le pasteur sembla les repérer tout à coup. Il fit un signe de la main à Violet pour la saluer et dit quelque chose à l'inconnu qui se retourna aussitôt.

— *Oh.*

Ce n'était *pas* un inconnu. Jane avait déjà eu le plaisir de le dessiner, par ailleurs.

— Que se passe-t-il, ma chérie ? demanda Violet, décontenancée.

— Miss Lowry ?

L'inconnu se dirigea droit sur elles et souleva poliment son chapeau dans leur direction.

— J'espère que vous m'excuserez de vous aborder ainsi sans avoir été présentés, mais le pasteur m'a indiqué qui vous étiez.

Il se tourna ensuite vers Jane et lui adressa un large sourire.

— J'ai eu le plaisir de faire la connaissance de Miss Newnham à Kensington et je vous rendais une petite visite pour m'assurer qu'elle avait voyagé sans encombre, miss.

Jane sentit son cœur se mettre à battre furieusement contre sa poitrine.

— Mon nom est Kendall.

Chapitre 7

Sa cousine Violet n'avait peut-être pas l'habitude de fréquenter les cercles aristocratiques mais, de toute évidence, elle connaissait les noms des familles de la noblesse de Bath et de ses environs, et ne parut nullement intimidée par la rencontre inopinée de l'un de ses représentants.

— Lord Kendall, dit-elle en lui faisant une petite révérence de convenance.

Le comte et elle formaient un duo détonnant, songea Jane en croquant mentalement la scène. Violet n'avait pas exactement la silhouette correspondant à l'esthétique du moment, mais elle avait bon goût, savait adapter la mode à ses formes voluptueuses et n'avait absolument pas l'air déplacée à côté de l'élégance inhabituelle d'Ivo. Les observer attentivement lui permit de calmer quelque peu ses nerfs en pelote. Que diable Ivo faisait-il à Batheaston ? Cela lui permit tout au moins d'apprendre qu'il s'était rendu à Merton Tower sans anicroche.

— Quelle chance vous avez eue de nous rencontrer, Lord Kendall, dit-elle d'une voix hésitante. Je ne crois pas vous avoir donné l'adresse de ma cousine, ni vous avoir communiqué son nom de famille.

— Je me suis dit que je trouverais sans doute votre cousine Violet dans le registre qui répertorie l'aristocratie et la petite noblesse de Bath, et il n'existe qu'une seule lady à Batheaston qui possède un prénom aussi charmant. J'ai ensuite eu la chance de faire la rencontre du pasteur alors que je cherchais l'adresse de votre cousine.

Les bonnes manières allaient probablement de pair avec les beaux habits qu'Ivo avait revêtus…, songea Jane en l'observant d'un air soupçonneux.

— Nous étions justement sur le chemin du retour, dit Violet. Nous sommes sorties prendre l'air afin de montrer à Miss Newnham la rose absolument magnifique que Mrs Broughton a créée. Le jardinage est une véritable passion pour les ladies de Batheaston.

Qu'elle était rusée ! Jane avait toujours admiré sa cousine pour l'aplomb dont elle ne semblait jamais se départir. La maison de Violet se trouvait dans la direction diamétralement opposée et elles n'avaient nullement eu l'intention de faire demi-tour avant une vingtaine de minutes au moins. L'admiration qu'elle vouait à sa cousine fit place à un vent de panique en voyant Ivo se placer entre elles deux, les invitant chacune à lui prendre le bras qu'il leur tendait, et ils se mirent alors tous les trois à remonter la rue principale, bras dessus, bras dessous.

Mais que cherchait-il au juste ?

Il n'avait manifestement pas l'intention de faire allusion au voyage peu conventionnel qui les avait réunis. La manière très neutre dont il avait évoqué Kensington lors des présentations avec sa cousine pouvait laisser croire que leur rencontre s'était produite dans le cadre d'un événement social quelconque.

Ivo entretenait poliment la conversation et encouragea Violet à pérorer au sujet de la société de jardinage des ladies de Batheaston avant de s'extasier sur quelques éléments architecturaux, puis de s'inquiéter des risques d'inondation de la rivière Avon qui se trouvait très proche de la rue principale.

La main posée sur le coude gauche d'Ivo, Jane le pinça légèrement, espérant qu'il comprendrait sa tactique. Puis elle se souvint de sa blessure et s'excusa précipitamment dans un murmure.

En voyant Violet se pencher en avant tout à coup pour croiser son regard, Jane comprit qu'elle avait parlé trop fort.

— Je te demande pardon, ma chère Jane ?

— Je voulais juste… J'ai eu peur de faire mal au bras de Lord Kendall. J'ai cru comprendre qu'il s'était blessé à l'épaule.

— Mon épaule est en bonne voie de guérison, Miss Newnham, je vous remercie.

Le scélérat, songea Jane en entendant le sourire dans sa voix. Elle ne lui ferait pas ce plaisir. Elle garda les yeux fixés droit devant elle, heureuse que les larges bords de son chapeau lui offrent des œillères de fortune.

— Une blessure de guerre, Lord Kendall ? demanda Violet. Je pense ne pas me tromper en vous imaginant officier de l'armée anglaise ?

— C'était effectivement le cas jusqu'alors, mais je suis sur le point de quitter mon poste afin d'apporter mon soutien à mon grand-père. Et il ne s'agit pas d'une blessure de guerre, Miss Lowry, c'était juste un accident.

Jane réfréna la terrible envie de faire reposer tout son poids sur le bras d'Ivo.

— Votre grand-père doit être drôlement soulagé que vous soyez rentré sain et sauf. Nous y voici, à présent, ajouta-t-elle en désignant sa maison d'un petit geste de la main.

— Votre demeure est charmante.

Ivo s'immobilisa devant la grille d'entrée, admira les pierres de la maison ainsi que le jardin foisonnant.

— Je comprends que Miss Newnham ait eu envie de quitter la saleté et la pollution de Londres pour séjourner ici.

Violet, qui s'était engagée la première dans l'allée qui menait à la maison, était peut-être flattée, mais elle n'était pas née de la dernière pluie pour autant.

— Je crois comprendre que vous n'avez fait la connaissance de ma cousine que très récemment.

— En effet. Nous avons été… présentés l'un à l'autre par des connaissances de la sœur de l'un de mes regrettés compagnons à l'armée.

Ils se trouvaient dans le hall d'entrée à présent et la domestique vint aussitôt les débarrasser de leur réticule, de leurs coiffes, du chapeau et de la canne d'Ivo. Jane le surprit en train de l'observer et elle roula les yeux dans sa direction. Elle ne savait pas vraiment si elle était soulagée d'entendre ses réponses policées et qu'il puisse aussi facilement faire passer des faits plutôt embarrassants en une fiction acceptable. Les lèvres d'Ivo s'étirèrent alors légèrement et elle ne sut décider s'il s'agissait d'un simple sourire ou s'il tentait de lui faire comprendre par ce biais contrit qu'il avait saisi les reproches muets qu'elle lui adressait.

— Et quels divertissements s'offrent à vous dans cette belle région, Miss Newnham ? demanda-t-il une fois tous confortablement installés dans le salon, attendant qu'on leur serve le thé.

Jane ouvrit la bouche, mais il ne lui laissa pas le temps de répondre.

— Vous peignez un peu, si mes souvenirs sont corrects. Vous ne devez plus savoir où donner de la tête avec les charmants paysages qui s'offrent à vous.

— Je peins essentiellement des portraits. Vous n'avez pas oublié ce détail, Lord Kendall ? Nous en avons largement discuté, il me semble.

— Je crains que cela ne m'ait échappé. Je ne suis pas un artiste. Avez-vous eu le loisir de visiter Bath ?

— Non.

Violet haussa aussitôt les sourcils, clairement surprise par la réponse abrupte que Jane venait de faire.

— Nous avons l'intention de nous y rendre prochainement, dit Violet. Bath n'est plus la ville passionnante qu'elle était autrefois, mais je suis certaine que ma cousine prendra plaisir à y faire les boutiques. Ce n'est pas un passe-temps que j'affectionne particulièrement, mais les ladies de mon entourage en sont pleinement satisfaites. Je suppose que tu ne tiens pas spécialement à goûter les eaux thermales, Jane ?

— En effet, répondit-elle en frissonnant à la simple idée de boire ce breuvage infect. Je dois reconnaître que j'adorerais visiter cette ville. Tu peux peut-être demander à une de tes domestiques de m'accompagner, cousine Violet. Je ne tiens pas à t'ennuyer avec cela. J'ai bien compris que le lèche-vitrines ne t'amuse guère.

— Bath est une ville tout à fait respectable, dit Violet. Je suis sûre que tu serais parfaitement en sécurité en compagnie de Charity. Elle connaît bien la ville, de surcroît.

— Je pourrais peut-être vous escorter, si Miss Lowry accepte que je vous accompagne ? dit Ivo en se levant d'un bond pour rapprocher une desserte à la servante qui apportait un plateau de thé.

— Connaissez-vous bien la ville ?

Jane ne sut que penser. Quelles étaient donc les motivations réelles d'Ivo ? Il n'avait tout de même pas l'intention de l'aider à trouver le local de ses rêves ?

— Oui, je la connaissais bien autrefois.

Il afficha alors un petit sourire énigmatique qui la laissa perplexe.

— Ma demeure familiale est proche de Bath.

À voir la mine enjouée de sa cousine, cette dernière était visiblement disposée à lui accorder sa confiance.

— C'est très gentil à vous, Lord Kendall. Je suis certaine que Jane appréciera bien plus votre compagnie pour explorer la ville que celle d'une domestique. Quant à moi…

— Cousine V…

— Je trouve la ville épuisante avec toutes ses collines et j'éprouve une reconnaissance éternelle aux porteurs de chaise lorsqu'il m'arrive de faire appel à leurs services, dit

Violet en éclatant de rire. Bien entendu, nous nous rendrons aux bals où nous serons conviées et assisterons à quelques concerts.

Violet gratifia Ivo d'un large sourire et Jane vit aussitôt l'impact que cela produisit sur lui. Sa cousine était décidément une femme ravissante.

Si seulement les gentlemen pouvaient cesser de penser que les femmes élancées habillées à la dernière mode étaient l'unique image de la perfection, Violet aurait alors des prétendants à foison.

Ivo posa sa tasse de thé, refusa d'être resservi et se tourna vers Jane en se levant.

— Demain après-midi vous conviendrait-il ? Miss Lowry, voyez-vous une quelconque objection si je viens chercher votre cousine en phaéton avec un palefrenier à notre disposition ?

— C'est parfait, répondit Violet sans laisser à Jane le temps d'ouvrir la bouche. Vers 2 heures ?

— Oui, cela me convient parfaitement.

— Laissez-moi vous raccompagner, Lord Kendall, ajouta Violet d'un ton enjoué.

Quelques instants plus tard, elle était déjà de retour, un sourire éclatant aux lèvres.

— Eh bien ! s'exclama-t-elle.

— En effet ! Que t'es-tu mis en tête, Violet ?

— Cela me paraît pourtant évident. Tes parents seront ravis si Lord Kendall s'intéresse sérieusement à toi. Je peux t'assurer que tu seras vite pardonnée.

— C'est un comte. Il deviendra marquis au décès de son grand-père. Je n'ai pas bien saisi la raison de sa visite, mais ce n'était certainement pas pour me courtiser. En outre, je n'ai nullement l'intention de me marier et, quand bien même je caresserais ce projet, Ivo Merton est un homme assez insupportable au quotidien.

— Il s'appelle donc Ivo.

Violet, qui était pourtant la plus raisonnable des femmes en temps ordinaire, laissa échapper un petit soupir.

— Je n'arrive pas à croire que tu ne veuilles pas te marier, ajouta-t-elle d'un ton dubitatif.

— Tu sembles t'en sortir haut la main sans être passée par la case mariage, répliqua Jane en toute franchise.

— J'ai de l'argent, dit Violet d'un ton égal. Disons que je tiens à mon indépendance.

Comme Jane n'alimentait plus la conversation, Violet ajouta :

— Même s'il n'est pas animé des intentions que je lui prête, être vue en compagnie de Lord Kendall ne peut que renforcer ton prestige. Tu auras davantage de cavaliers aux bals où tu te rendras et nous recevrons bien plus d'invitations si l'on t'aperçoit à son bras lors de ton escapade à Bath.

— Tu as sans doute raison, ma chère cousine, mais je t'en prie, ne joue pas aux entremetteuses. Lord Kendall et moi ne sommes que de simples connaissances.

Une connaissance qu'elle avait certes vue torse nu. Une connaissance qui l'avait également embrassée.

— Et il fait preuve d'une telle assurance en toutes circonstances que cela en devient exaspérant, déclara-t-elle d'un ton sec.

À ces mots, Violet émit un petit grognement que les convenances auraient largement réprouvé.

En rentrant à Merton Tower, Ivo se mit à la recherche de son grand-père, qu'il trouva assis dans son bureau, entouré de piles de dossiers à traiter.

— Ne puis-je rien faire pour vous venir en aide, grand-père ? Il me semble que votre homme d'affaires, votre avocat et votre intendant devraient vous assister dans vos tâches.

— C'est exactement ce qu'ils font. Ils me harcèlent à longueur de temps pour que je prenne des décisions, soulèvent d'innombrables problèmes et ergotent sur les moindres détails.

Le marquis releva ses lunettes cerclées de métal pour les placer au sommet de sa tête. À bien regarder, il ressemblait un peu à Benjamin Franklin – en moins agréable.

— Ils veulent que je prenne des décisions aujourd'hui sur tous ces dossiers, reprit le marquis en désignant les piles de papier d'un geste de la main.

— Si je peux vous offrir mon aide dans certains dossiers, n'hésitez pas à me solliciter.

Comme son grand-père ne le congédiait pas d'un grognement ou de toute autre manifestation de mauvaise humeur, Ivo s'assit.

— Cela fait moins de quatre mois que mon père est décédé et j'ai remarqué que vous n'avez pas demandé à votre entourage de porter le deuil.

— Je ne le porte pas moi-même. Plus je vieillis, moins je supporte ces faux-semblants. Tout cet argent dépensé pour acheter des mètres et des mètres d'étoffe noire et ressembler à des corbeaux me passe par les yeux. Sans oublier les commérages chuchotés derrière votre dos si vous assistez à un dîner ou à toute autre festivité. Que cela apporte-t-il de bénéfique à la personne décédée, je te le demande ? Matthew n'est pas assis sur une espèce de nuage céleste depuis lequel il nous jetterait des regards désapprobateurs. Si tu ne portes pas de noir pour leur rappeler que tu es en deuil, les personnes à cheval sur le respect des conventions n'y font plus attention, au bout d'un certain temps.

Il lui décocha alors un regard acéré.

— Tu ne portes pas le deuil, toi non plus.

— Je portais l'uniforme lorsque j'ai appris la nouvelle. Puis, à mon retour en Angleterre, j'étais trop pressé de retrouver Miss Parris pour prendre le temps de me rendre chez le tailleur. Mais maintenant que je réfléchis un peu à la question, je pense que je suis entièrement d'accord avec votre manière d'envisager les choses.

S'il faisait preuve d'un minimum d'honnêteté, porter le deuil n'aurait été qu'un pur respect des traditions et n'aurait pas revêtu la moindre signification. Il regretta tout à coup de ne pas être en mesure de ressentir la moindre peine ou d'être profondément affecté par la perte de son père, mais tout ce qu'il éprouvait, c'était juste une impression de gâchis. Quel accident absurde.

— Très bien. Si tu n'es pas officiellement en deuil, rien ne t'empêche alors de faire la cour à une femme.

— En effet, grand-père.

Ivo battit rapidement en retraite dans l'aile du château qu'il occupait. Quelle mouche l'avait piqué en proposant à Jane de l'emmener à Bath ? Il ne lui avait rendu visite que pour s'assurer qu'elle était arrivée sans encombre à Batheaston et sans doute également pour la taquiner un peu. Il aurait dû trouver le courage de confier à son grand-père qu'il était passé voir la jeune lady qui lui causait toutes ces incertitudes, et le laisser mariner environ une semaine, songea Ivo, le temps qu'il reprenne ses esprits, relègue Daphne dans le passé comme il se devait et accepte l'idée de se mettre en quête de l'épouse qui lui conviendrait.

Mais voilà qu'il s'était engagé à accompagner en ville une jeune lady qui ne désirait nullement faire le tour des boutiques pour y effectuer des achats, mais pour repérer celles qui n'attendaient qu'un nouveau locataire. Et que ferait-il si elle trouvait un local qui lui plaisait ? Il devrait alors en aviser sa formidable cousine, même si Jane lui reprocherait aussitôt de l'avoir trahie. Ce qui ne serait pas véritablement le cas puisqu'il avait à cœur d'œuvrer pour son bien.

Jane Newnham n'était qu'une distraction pour lui. Elle n'était pas facile et avait quelque chose d'exaspérant, mais il la trouvait également très intéressante. Elle le faisait penser à ce morceau de musique qui vous trotte constamment dans la tête et dont vous ne pouvez vous défaire. Peut-être même aussi à l'écriture de Byron, qu'il trouvait absolument fascinante alors que l'homme en lui-même était horripilant.

Un après-midi en sa compagnie suffirait sans doute à dissiper l'agacement qu'elle provoquait chez lui. Et si jamais il apercevait une boutique avec un panneau À louer dans la vitrine, il l'entraînerait simplement dans la direction opposée.

Ivo savait par expérience que Jane avait sans doute passé de longues heures à se préparer. Une invitation à une promenade en compagnie d'un comte nécessitait quelques efforts supplémentaires. Il ne se berçait pas d'illusions pour autant. Il savait pertinemment que cela n'avait rien à voir avec son charme personnel. Malgré tout, il s'extasierait comme il était de bon ton de le faire en pareilles circonstances. Il confia les rênes des deux magnifiques chevaux bais qu'il avait choisis dans les écuries de Merton Tower à Robert, son palefrenier, et remonta nonchalamment l'allée bordée de splendides parterres de roses qui menait au cottage de Miss Lowry.

Il se prépara également à attendre l'arrivée de Jane pendant de longues minutes pour lui permettre de faire une entrée remarquée. C'était toujours ainsi que les choses se passaient. Mais, alors qu'il était encore à quelques mètres de distance de la porte d'entrée, celle-ci s'ouvrit brusquement. Jane sortit d'un pas décidé, sans paraître se soucier le moins du monde du respect du protocole attendu. Décidément, elle ne faisait jamais rien comme tout le monde. La robe de promenade qu'elle portait était soignée mais tout à fait ordinaire. Une robe qu'il l'avait déjà vue porter lors du trajet qu'ils avaient effectué ensemble. Sa coiffe lui était également familière, ainsi que les bottines qui venaient frôler le bas de sa robe tandis qu'elle se dirigeait droit sur lui. Elle n'avait pas songé non plus à emporter une petite ombrelle pour se pavaner.

Seul son réticule était différent. Il fallait espérer qu'elle n'y avait pas glissé son pistolet de poche…

— Bonjour, Miss Newnham, la salua-t-il en soulevant son chapeau.

Mieux valait prêter attention aux paroles qu'il prononçait car le palefrenier ne devait pas en perdre une miette. Quant à Miss Lowry, elle avait sans doute les oreilles collées à la porte.

— Pas de carnet à croquis, aujourd'hui ?

— Juste un petit calepin, répondit-elle spontanément. Bonjour, Lord Kendall.

Il lui tendit la main pour l'aider à s'installer sur le siège où elle prit place sans faire de chichis.

— Vos chevaux sont de toute beauté, s'exclama-t-elle un instant plus tard en écarquillant les yeux.

L'attelage semblait l'intéresser davantage que sa personne, songea-t-il, intrigué d'être légèrement piqué au vif par ce manque d'enthousiasme à son égard.

— C'est mon grand-père qui les a dressés. Dès que j'ai un moment, je passe les voir à l'écurie.

— Dans ce cas, vous pouvez me remercier de vous donner l'occasion de leur faire prendre l'air.

— En route, Miss Newnham ! Comment pouvez-vous penser un seul instant que je puisse avoir autre chose en tête que le plaisir de me trouver en votre compagnie ?

Il fit claquer sa langue en direction des chevaux, et ces derniers s'élancèrent alors, les oreilles dressées.

Jane partit d'un petit rire.

— Milord, vous n'avez pas résisté à l'envie de me taquiner, voilà pourquoi vous m'avez invitée. Nous le savons très bien tous les deux, inutile de prétendre le contraire.

Elle baissa la voix, visiblement consciente de la présence de Robert juste derrière eux.

— Mais vous pouvez peut-être vous faire pardonner en vous montrant utile, ajouta-t-elle, un large sourire aux lèvres.

C'était une belle journée, et la route, régulièrement empruntée par les diligences et la malle-poste, était bien entretenue, si bien qu'ils progressèrent à une bonne allure tout en conversant de choses et d'autres. Jane s'extasia à la vue du canal, Ivo évoqua les risques d'inondation, puis ils s'émerveillèrent en chœur en apercevant la ville de Bath, bâtie à flanc de colline, étincelante sous les rayons du soleil.

Les sabots des chevaux claquèrent sur les pavés de Walcot Parade puis ils passèrent devant l'église St. Swithin avant de s'engouffrer dans Bennett Street. Ivo immobilisa le phaéton devant la salle de bal de Milsom Street puis se tourna vers le palefrenier.

— Nous vous retrouverons ici à quatre heures et demie, Robert. Je vous laisse prendre les rênes jusqu'aux écuries de louage qui se trouvent à une centaine de mètres.

— Bien, milord.

— Milsom Street ? Mais je n'ai pas l'intention de…

Jane s'interrompit, consciente qu'il était préférable d'attendre le départ de Robert. Mais à peine avaient-ils posé un pied sur le trottoir qu'elle se tourna vers Ivo, visiblement indignée.

— Vous savez pertinemment que je ne suis pas venue ici pour me contenter de faire du lèche-vitrines. Et j'ai parfaitement conscience que les loyers des boutiques situées dans Milsom Street sont bien trop élevés pour moi.

— Êtes-vous réellement déterminée à mener à bien ce projet totalement insensé ? demanda Ivo.

Il lui prit fermement le bras et l'entraîna à sa suite.

— Vous avez pourtant conscience que cette entreprise est bien trop risquée pour votre réputation et pour votre porte-monnaie.

L'espace d'un instant, elle parut hésiter.

— Si je trouve le lieu qui me convient, oui, je suis bien résolue à réaliser mon rêve.

— Et qu'en dit votre cousine ? Que pense-t-elle de tout cela ?

Un long silence s'ensuivit. Il tourna la tête vers elle et chercha son regard, mais elle se dissimula derrière les larges bords de son chapeau.

— En avez-vous parlé avec elle ?

— Non, pas encore. Il sera bien temps lorsque j'aurai trouvé une boutique qui me convient pour en faire un atelier.

— Vous avez donc l'intention de lui en parler.

Ivo repéra alors un magasin de chapeaux et l'entraîna dans cette direction.

— Bien entendu.

Elle sembla hésiter à nouveau.

— Je ne vois pas comment je pourrais disparaître plusieurs heures chaque jour sans lui expliquer la raison de mes déplacements.

— En effet, dit-il en s'immobilisant devant la vitrine de la boutique.

Il devait faire son possible pour renforcer les doutes qu'il entendait nettement dans la voix de Jane, à présent.

— Voilà une très jolie coiffe rose.

— Celle ornée d'une plume ? Elle est assez jolie, en effet.

— Pourquoi ne pas entrer l'essayer ?

— Ivo, n'essayez pas de me distraire, je vois clair dans votre petit manège, vous savez.

— Juste une minute. Je suis sûre qu'elle vous ira à ravir.

Et ce n'était pas un mensonge éhonté. Il avait tout à coup terriblement envie de voir cette plume venir caresser la joue de Jane.

Elle pencha la tête sur le côté et observa la coiffe avec attention.

— Cela va certainement coûter une fortune. Et si nous explorions les rues adjacentes ? Je ne veux pas m'installer trop loin de Milsom Street. C'est la rue la plus à la mode. Il faut juste trouver quelque chose d'assez bon marché.

Il aurait dû la saisir à bras-le-corps et la ramener manu militari au point de rendez-vous, mais, au lieu de cela, il la laissa le mener par le bout du nez. Jane s'engouffrait dans la moindre ruelle comme un chien de chasse sur une bonne piste.

Lui menait un courageux combat d'arrière-garde, l'emmenant chez des parfumeurs, des boutiques de gants, un établissement spécialisé dans les rubans et même un marchand de café. Mais même si elle se laissait momentanément divertir, elle reprenait toujours sa quête.

— Je suppose que vous commencez à vous sentir fatiguée, dit Ivo alors qu'elle faisait une pause en bas de Milsom Street avant de se diriger vers l'abbaye.

— Pas du tout.

Elle s'arrêta net tout à coup, se tourna vers lui et se mit à rire.

— Cette longue promenade me plaît beaucoup.

Il n'y avait malheureusement plus la moindre trace d'hésitation chez elle.

— Oh ! mais c'est peut-être vous qui avez mal aux pieds, milord ?

— Pas le moins du monde.

Même si, pour être tout à fait honnête, il regrettait sa vieille paire de bottes et se mordait les doigts d'avoir enfilé ses nouvelles bottes de Hesse, commandées des mois plus tôt et récupérées lors de son bref passage à Londres. Elles lui avaient paru tout indiquées pour se pavaner en ville au bras d'une jeune lady. Mais depuis quand privilégiait-il l'apparence au confort ?

— Vous mentez comme un arracheur de dents, milord. Cela ne fait rien, vous pourrez toujours faire appel à un porteur de chaise pour rallier notre point de rendez-vous.

Elle esquissa alors quelques pas de danse en riant, avant qu'Ivo ne la rattrape et ne lui prenne à nouveau fermement le bras. Il lui coinça littéralement la main au creux de son coude, espérant ainsi l'empêcher de lui fausser compagnie.

— Vous n'espérez tout de même pas me tenir en laisse, mon commandant ?

Mais Jane ne faisait déjà plus attention à lui. Ils venaient de déboucher dans Westgate Street et elle avait les yeux fixés sur les boutiques juste en face d'eux.

— Un magasin de chaussures ? Nous ne sommes pas encore entrés dans ce genre de boutiques, dit-il tout à coup en l'entraînant de l'autre côté de la rue, évitant de justesse deux robustes porteurs de chaise qui se dirigeaient vers l'abbaye au pas de course ainsi qu'un cabriolet lancé à toute allure sur les pavés par un jeune homme manifestement pressé.

— Non, juste à côté, dit Jane en le tirant par le bras. Regardez.

Accolées au magasin de chaussures se trouvaient une porte verte d'une saleté répugnante et une vitrine d'environ trois mètres de large tout aussi crasseuse et envahie de toiles d'araignées sur laquelle était accrochée une pancarte immaculée.

LOCAL À LOUER
S'ADRESSER À PERTWEE ET FORSTER
4A MILK STREET, BATH

— C'est fermé, dit Jane en essayant d'ouvrir la porte.

Elle sembla hésiter puis entra d'un pas décidé dans le magasin de chaussures attenant.

— En quoi puis-je vous aider, miss ?

Le vendeur avait dans les trente ans, des mains très blanches, des cheveux gominés et un pantalon incroyablement près du corps. Comment diable parvenait-il à se baisser pour ajuster les chaussures des clients de la boutique ?

— Le local juste à côté de votre boutique est à louer, commença Jane. Savez-vous quelle largeur il fait ?

— Oh ! la vieille boutique de tabac à priser ? Elle est vraiment minuscule, miss. Observez l'angle du mur de notre boutique à l'entrée. Le local attenant n'a qu'une profondeur bien modeste.

Jane et Ivo se tournèrent de concert pour voir ce que le vendeur voulait dire par là. Une fois entrés dans le magasin de chaussures, ils constatèrent que la pièce s'élargissait, et la vieille boutique de tabac à priser donnait l'impression d'avoir été prélevée au plus grand local.

— Feu Mr Flowers possédait les deux boutiques. Lorsqu'il est décédé, un de ses neveux a hérité des locaux ainsi que d'autres biens dans cette rue, et l'autre neveu, qui n'était pas apprécié, n'a reçu que la vieille boutique en héritage. Il refuse de nous la vendre par pure rancune.

Le vendeur termina sa phrase par un petit grognement désapprobateur.

— Je vous remercie beaucoup, dit Jane en lui adressant un large sourire tandis qu'Ivo lui tenait la porte.

À peine étaient-ils sortis du magasin qu'elle se tourna vers lui, une lueur de déception sur le visage.

— J'ai l'impression qu'il ne sera pas très facile de faire affaire avec le propriétaire des lieux, dit-elle d'une voix sourde.

— Je vous l'accorde aisément. Le propriétaire se frotte sans doute les mains à l'idée que cette boutique garde porte close et rebute peut-être les clients du magasin de chaussures tant sa devanture est répugnante. Venez donc goûter à la spécialité locale, suggéra-t-il soudain. Si mes souvenirs sont bons, la pâtisserie est juste de l'autre côté de la rue, près de l'abbaye.

Mais Jane ne parut pas l'avoir entendu. À moins qu'une petite douceur ne lui fasse pas particulièrement envie ?

— La devanture est parfaite, dit-elle, paraissant s'adresser à elle-même. Elle est très bien située et le loyer doit être extrêmement bon marché. Et aucune annonce n'a probablement été publiée si le propriétaire a l'intention de refuser toutes les offres qui lui sont faites.

Elle ouvrit son réticule et nota l'adresse de l'agence immobilière.

— *Non*, dit Ivo du ton le plus autoritaire dont il se sentit capable, c'est absolument *hors de question* !

— Mais…

Jane se tourna vers lui et planta son regard dans le sien, ses grands yeux noisette écarquillés tandis qu'elle battait plusieurs fois des cils. Ivo sentit soudain un long frisson lui parcourir le dos.

Les yeux de Jane étaient sans conteste son trait physique le plus marquant et elle en était forcément consciente. Elle s'entraînait sans doute chaque matin devant son miroir à perfectionner cet artifice. Il se rendit soudain compte qu'il était littéralement hypnotisé et chancela.

— Et arrêtez de me regarder ainsi avec vos yeux de chien battu. Je vous connais suffisamment pour ne pas me laisser enjôler par vos battements de cils.

— *Mes battements de cils ?*

L'expression dubitative qu'elle arborait jusque-là et qui lui avait fait chavirer le cœur se transforma en un éclair en une indignation manifeste.

— Parce que vous pensez que j'essaie de vous amadouer pour vous inciter à faire ce dont j'ai envie ? Oh ! quel goujat vous faites !

Elle lui envoya son réticule à toute volée contre le bras.

— J'espère que cela vous a fait bien mal !

Ivo n'eut pas le temps de réagir qu'une grosse voix retentit derrière lui.

— Ce gars vous importune, jeune dame ?

Chapitre 8

Interloquée, Jane pivota sur ses talons. Deux porteurs de chaise baraqués s'étaient arrêtés à leur hauteur, l'air passablement irrités.

Même si Jane aurait été bien incapable d'expliquer pourquoi, à Bath, la plupart des porteurs étaient irlandais. Pour gagner correctement leur vie, ils devaient être larges d'épaules, très musclés, et se montrer à la fois prévenants et très respectueux.

Les deux hommes en question semblaient de surcroît déterminés à jouer les chevaliers servants. Ils déposèrent précipitamment leur fauteuil à bras et se débarrassèrent des sangles de portage d'un brusque mouvement d'épaule, visiblement prêts à en découdre.

— M'importuner ? Je…

Mais elle n'eut pas le temps d'expliquer qu'elle ne courait pas le moindre danger et avait simplement été déçue par l'attitude de l'homme qui l'accompagnait. Pris d'un mouvement d'humeur, Ivo bomba le torse et s'interposa.

— Ma sœur est contrariée parce que je refuse de lui acheter des vêtements à des prix exorbitants. Il n'y a pas lieu de vous en mêler. Elle va très bien, je vous remercie.

— Je ne suis pas sa sœur.

Jane fit un pas de côté et adressa un petit sourire aux deux porteurs de chaise.

Leurs froncements de sourcils se muèrent aussitôt en une

expression d'indignation qui n'était pas de très bon augure. Elle sentit son estomac se contracter douloureusement. *Aïe.* Son intervention malvenue venait sans doute d'empirer les choses.

— Mais…

— Vous avez entendu ce que la demoiselle vient de dire, grogna un des deux hommes en se rapprochant dangereusement d'Ivo.

Jane retint son souffle.

— Votre sœur, hein ? reprit l'homme. Déguerpissez et cessez immédiatement de l'importuner. Nous pouvons vous emmener où vous le désirez, miss, et nous nous assurerons que vous êtes en sécurité à votre arrivée. Vous n'aurez rien à débourser. Nous ne supportons pas les bougres dans son genre !

Il se tourna vers Ivo et le fusilla du regard.

— Vous n'avez vraiment rien de mieux à faire que de vous amuser à tourmenter les jolies jeunes femmes que vous rencontrez ?

— Je ne suis pas « un bougre », pour commencer, et je ne suis nullement en train de la tourmenter.

Les regards haineux que les trois hommes s'échangèrent glacèrent le sang de Jane. La situation risquait de dégénérer rapidement. Si des coups venaient à être échangés, Ivo pouvait peut-être s'en tirer sans trop de dommages, mais il était hors de question qu'il se trouve une nouvelle fois mêlé à une bagarre. Par sa faute.

— Ivo, mon chéri !

Il la fixa aussitôt, les yeux écarquillés. Jane fit mine de l'ignorer et se tourna vers les porteurs, un sourire enjôleur aux lèvres.

— Ce n'est pas mon frère. C'est mon…

Quel terme pouvait-elle bien employer sans envenimer la situation ?

— C'est mon futur mari. Il préfère ne pas en parler en

public. Nous n'avons pas encore annoncé notre mariage à notre entourage, vous comprenez. Il a dit vrai. Je suis plutôt dépensière et j'essayais justement de le convaincre de m'acheter la jolie paire de chaussures que j'ai repérée dans la vitrine. Les bleues sur la gauche, là, vous voyez ? Elles sont absolument irrésistibles.

Elle parvint à émettre un petit rire nerveux en glissant sa main au creux du coude d'Ivo et sentit alors ses muscles saillants se détendre légèrement.

— Messieurs, je vous remercie infiniment de vous être arrêtés, mais…

— Eh, Merton ! Non, je veux dire *Kendall* !

Un gentleman joufflu aux cheveux blonds interpellait Ivo depuis le trottoir opposé.

— Je ne savais pas que tu étais de retour par ici, ajouta-t-il en traversant la rue pour les rejoindre. Suis-je bête ! Avec ce qui est arrivé à ton père, j'aurais dû me douter que tu reviendrais dans la région.

À ses côtés se trouvait un homme de grande taille et d'une maigreur extrême qui adressa un signe de tête en direction d'Ivo puis souleva poliment son chapeau pour la saluer.

— Bonjour, miss. Un problème, Kendall ?

— Vous connaissez cet homme, messieurs ? demanda alors un des deux porteurs. Il prétend qu'il n'était pas en train d'importuner cette jeune lady et elle, de son côté, affirme qu'elle est sa fiancée. Mais comme il nous a dit que c'était sa sœur lorsque nous sommes intervenus, nous nous faisons du souci pour la sécurité de cette demoiselle.

— Je ne savais pas que tu avais une sœur, Kendall, dit l'homme joufflu en scrutant Jane. Je ne crois pas avoir déjà eu le plaisir de vous rencontrer, miss.

— Je n'ai *pas* de sœur, dit Ivo, les dents serrées.

— Notre ami cherchait seulement à être discret, dit l'homme efflanqué en donnant ostensiblement un petit coup de coude à son acolyte.

Jane sentit son cœur se serrer. Toute cette histoire commençait à prendre un tour effrayant.

— Monsieur est un gentleman parfaitement respectable, je peux vous le garantir, ajouta-t-il encore.

— Je peux moi aussi témoigner en sa faveur ! s'exclama Jane, craignant qu'Ivo ne laisse éclater sa colère. Je vous remercie une nouvelle fois de vous être arrêtés, messieurs, c'était très galant de votre part, reprit-elle en adressant un chaleureux sourire à l'adresse des porteurs tout en tirant légèrement sur la manche d'Ivo.

Celui-ci extirpa alors quelque chose de sa poche qu'il fit aussitôt glisser dans la main des deux hommes.

— Merci d'être intervenus. C'est plutôt rassurant de savoir que les dames peuvent compter sur votre protection, dit-il d'une voix ferme.

Les deux porteurs de chaise jetèrent un coup d'œil au pourboire qu'ils venaient de recevoir et se détendirent aussitôt. Ils ne demandèrent pas leur reste et enfilèrent à nouveau leur harnachement avant de s'élancer en direction d'une vieille dame qui venait juste de sortir de l'abbaye et leur adressait de grands signes.

Jane se tourna aussitôt vers Ivo. Son teint livide l'ébranla. L'homme joufflu semblait piaffer d'impatience. Quant à son acolyte, il regardait Ivo avec un sourire amusé.

— Laissez-moi vous présenter mes amis, dit alors Ivo.

Jane crut percevoir une certaine réticence.

— Colonel Marcus Bailey.

Puis Ivo désigna l'homme efflanqué du menton.

— Capitaine Lord George Merrydew. Bailey, Merrydew, Miss Newnham.

— Messieurs, dit Jane en esquissant un sourire, et ils s'inclinèrent aussitôt devant elle.

— Ça alors ! s'exclama Lord George. Tous mes vœux de bonheur, si je comprends bien. Quelle date a été retenue pour le grand jour ?

— C'est un malen..., commença Jane. Ce n'est pas ce que vous...

Au même moment, les deux hommes firent de grands signes à un individu qui traversait la rue en boitant, les bras chargés de sacs.

— Mais c'est Pennington ! s'écria Lord George. Viens donc faire la connaissance de Miss Newnham qui est sur le point de faire de Kendall le plus heureux des hommes. Miss Newnham, je vous présente le capitaine Henry Pennington.

Ils commençaient à attirer l'attention sur eux. La messe qui s'était tenue dans l'abbaye venait sans doute de s'achever et une armada de ladies se dirigeait à présent vers eux, certaines au bras d'un gentleman, d'autres accompagnées de domestiques.

— Doux Jésus, voici ma mère et Lady Tredwick, dit Lord George dans un murmure.

Jane aperçut alors deux dames d'un certain âge, habillées à la dernière mode, qui traversaient la rue pour les rejoindre.

— Ne m'en veux pas, Kendall, mais elle l'apprendra tôt ou tard. C'est impossible de lui cacher l'annonce imminente d'un mariage. Maman ! Lady Tredwick ! Nous étions justement en train d'adresser nos félicitations à Kendall. Voici Miss Newnham, sa promise. Quel chanceux il fait !

Lord George continua à jacasser à qui mieux mieux, rappelant à tout un chacun qu'ils connaissaient Ivo depuis le berceau et que son ami et lui étaient heureux de tomber par hasard sur leur vieux compagnon d'armes.

— Nous avons tous quitté l'armée, ajouta-t-il encore. La jambe de Pennington ne lui permet plus d'arpenter les champs de bataille. Ma mère veut que je reste à la maison maintenant que mon père n'est plus aussi robuste qu'autrefois, et Bailey vient d'hériter de la belle demeure de son grand-oncle dans le Northumberland.

Les ladies l'ignorèrent royalement. Comme elles ne la lâchaient pas du regard, Jane déglutit avec peine et parvint à leur adresser un petit signe de tête, comprenant tout à coup ce que ressentait une souris acculée par un chat.

— Miss Newnham ? dit Lady Tredwick. Les Newnham du Norfolk ?

— Non, du Dorset, milady.

— Oh ! félicitations, dit-elle, un sourire forcé sur les lèvres. Quelle surprise ! Je pensais que Kendall devait... Mais n'y pensons plus, ajouta-t-elle précipitamment.

— Euh, c'est-à-dire que... Nous sommes...

Elle croisa alors le regard d'Ivo et le vit hausser imperceptiblement les épaules. Il y avait beaucoup trop de monde.

— Merci, milady, bredouilla-t-elle.

— Merci, en effet, pour vos vœux de bonheur, Lady Tredwick, dit Ivo. Nous ne désirons pas l'ébruiter pour l'instant. Mon père, vous comprenez.

— Vous ne portez pourtant pas le deuil, Kendall, fit remarquer l'autre lady.

Elle ajusta alors ostensiblement ses lunettes. Jane réprima un haut-le-cœur. Même myope comme une taupe, cette dame avait à coup sûr remarqué qu'Ivo portait une culotte couleur chamois, une chemise blanche et un manteau bleu vif.

En voyant Lady Merrydew exprimer à la fois l'incrédulité, la désapprobation et le reproche en un seul haussement de sourcils, Jane se dit qu'elle ferait bien d'apprendre un jour à en faire de même.

— À la demande de mon grand-père, Lady Merrydew.

— Nous aurons certainement l'occasion de revoir Miss Newnham. Séjournez-vous à Bath ?

D'un coup d'œil, Lady Merrydew sembla la jauger des pieds à la tête. Comme un chat en train de jouer avec sa proie.

— Non, milady. Je suis descendue chez ma cousine, Miss Lowry, à Batheaston.

Pourquoi n'avait-elle pas trouvé un mensonge plus convaincant ? C'était trop tard à présent.

— Miss Lowry ? Je ne pense pas avoir eu le plaisir de

faire sa connaissance. Je crains fort de devoir abréger cette conversation fort éclairante. Nous sommes attendus. George, tu nous accompagnes ?

— Bien, mère.

Ses amis sur les talons, il prit congé d'un petit signe de la main et emboîta le pas à Lady Merrydew.

Jane jeta un coup d'œil circulaire pour s'assurer qu'ils étaient seuls sur le trottoir à présent.

— Mon Dieu, c'est très gênant…

— « Gênant » est un terme un peu faible pour décrire la situation dans laquelle vous nous avez mis, ne croyez-vous pas ? dit Ivo d'une voix sinistre. Nous devons absolument parler. J'ai une envie irrépressible d'aller me soûler dans la première auberge venue, mais je suppose que je devrais me contenter d'une tasse de thé.

Il leva sa canne et gesticula frénétiquement en direction de deux porteurs de chaise qui passaient non loin de là.

— Au salon de thé !

Il tendit la main en direction de Jane pour l'aider à monter, et la porte se referma avant qu'elle n'ait le temps de prononcer une parole. Jane se laissa mollement retomber contre le dossier au rembourrage bosselé. La chaise bringuebala un peu avant de se stabiliser et les porteurs se mirent aussitôt à gravir la longue rue qui menait au sommet de la colline.

Elle était dans de beaux draps ! La décence interdisait à un gentleman de remettre publiquement en cause ses fiançailles, notamment en présence de la lady concernée. C'était elle qui aurait dû expliquer qu'il s'agissait d'un quiproquo ou d'une mauvaise plaisanterie. Si elle avait eu davantage d'expérience en société, elle aurait su se tirer de ce mauvais pas. Au lieu de cela, elle avait hésité et bredouillé comme une idiote et était sûrement passée pour une jeune femme se languissant d'amour dont le secret avait été découvert.

Les ladies qui les avaient abordés allaient se ruer sur le premier exemplaire du bottin mondain qu'elles trouveraient et le passeraient au peigne fin pour voir qui était cette Miss Newnham du Dorset, celle qui était mystérieusement parvenue à conquérir l'héritier d'un marquis.

C'était elle la responsable de cet imbroglio. Elle devait par conséquent réparer les dégâts aussi vite que possible. À la simple pensée qu'Ivo honore ces fiançailles inventées de toutes pièces par respect des convenances, Jane fut prise d'une épouvantable nausée. Il devait terriblement lui en vouloir. Elle ne l'en blâmait pas. Une profonde mélancolie l'envahit alors que les porteurs ralentissaient à l'approche de l'intersection avec George Street et s'élançaient dans Bartlett Street pour l'ascension finale. Ivo la soupçonnait sans doute d'avoir tout manigancé.

Jane dégringola littéralement de la chaise lorsque les porteurs s'immobilisèrent devant le salon de thé. Ivo leur paya aussitôt la course.

— Cela devrait être relativement calme à cette heure, dit-il en ouvrant la porte.

— Je vais leur écrire, je vais leur écrire une lettre à chacun, bredouilla-t-elle alors qu'il la poussait gentiment à l'intérieur. Je leur expliquerai que c'était juste pour rassurer les porteurs de chaise et nous sortir tous les deux d'une situation fort embarrassante. Je sais que c'était à moi de dire quelque chose et que vous ne pouviez pas intervenir de votre côté, mais je…

— Chut, dit Ivo. Prenez une profonde inspiration et asseyez-vous ici.

Jane parcourut le salon de thé des yeux. Il y avait uniquement trois autres tables occupées par des groupes de ladies en grande conversation, et aucune d'entre elles n'était suffisamment proche pour pouvoir les entendre. À peine furent-ils assis qu'une serveuse vint prendre leur commande.

— Une théière pour deux personnes et un assortiment de pâtisseries, dit-il avec un regard entendu à l'adresse de Jane.

— J'ai paniqué, reconnut-elle dès que la serveuse fut partie. J'aurais dû leur fournir des explications lorsque je me suis aperçue que les ladies avaient tout entendu. Je vais leur écrire, répéta-t-elle. Leur parler des porteurs de chaise.

— Ce n'était pas votre faute.

Pour un homme qui venait d'apprendre qu'il était fiancé à la suite d'un malencontreux concours de circonstances, Ivo semblait étonnamment calme. Peut-être était-il sous le choc ?

— J'aurais dû me débarrasser de George dès qu'il a fait irruption.

— Si je n'avais pas insisté pour noter l'adresse de l'agence immobilière qui s'occupe de la location de la petite boutique qui m'intéresse, vous ne vous seriez pas fâché contre moi, nous ne nous serions pas disputés et les porteurs de chaise ne se seraient pas imaginé que vous m'importuniez, et rien de tout cela ne se serait produit, dit Jane, bien déterminée à endosser toute la responsabilité de ce qui venait d'arriver.

— Si nous pouvions prédire les conséquences de nos actes, plus personne n'oserait faire quoi que ce soit, répliqua Ivo.

— Peut-être, mais il est bien rare que cela conduise à une telle catastrophe.

Elle s'interrompit pour remercier la serveuse tout en la gratifiant d'un grand sourire alors que cette dernière déposait le plateau de thé sur la table et s'éloignait avec une lenteur suspecte. Probablement pour en apprendre davantage sur la catastrophe en question.

— Je suis navré de constater que la perspective de m'épouser vous paraît aussi déplaisante.

Ivo mordit à pleines dents dans une tartelette à la confiture.

— *Si* je n'avais pas pris la décision irrévocable de ne pas me marier, *si* nos rangs de noblesse n'étaient pas si incompatibles et *si* nous ne passions pas notre temps à nous disputer, milord, j'envisagerais peut-être d'un bon œil de vous épouser, répliqua Jane avec humeur.

Elle fit glisser une tasse de thé dans sa direction sur la table en marbre en prenant garde de ne pas renverser la moindre goutte dans la soucoupe.

Ivo esquissa aussitôt un petit sourire, puis se passa la langue sur les lèvres pour faire disparaître une miette de pâtisserie. Jane s'attarda un instant sur sa bouche si joliment dessinée et remarqua alors sa dentition proche de la perfection.

Il s'agissait bien entendu de considérations purement artistiques. Mais le baiser qu'Ivo lui avait donné lui revint alors en mémoire. Troublée, elle rougit légèrement en espérant que cela passerait inaperçu.

— Tout cela pourrait sans doute s'arranger si vous envoyiez des lettres aux ladies comme vous l'avez suggéré, et si de mon côté j'ai une petite discussion avec mes anciens compagnons d'armes.

Ivo la fixa alors du regard, ce qui accentua encore le trouble de Jane.

— Mais ? Parce qu'il y a un « mais », n'est-ce pas ?

Elle concentra son regard sur les gâteaux, tout en cherchant à se convaincre que toute cette histoire lui avait coupé l'appétit.

— Mangez, lui dit Ivo qui parut comprendre son dilemme intérieur, vous avez besoin de sucre. Lady Tredwick est une vieille amie de mon grand-père. Une amie très proche. Je crois qu'ils se voient chaque semaine pour jouer aux cartes. Ce n'est bien entendu qu'un prétexte. Ruiner la réputation de toutes leurs connaissances est de loin leur passe-temps préféré. C'est du moins ce que Partridge, notre majordome, m'a raconté. Pas en ces termes, il va sans dire, mais vous voyez où je veux en venir. J'imagine que la première chose qu'elle fera en arrivant chez elle sera d'écrire un message à mon grand-père, lui demandant pour quelle raison il ne l'a pas tenue informée de mes fiançailles.

— Dans ce cas, vous devez absolument rentrer lui donner des explications, dit Jane. Quelle heure est-il ? Dans combien de temps votre palefrenier va-t-il passer nous chercher ?

— Dans dix minutes, dit Ivo en jetant un coup d'œil à l'horloge située à l'autre bout de la pièce. Ce n'est malheureusement pas aussi simple. Mon grand-père s'inquiète beaucoup au sujet de sa succession, ce qui est tout à fait compréhensible, et il lui tarde de me savoir marié. Il a même tenté de me persuader d'accepter un mariage qu'il avait déjà arrangé. Fort heureusement, je suis parvenu à mettre un coup d'arrêt à ses intrigues avant que les choses n'aillent trop loin. Je n'ai pas rencontré la lady en question et je ne veux surtout pas me retrouver fiancé sans savoir si nous pouvons nous entendre.

— Mon Dieu, vous vous trouvez dans une position très inconfortable. Le marquis semble être une personne plutôt autoritaire.

— C'est un vieux tyran que personne n'ose contredire depuis des décennies, dit Ivo d'un air contrit. Lui et moi finirons tôt ou tard par nous prendre le bec, mais j'ai conscience qu'il traverse une période difficile depuis quelque temps, en raison du décès de mon père, même s'il ne l'admettra jamais. Je ne tiens pas à empirer les choses.

— Dans ce cas, plus tôt vous irez lui parler de moi, mieux ce sera.

— Oui. Je dois cependant vous confier que la première fois où il m'a parlé de Miss... Bref, l'épouse qu'il m'a choisie, je lui ai dit que j'avais déjà rencontré une jeune lady, que je n'étais pas certain des sentiments que j'éprouvais à son égard et que j'avais besoin de temps pour décider si j'allais lui faire ou non une demande en mariage. Lorsqu'il m'a interrogé à ce sujet, je ne lui ai pas donné votre nom, mais je lui ai dit que vous étiez originaire de la petite noblesse.

— Vous n'étiez pas certain des sentiments que vous éprouviez à *mon* égard ?

Sa tasse de thé suspendue devant ses lèvres, Jane le dévisagea.

— À *mon* égard ? répéta-t-elle d'une voix suraiguë.

— Les sentiments que j'éprouvais à votre égard et dont je n'étais pas certain étaient un mélange d'amusement, d'exaspération et de panique, dit Ivo. Mais c'est la seule chose qui m'est venue à l'esprit sur le moment. Ce n'était pas un pur mensonge, mais mon grand-père y a vu davantage que ce que je lui ai réellement raconté.

Jane posa sa tasse de thé, qui entrechoqua sa soucoupe, et le dévisagea. Il en fallait généralement beaucoup pour lui faire perdre la parole, mais cette histoire dépassait l'entendement. Penser, ne serait-ce que l'espace de quelques secondes, qu'Ivo éprouvait des sentiments envers elle et qu'il songeait même à la demander en mariage, lui sembla absolument stupéfiant. Elle n'avait pas envie qu'il s'exécute, mais tout de même… Cela dit, les mots qu'il avait ensuite prononcés l'avaient glacée. Elle l'amusait tout autant qu'elle l'exaspérait.

Se doutait-il qu'il l'exaspérait plus encore ?

Son cerveau se remit alors à fonctionner normalement et elle comprit pourquoi Ivo paraissait si soucieux.

— Je vois. Lady Tredwick rencontre votre fiancée présumée et se rend rapidement compte qu'elle ne fait pas partie de la haute aristocratie. Nous sommes tous les deux troublés, vous dites que nous n'avions pas l'intention d'annoncer nos fiançailles pour l'instant. Donc, lorsque cette histoire parviendra aux oreilles de votre grand-père, il en déduira que je suis la lady dont vous lui avez parlé et se fera une piètre opinion de vous si vous changez d'avis au moment de faire votre demande en mariage. Ou alors il en conclura que vous courez deux lièvres à la fois et que vous ne vous comportez pas en gentleman.

— Il pourrait également se dire que j'ai inventé une histoire de toutes pièces pour contrecarrer les projets qu'il nourrissait à mon égard. Et peut-être également que je joue avec les sentiments de jeunes femmes innocentes.

Ivo s'adossa à son siège et fixa le plafond comme s'il attendait un conseil divin tout à coup.

— Je crois qu'il vaut mieux jouer cartes sur table. Si vous m'accordez votre permission, je vais tout raconter à mon grand-père. Tout depuis le début. Vous pouvez lui faire confiance. Il restera discret sur votre identité.

— Je ferais mieux de venir avec vous, dit Jane. Peut-être qu'il refusera de vous croire. Vous admettrez que notre petite aventure n'est pas banale.

— Cela vous ferait rentrer bien trop tard à Batheaston, répliqua Ivo. Et puis, c'est mon problème. C'est à moi de le régler.

— Argh !

Jane leva les mains au ciel d'un geste désespéré, faisant fuir la serveuse qui s'approchait avec de l'eau chaude.

— C'est exactement le genre de choses qui explique mon absence d'enthousiasme à l'idée de me marier. Les hommes se montrent si déraisonnables lorsqu'ils ont quelque chose en tête ! C'est *notre* problème, pas uniquement le vôtre. C'est moi qui ai pris la décision de vous embarquer dans mon fiacre, c'est moi qui me suis fourvoyée en disant aux porteurs de chaise que nous étions fiancés au lieu de corroborer votre version et de jouer le rôle de votre sœur. C'est également ma faute si je n'ai pas immédiatement corrigé l'erreur d'interprétation que les ladies et vos amis ont commise.

Ivo afficha la même expression entêtée. Il ne lui accorderait pas la moitié des torts et ne la laisserait pas l'aider à rétablir la situation. Il fallait tenter une nouvelle approche.

— Sans compter que lorsque Lady Tredwick ira recueillir toutes les informations disponibles sur ma famille – et nul doute qu'elle le fera – elle ne manquera pas de remarquer que les Newnham du Dorset ont une fille de mon âge, prénommée Jane. Nous devons tout raconter à votre grand-père et il pourra alors contrôler la propension de Lady Tredwick aux commérages.

— Pas aujourd'hui, dit Ivo. Je vais vous ramener chez votre cousine, puis essayer de convaincre mon grand-père que tout ceci n'est qu'une incroyable méprise. S'il n'accepte toujours pas ma version des faits, je viendrai vous chercher. Il n'osera pas mettre en doute la parole d'une lady.

Sur ces mots, il fit de grands gestes en direction de la serveuse pour lui demander l'addition.

— Que direz-vous à votre cousine ?

— Tout, répondit Jane, le cœur serré. Tout, excepté mon projet de devenir portraitiste.

Pour toute réponse, Ivo émit une espèce de petit grognement exaspéré.

Chapitre 9

À peine Jane se leva-t-elle le lendemain matin qu'elle demanda la permission à sa cousine de retourner à Bath accompagnée de Charity. Elle lui raconterait les événements désastreux qui s'étaient déroulés la veille dès qu'elle en saurait un peu plus sur l'atelier d'artiste qu'elle désirait louer pour devenir portraitiste professionnelle. Violet, accaparée par la lecture d'une lettre que sa sœur venait de lui faire parvenir, acquiesça d'un signe de tête distrait.

— Tu veux bien me rapporter du fil à broder couleur lilas, ma chérie ? La mercerie Hopkins se trouve dans Milsom Street. Charity t'indiquera où elle se trouve.

La boutique en question se révéla accolée à une élégante bijouterie. Jane envoya la bonne se procurer le fil de soie demandé et annonça sur un ton désinvolte qu'elle allait faire réparer un fermoir légèrement desserré chez le bijoutier. Dix minutes plus tard, elle ressortit du magasin totalement ébranlée. La parure de diamants n'était finalement qu'une très jolie imitation en strass que seule une expertise minutieuse à la loupe avait pu percer à jour. Quant aux perles, même si elles convenaient parfaitement à une jeune lady, elles ne valaient guère plus de vingt guinées. Le petit pécule qu'elle pensait détenir était quasiment réduit à néant.

Peut-être que le loyer de la boutique serait très accessible, vu l'état déplorable dans lequel le local se trouvait, songea-t-elle en poussant Charity dans le cabriolet.

— Milk Street ! lança-t-elle à l'adresse du cocher.

L'agent immobilier l'informa que le loyer était effectivement très bas, vu la superficie réduite de la boutique ainsi que son mauvais état. Une belle affaire, voilà ce que c'était. Mais la somme attendue qu'il lui annonça lui coupa le souffle.

— Vous êtes à Bath, miss, lui dit-il d'un ton réprobateur en la voyant le dévisager d'un air incrédule, je vous assure que c'est une véritable aubaine !

Sur le chemin du retour, Jane se lança dans une série de calculs mentaux. Le loyer, les menues réparations, la remise à neuf, le matériel, la publicité, une domestique, ses propres frais de subsistance… C'était tout bonnement impossible. Ivo avait mille fois raison. Heureusement qu'elle avait tout vérifié avant de s'engager de manière irrévocable. En signant un bail par exemple. Prostrée dans un coin, les yeux concentrés sur les silhouettes que son regard suivait jusqu'à ce qu'elles s'estompent, Jane sentit une profonde mélancolie s'abattre sur elle. Mais, bizarrement, elle n'éprouva pas la terrible déception à laquelle elle aurait dû s'attendre. *Un énorme soulagement, plutôt.* Voilà ce qu'elle ressentait réellement.

Raconter à sa cousine Violet la dispute qu'elle avait eue avec Ivo et les multiples incompréhensions qui en avaient découlé plongea Jane dans une véritable désolation. Sa cousine était une femme tolérante et, sous bien des aspects, elle se moquait pas mal des conventions, mais ce matin-là, Jane comprit qu'elle avait *vraiment* dépassé les bornes.

— Je ne préfère pas imaginer ce que tes parents vont penser de toute cette histoire, dit-elle en posant sa broderie d'un geste exaspéré.

— Ils ne sont peut-être pas obligés de l'apprendre, murmura Jane, les yeux baissés sur sa tasse de thé.

— Si j'ai bien compris à qui nous avons affaire, Lady Tredwick et Lady Merrydew vont se faire un malin plaisir d'écrire à leurs nombreuses connaissances du Dorset des lettres remplies de commérages qu'elles enverront à la première levée du courrier. Ce n'est qu'une question de jours avant que la moitié du comté ne se presse chez ta mère pour la couvrir de félicitations.

— Lord Westhaven va les empêcher d'écrire ces lettres. C'est un ami de Lady Tredwick et celle-ci ne tient sûrement pas à lui causer le moindre déplaisir. Lady Merrydew en fera de même.

Terriblement mal à l'aise tout à coup, Jane but une petite gorgée de thé pour se donner une contenance.

— Ivo, reprit-elle, va…

— Ivo est comte. Il va nécessairement se montrer sous son meilleur jour, dit Violet d'une voix lugubre. Tu passeras pour la jeune lady pleine d'ambition qui a piégé un lord grâce à toutes ses manigances. Quant à lui, il passera pour le gentleman trop galant pour oser te contredire en pleine rue.

— Oh.

Cette éventualité n'avait pas effleuré Jane lorsqu'elle s'était imaginé quantité de scénarios effroyables pendant ses insomnies la nuit précédente.

L'après-midi n'en finissait pas. Ivo allait nécessairement lui faire parvenir un message lui annonçant que tout était rentré dans l'ordre ou alors venir la chercher pour aller s'expliquer devant le marquis. Violet s'était installée près d'elle avec une pile impressionnante de magazines consacrés à l'horticulture. Probablement pour essayer de maîtriser ses nerfs. Jane déchira tout à coup les deux esquisses qu'elle avait commencées et finit par s'atteler à l'écriture d'une lettre à son amie Verity.

Cela lui demanda un effort conséquent pour faire émerger un récit cohérent des événements qui étaient survenus ces derniers jours, mais elle finit par y parvenir. Le plus difficile était encore à venir. Il lui fallait reconnaître qu'elle s'était laissé éblouir par son rêve de devenir portraitiste de la haute société, de voir son travail reconnu et admiré de tous au point de crouler sous les demandes et de pouvoir largement subvenir à ses besoins.

Mais elle ne possédait pas encore le talent nécessaire pour parvenir à ses fins. N'était-ce pas un peu présomptueux de sa part, d'ailleurs ? C'était pourtant ainsi qu'elle envisageait les choses. Elle pouvait améliorer sa technique, et l'ambition qu'elle nourrissait devrait l'inciter à travailler d'arrache-pied. Elle se remit à sa lettre.

Je ne m'imagine guère en artiste famélique enfermée dans une mansarde où je peindrais jour et nuit en espérant progresser.

Comment ferais-je pour me procurer le matériel dont j'ai besoin ?

Je crois pouvoir dire que Violet et moi nous entendons bien. Si j'étais certaine de ne pas abuser de sa gentillesse, peut-être pourrais-je rester ici pour lui tenir compagnie même si ma mère s'est mis en tête de me faire faire mes débuts à la prochaine Saison mondaine ?

Penses-tu qu'elle pourrait accepter une telle situation ?

Violet leva brusquement les yeux de son magazine.

— J'ai cru entendre une voiture s'arrêter devant la maison.

Jane couvrit sa lettre d'une feuille de papier vierge et s'approcha de la fenêtre.

— En effet. Je ne vois pas distinctement à cause du muret. C'est étrange, on dirait… Violet ! Ce sont mes parents !

Sa cousine posa son magazine sur la petite table à côté d'elle, enleva ses lunettes et se leva.

— Les gredins ! dit Jane avec toute la retenue dont elle fut capable.

Violet était livide.

— J'ai l'impression que nos lettres ne les ont pas autant rassurés que nous le pensions.

— Ils n'ont pas emmené Billing avec eux, il me semble. C'est déjà une bonne chose. Et ils ne peuvent pas être au courant de ce qui est arrivé hier. Oh ! non, j'aperçois Billing et Simpkins, le valet de papa !

Jane prit une profonde inspiration, lissa les plis de sa robe et se précipita dans le hall d'entrée.

— Il faudrait les accueillir le plus chaleureusement possible et les tenir à l'écart d'Ivo.

Elle ouvrit la porte d'entrée à toute volée et descendit précipitamment les deux marches qui menaient à l'allée du jardin.

— Maman ! Papa ! Quelle agréable surprise !

Violet descendit les marches à son tour pour se tenir à ses côtés.

— Mildred, Arthur, quelle joie de vous voir. J'espère que vous avez fait bon voyage.

Elle se tourna brusquement et dit d'une voix forte :

— Dorothy, préparez la chambre bleue et celle qui y est attenante pour Mr et Mrs Newnham, et demandez à Mrs Cook d'apporter du thé et des pâtisseries.

— De fines tranches de pain et du beurre suffiront amplement, dit la mère de Jane d'une voix faible. Je ne peux pas manger de nourriture trop riche après un aussi long voyage. Oh ! *Jane.*

Elle secoua la tête d'un air réprobateur mais accepta que Jane lui dépose un baiser sur la joue.

— Entrez, dit Violet. Mon valet de pied va aider vos domestiques à porter vos bagages.

Violet semblait parfaitement à l'aise et ravie d'accueillir ses invités surprise, mais Jane s'aperçut rapidement que sa cousine n'avait toujours pas repris ses couleurs et que son sourire était quelque peu forcé.

Ses parents s'installèrent dans le petit salon avec l'air

exténué de ceux qui ont bravé les tempêtes sur un océan démonté ou passé des cols alpins bloqués par la neige pour pouvoir retrouver leur fille, alors qu'ils avaient entrepris un voyage sans encombre sur des routes en bon état, confortablement installés dans leur véhicule.

— Jane, dit son père en la fixant d'un air sévère, ta mère et moi avons enduré des jours d'angoisse très pénibles.

— Papa…

Ses jambes se mirent aussitôt à flageoler et elle s'assit à son tour.

— J'espère sincèrement que vous avez reçu nos lettres.

— Bien évidemment. Et nous nous sommes aussitôt mis en route. Où est cet *homme* ? demanda alors sa mère dans un souffle.

— De quel… Oh ! tu veux parler de la malheureuse personne que j'ai secourue ? Je n'en ai pas la moindre idée.

Ce n'était pas réellement un mensonge. Ivo pouvait être n'importe où à l'heure qu'il était.

— Je l'ai emmené à la première auberge respectable que j'ai trouvée en chemin et ai fait venir un médecin, comme je vous l'ai écrit dans ma lettre. Je suis désolée pour Billing, mais je ne connaissais pas la gravité de son état et elle faisait tellement obstruction que cela m'aurait empêchée d'obtenir rapidement une assistance médicale. S'il était décédé dans l'intervalle, je me serais retrouvée dans une situation fort embarrassante.

Jane parvint alors à afficher un air innocent.

— Vous ne pensez tout de même pas que je l'ai amené ici ? Ce serait extrêmement choquant.

— Violet ? dit la mère de Jane en se tournant vers l'intéressée. Dis-moi que ce sont bien ainsi que les choses se sont déroulées.

— Je te l'ai dit dans ma lettre, Mildred, dit Violet. Je pensais avoir été très claire. Je ne comprends pas pourquoi vous vous êtes précipités ainsi. Vous êtes évidemment les bienvenus, ajouta-t-elle en esquissant un sourire de circonstance, mais là n'est pas la question. Ma chère tante, je ne peux m'empêcher de penser que tu réagis de manière excessive. Jane a fait preuve à la fois de courage et d'empathie pour une personne ayant de sérieux ennuis. Elle s'est comportée en bon samaritain, rien de plus.

— Je crains que tu ne te sois laissé berner par des mensonges éhontés, dit son père. Billing, dont la loyauté ne nous a jamais fait défaut, a repris la route dès le lendemain matin, une fois remise de ses émotions, et a découvert que Jane avait passé la nuit à l'auberge Turnham Green en compagnie de *cet homme* puis était repartie avec lui le lendemain matin.

— Je lui ai dit de rentrer à la maison et lui ai donné l'argent dont elle avait besoin, dit Jane d'une voix indignée. Que me valent ces soupçons ? Je n'ai pas passé la nuit avec lui, nous étions simplement dans le même bâtiment et…

Jane fut interrompue au beau milieu de sa tirade par le heurtoir qui cognait contre la porte d'entrée. Ils tournèrent tous les quatre la tête en direction de la porte. Ils entendirent le valet de pied parler aux nouveaux arrivants, mais de manière étouffée.

— Je vais prévenir Albert que je ne reçois pas de visite aujourd'hui, dit Violet au moment même où le valet de pied ouvrait la porte du salon.

— Le marquis de Westhaven et le comte de Kendall, Miss Lowry.

Jane intercepta le coup d'œil nerveux qu'il lança en direction de la maîtresse de maison. Il cherchait sans doute à lui faire comprendre qu'il n'avait pas eu l'audace de faire attendre un marquis sur le perron.

— Bonjour, milords, dit Violet en se levant d'un bond. Je suis très honorée de votre visite.

— Miss Lowry, je présume ? Je vous présente mes excuses pour cette visite à l'improviste, dit le marquis d'un ton obséquieux, un sourire glaçant aux lèvres. J'ai considéré, vu les circonstances, que cette affaire ne pouvait pas attendre.

— Les circonstances ? dit Violet d'une voix à peine audible. Euh, milords, permettez-moi de vous présenter ma tante, Mrs Newnham, son époux, Mr Newnham, et leur fille, Miss Newnham.

Jane se sentit scrutée par cet homme aux yeux bleu clair auquel Ivo ressemblerait sans doute comme deux gouttes d'eau dans une cinquantaine d'années. Le marquis leur adressa un rapide signe de tête.

— Miss Newnham, madame, monsieur.

Violet n'avait pas sitôt désigné le meilleur fauteuil d'un geste vague que le marquis y prit place sans plus de cérémonie.

Ivo, quant à lui, serra la main de chacun.

— Mrs Newnham, Miss Newnham, Mr Newnham.

Il pressa assez fortement la main de Jane. Était-ce en guise d'avertissement ou un moyen de lui présenter ses excuses ? Impossible à dire.

Violet tira sur le cordon de la sonnette à toute volée, mais Albert apportait déjà du thé bien chaud et d'autres tasses et soucoupes, suivi de près par Charity qui portait une assiette de biscuits.

— Du thé ? demanda Violet en commençant à les servir sans attendre une quelconque réponse.

Sa main trembla et elle posa la théière quelques instants avant de remplir à nouveau les tasses.

Jane jeta un coup d'œil en direction de ses parents qui écarquillaient les yeux à qui mieux mieux, littéralement hypnotisés par la présence d'un marquis dans le salon de Violet. Aucun d'entre eux ne parla. Peut-être partaient-ils du principe qu'un marquis était semblable à un membre de la famille royale et qu'il fallait attendre qu'il s'adresse à eux pour pouvoir parler. Jane, qui avait eu la chance de pouvoir côtoyer un duc, se jeta à l'eau. Il fallait bien que quelqu'un le fasse.

— Mes parents arrivent tout juste de Londres, milord.

— Juste à temps, dit-il sèchement. Avez-vous fait bon voyage, Mrs Newnham ?

— Très bon, milord, je vous remercie, même si le voyage a été épuisant comme cela l'est toujours en pareil cas. Naturellement, nous voyageons dans notre propre voiture.

— Je trouve également que cela vaut mieux, convint le marquis d'un ton sérieux, alors qu'il possédait sans doute tous les véhicules possibles et imaginables dans sa remise à calèches.

Que diable faisaient-ils là ?

Jane tenta d'intercepter le regard d'Ivo, mais celui-ci avait les yeux fixés sur sa mère, écoutant poliment ce qu'elle avait à dire. Une fois qu'elle était lancée, il était parfois difficile de l'arrêter.

— Vous êtes des voyageurs intrépides dans la famille, milady, ajouta le marquis d'un air entendu. Je dois présenter mes plus vifs remerciements à Miss Newnham pour le courage dont elle a fait preuve à l'égard de mon petit-fils.

Il aurait tout aussi bien pu lâcher une bombe au beau milieu de la pièce. Ivo, qui jusque-là présentait un visage inexpressif, laissa échapper une légère grimace. Violet, quant à elle, émit un petit cri. Ses parents dévisagèrent Lord Westhaven, puis Ivo, puis braquèrent leur regard dans sa direction puis à nouveau vers le marquis. Son père était littéralement bouche bée et sa mère semblait sur le point de s'évanouir.

— C'est lui l'homme ? C'est la… personne que tu as secourue devant une taverne ?

Quelqu'un frappa à la porte d'entrée. Quelques instants plus tard, Albert, les yeux exorbités par le stress occasionné par ce déluge d'aristocrates, s'avança dans le salon.

— Lady Tredwick, Lady Merrydew et Lord George Merrydew, Miss Lowry.

Jane avait-elle perdu connaissance sans que quiconque

ne s'en aperçoive ? Elle ne se souvenait pas avoir vu entrer les nouveaux arrivants quand elle entendit tout à coup son nom et, après avoir battu des paupières, elle s'aperçut que ces derniers étaient assis. Ils étaient tous très à l'étroit dans le petit salon de Violet, à présent, mais les ladies avaient pris place sur le sofa avec l'air de deux poules dodues s'installant confortablement sur leur nid à grand renfort de plumes et de gloussements.

Des gloussements qui n'étaient sans doute pas de très bon augure. Les deux commères allaient s'en donner à cœur joie.

Ivo se leva brusquement.

— Mr Newnham, accepteriez-vous que je vous dise un mot en privé ?

Le père de Jane, qui semblait encore légèrement sonné, se leva d'un bond. Sa mère se mit à s'éventer énergiquement avec l'un des minuscules napperons brodés. Quant à Violet, elle ne pouvait réprimer un tremblement nerveux des lèvres.

— Je vous en prie, retirez-vous dans ma petite bibliothèque, dit cette dernière. De l'autre côté du hall d'entrée, Arthur.

Jane se réjouit du pragmatisme dont Ivo venait de faire preuve. Il préférait extraire son père de la foule pour lui expliquer tranquillement la situation. Il ne restait plus qu'à espérer que le statut d'Ivo suffise à calmer son père… Elle se rendit brusquement compte que tous les regards étaient à présent braqués sur elle et sentit le rouge lui monter aux joues.

— Juste ciel, Miss Newnham, ne me dites pas que la nouvelle que nous avons apprise hier précédait l'approbation de vos parents ? dit Lady Tredwick alors que la porte se refermait sur les deux hommes.

Sa mère laissa échapper un petit hoquet.

— Quelle nouvelle ? demanda-t-elle dans un souffle.

— Honoria, ma chère amie, dit le marquis en adressant un regard glaçant à Lady Tredwick, jamais je n'aurais pensé que tu puisses te comporter en véritable commère.

Lady Tredwick prit aussitôt un air offensé.

— Certainement pas. Je voulais juste…

Le marquis se tourna alors vers Jane.

— J'ai cru comprendre que vous étiez une véritable artiste, Miss Newnham.

— Lord Kendall fait preuve d'une grande mansuétude à mon égard, dit-elle posément. Il est vrai que l'apprentissage de cet art me remplit de satisfaction.

— Les portraits sont votre point fort, m'a-t-il dit. Des peintures à l'huile.

Que lui avait-il raconté d'autre ? Il ne lui avait certainement pas parlé de son projet de s'établir comme portraitiste professionnelle. Cela aurait profondément choqué le marquis.

— C'est effectivement le moyen d'expression que j'affectionne le plus.

— Jane fait de si jolies aquarelles, intervint sa mère. Des paysages, des bouquets de fleurs, des chatons.

— Comme c'est charmant, ajouta Lady Merrydew, quel adorable passe-temps pour une jeune lady !

Jane s'efforça d'afficher un sourire aimable et de ressembler à la jeune lady en question, qui peignait des chatons et des bouquets de fleurs à l'aquarelle. Aucun son ne leur était parvenu de la bibliothèque depuis que la porte du salon s'était refermée. Peut-être que son père croyait chaque parole prononcée par Ivo et était pleinement rassuré, à présent. Mais, le connaissant, cela semblait peu probable.

La porte s'ouvrit tout à coup et son père apparut sur le seuil.

— Jane, pourrais-tu nous rejoindre, je te prie ?

Il paraissait sous le choc. De toute évidence, quelque chose avait ébranlé ses certitudes. Maintenant qu'il savait sa fille capable de peindre des valets de pied dans le plus simple appareil, peut-être admettrait-il plus facilement qu'elle passe du temps en compagnie d'un comte tout à fait respectable ?

Elle le suivit en silence jusqu'à la bibliothèque de Violet.

Ivo se tenait debout devant la cheminée, l'air encore plus distant que d'habitude. Lorsqu'elle referma la porte, il esquissa un petit sourire, cependant.

Son père s'éclaircit la gorge.

— Lord Kendall nous fait le grand honneur de requérir ma permission de s'adresser à toi pour…

Sa voix s'éteignit au milieu de la phrase.

— La permission pour s'adresser à moi ? Mais Lord Kendall n'a nul besoin de la moindre permission pour me parler, si ?

À ces mots, son père faillit s'étrangler et Ivo l'observa d'un air narquois. Et, brusquement, elle comprit où son père voulait en venir.

— Je… Pourrais-je parler en privé à Lord Kendall, papa ?

— Bien entendu.

Visiblement troublé, son père sortit en fermant la porte avec une précaution exagérée.

— Ivo ! Que diable vous êtes-vous mis en tête ? J'espère que ce n'est pas mon père qui vous a forcé la main. Vous savez ce que j'en pense.

Toute trace de sourire avait disparu, à présent. Ivo se passa nerveusement les doigts dans les cheveux.

— Non. Je lui ai demandé la permission de vous épouser avant qu'il n'ait le temps d'exprimer son indignation ou d'exiger quoi que ce soit. Je n'avais pas le choix, vous savez. Vos parents sont là, ils savent que nous avons passé au moins une nuit sous le même toit, et ces deux vieilles hypocrites colporteuses de ragots arrivent juste au moment où nous sommes tous réunis. Que peuvent-elles en déduire ? Que nous sommes en train de comploter pour éviter qu'un scandale n'éclate. Ou qu'il s'agit d'une réunion des protagonistes en vue d'un mariage prochain. Rien d'autre ne pourrait justifier notre présence à tous.

— Je peux parfaitement faire face à un scandale, dit Jane d'une voix lugubre.

Comme Ivo se rapprochait dangereusement d'elle, elle recula de quelques pas, heurta le bureau qu'elle contourna avant de s'éloigner un peu plus. S'apercevant tout à coup qu'elle se tordait convulsivement les mains, elle prit une profonde inspiration pour retrouver son sang-froid.

— Je ne suis pas quelqu'un d'important et je vous ai dit que je ne voulais pas me marier. Je me moque pas mal des gentlemen qui me regarderont d'un œil désapprobateur.

La mine sombre, Ivo ne bougea pas d'un centimètre.

— Je sais bien que cela donnera l'impression que vous avez ruiné ma réputation et refusé de prendre la décision qui s'imposait ! poursuivit-elle. On peut facilement y remédier. Vous avez demandé ma main à mon père, il a accepté. Moi, j'ai refusé. Dans ce cas, votre honneur est sauf, n'est-ce pas ? Et si on me pose la question, je dirai que j'ai compris que je ne pourrais jamais épouser un homme que je n'aime pas et que je me résigne à rester vieille fille pour le restant de mes jours. Votre grand-père sera soulagé.

Elle fronça alors les sourcils.

— Pourquoi est-il venu, par ailleurs ?

— Il est venu parce qu'il désirait vous rencontrer. Il ne s'attendait pas à trouver vos parents ici. Je lui ai raconté toute l'histoire. C'est bien la première fois que je le voyais pleurer de rire.

— Qu'y a-t-il d'aussi amusant ? demanda Jane.

— La scène à Bath, reconnut-il d'un air contrit. Après réflexion, il a semblé drôlement impressionné par la façon dont vous vous êtes comportée et a déclaré que notre lignée familiale aurait bien besoin de se mêler à du sang neuf de gentilhomme. C'est même *exactement* la chose à faire, selon lui.

Comme elle ouvrait de grands yeux ronds, il la fixa et reprit :

— Votre amie Verity a bien épousé un duc.

— Son père est évêque et ils sont liés depuis toujours à de grandes familles.

Cette pièce était beaucoup trop petite. Jane se sentit tout à coup prise au piège comme un rossignol se cognant contre les barreaux de sa cage.

— Ils sont amoureux, dit-elle d'une voix sourde. Voilà ce qui importe vraiment dans cette histoire.

— Nous ne nous détestons pas, si ? murmura Ivo.

Elle lui fut extrêmement reconnaissante de ne pas prétendre éprouver des sentiments plus chaleureux à son égard. Pas plus qu'il ne tenta une nouvelle fois de la toucher mais, étrangement, elle le regretta. Elle aurait donné cher pour qu'un homme la prenne dans ses bras et lui permette de poser la tête sur sa large poitrine. Ses mains chaudes lui… Elle divaguait. Jane se redressa brusquement et le regarda droit dans les yeux.

— Je vous déteste au plus haut point dès que vous essayez de m'empêcher de faire ce dont j'ai envie. On dirait que vous vous moquez pas mal de mon avenir.

Ivo se mit à rire.

— Si vous exceptez ce point précis, nous nous entendons plutôt bien, non ?

— Ce n'est pas la question.

Elle ne lui ferait pas le plaisir de lui avouer qu'elle avait abandonné son projet de devenir portraitiste.

— Et cela n'a rien d'amusant, ajouta-t-elle.

— Le mariage comporte bien des avantages, vous savez.

Il avait baissé la voix, faisant résonner les mots qu'il venait de prononcer afin de leur donner une signification qu'elle ne comprit que trop bien.

— Je pense que nous pourrions nous améliorer sur ce baiser furtif que nous avons échangé, par exemple.

Jane ne se rendit pas compte qu'il s'était approché d'elle. Peut-être parce qu'elle faisait les cent pas. Ils étaient très proches l'un de l'autre, à présent. Suffisamment proches pour qu'elle puisse observer le grain de sa peau, le sillon creusé entre ses lèvres et son nez et l'épaisseur de ses sourcils. Elle sentit également son eau de Cologne et ses vêtements amidonnés. Elle aurait donné n'importe quoi pour qu'il la prenne immédiatement dans ses bras.

Chapitre 10

Ivo lui prit doucement la main droite et se mit à la caresser du bout du pouce. Jane fut aussitôt parcourue d'un long frisson.

— Et si nous nous lancions enfin ?

— De quoi voulez-vous… ?

Quelle nigaude elle faisait à hésiter ainsi !

— Je veux bien entendu parler de ce baiser furtif que nous pourrions peut-être perfectionner.

— Pourquoi pas ? Puisqu'il n'y en aura pas d'autre, dit-elle sur un ton de défi.

— Oh ! Jane ! Vous êtes sans conteste la fille la plus spontanée que j'aie jamais rencontrée. À moins que vous ne soyez simplement la plus rusée de toutes, dit-il en s'emparant cette fois de sa main gauche.

— Rusée ? Que voulez-vous dire ?

— Votre remarque pourrait passer pour de la pure provocation. Vous donnez même l'impression de vouloir vérifier si mon savoir-faire est à la hauteur de vos espérances.

Ils étaient face à face à présent. À quelques centimètres à peine l'un de l'autre. Jane devait reconnaître que la façon dont Ivo la taquinait lui plaisait. Elle aimait également cette proximité physique ainsi que cet instant suspendu où elle espérait de toutes ses forces qu'il l'embrasse fougueusement !

— Très bien, dit-elle en lui jetant un regard provocateur. C'est le moment de mettre vos menaces à exécution, Ivo.

Vous avez certainement conscience que ma mère ne va pas tarder à faire irruption dans la pièce !

Être embrassée par un homme qui affichait un large sourire était un réel enchantement. Elle lui rendit son sourire tout en l'embrassant. Ivo en profita alors pour glisser la langue à l'intérieur de sa bouche. Sous l'effet de la surprise, Jane sursauta légèrement et faillit le mordre. S'apercevant alors qu'elle pouvait le taquiner à son tour de la pointe de la langue, elle s'abandonna et le laissa s'emparer de sa bouche. Puis Ivo l'étreignit en laissant échapper un petit grognement. Jane fut soudain envahie d'un incroyable élan de tendresse. Et d'une impression étrange. Comme si elle avait pris le pouvoir, en quelque sorte.

Lorsqu'il releva la tête et s'écarta légèrement, elle cligna des paupières et s'aperçut qu'ils souriaient toujours de concert.

— C'était très… Verity m'avait dit que c'était… mais je ne l'avais pas crue.

— Vous a-t-elle raconté d'autres choses au sujet de la vie maritale ?

— Je lui ai effectivement posé quelques questions, reconnut Jane. Ma mère n'est pas du genre à parler de ce genre de choses. Enfin, vous voyez bien ce que je veux dire. Qu'est-ce que les fleurs et les abeilles ont à voir avec tout cela ? Verity a accepté de partager son expérience avec moi. Je dois dire que j'ai un peu de mal à la croire, mais elle m'a assuré que c'est vraiment très agréable. Avec la bonne personne, bien entendu.

En voyant Ivo tout sourire, elle s'interrompit. Pourvu qu'il ne se moque pas d'elle. Ou de ses joues légèrement rosies. Elle avait de la chance de ne pas être totalement cramoisie au regard du sujet de conversation plutôt osé qu'ils avaient abordé.

— Qui sait, je suis peut-être la personne qu'il vous faut, dit-il en la fouillant des yeux.

Quelque chose dans son regard la troubla.

Mais un doute s'insinua tout à coup en elle. N'avait-il pas particulièrement accentué le mot « vous » ? Comme s'il insinuait que de son côté elle n'était peut-être pas le meilleur choix pour lui. Dans ce cas, cela signifiait sans doute qu'Ivo la demandait en mariage par pur respect des convenances.

— Je ne crois pas que la perspective d'échanger d'agréables baisers avec mon époux et de passer du bon temps en sa compagnie dans la chambre à coucher suffiront à me donner envie de me marier.

— Je vous encouragerais à peindre, murmura Ivo. Vous pourriez peindre tout ce qui vous plairait. Et vous ne seriez pas obligée de demander la moindre rétribution pour votre travail, ce qui vous permettrait d'échapper aux inévitables critiques.

Jane l'observa attentivement tout en essayant d'assimiler ce qu'il lui proposait.

C'était exactement ce dont elle rêvait. Mais elle dépendrait à coup sûr des humeurs d'Ivo et devrait lui demander la permission pour s'adonner à sa passion.

— Je pensais que vous teniez absolument à votre indépendance, dit-il comme s'il lisait dans ses pensées. Je vois bien que cela constituerait une pierre d'achoppement. Me croirez-vous sur parole si je vous dis que je n'interférerai aucunement dans votre art ? Saurez-vous faire preuve de gentillesse envers moi et accepterez-vous de devenir immensément riche ?

— Je crois que je supporterais assez bien de devenir riche, murmura Jane, sans savoir si elle devait en rire ou en pleurer.

Tout était terriblement tentant. Presque trop facile, à dire vrai. Elle avait le plein accord de ses parents et pourrait exercer son art comme bon lui semblerait. Elle ne risquait plus de se retrouver le ventre creux dans un taudis, rejetée de tous et peinant à attirer des clients prêts à débourser un penny pour lui acheter ses portraits.

Si elle acceptait l'offre qu'Ivo venait de lui faire, cela

signifierait qu'elle mènerait le reste de son existence à ses côtés. Elle devait reconnaître qu'il la perturbait, mais de manière extrêmement plaisante. Partager l'intimité de cet homme avait quelque chose de terriblement excitant. Mais elle préféra chasser cette pensée de son esprit. Ce qui se passait derrière la porte de la chambre à coucher n'était qu'un élément parmi d'autres à prendre en considération.

— Si j'acceptais, dit-elle alors dans un souffle, je n'imagine sans doute pas les obligations en tout genre qui m'incomberaient alors. Je n'ai pas reçu l'éducation qui convient à la future épouse d'un aristocrate.

— Nous avons une gouvernante très compétente. Il n'y a aucune raison de vous inquiéter à ce sujet.

Jane était à deux doigts d'accepter la proposition de mariage qu'Ivo était en train de lui faire quand la citation préférée de son amie Melissa lui revint en mémoire. Si cela semble trop beau pour être vrai, c'est probablement le cas. Et ce n'était sans doute pas une coïncidence si cette phrase lui revenait en mémoire à un moment aussi crucial.

— Mais vous n'avez nulle envie de m'épouser, dit-elle. Il s'agit uniquement de galanterie. Jamais cette idée ne vous serait venue à l'esprit si nous nous étions rencontrés dans d'autres circonstances. Vous ne m'auriez jamais courtisée ni demandée en mariage. Je ne vois pas comment vous pourriez prétendre le contraire.

— J'avais de toute façon l'intention de me marier en rentrant en Angleterre, dit Ivo d'une voix claire.

Il n'avait pas répondu à sa question. C'était plutôt parlant.

— Et mon devoir exige clairement que…

Il s'interrompit, se rendant certainement compte que ce n'était pas le meilleur angle d'attaque.

— Vu la situation dans laquelle nous nous trouvons tous les deux, le mariage me semble de loin la solution la plus raisonnable. Nous nous entendons plutôt bien si on fait abstraction de votre envie de vous installer comme portraitiste professionnelle.

— Nous nous entendons plutôt bien ! Est-ce vraiment tout ce que vous attendez du mariage ?

— Regardez les choses objectivement, Jane. Vous alliez vous exposer à de sérieux ennuis et proférer je ne sais combien de mensonges pour obtenir ce que vous désiriez le plus au monde. Vous étiez prête à vivre recluse de la société, à vous fâcher avec vos parents et à mettre votre cousine en difficulté pour parvenir à vos fins.

Elle aurait sans doute dû lui confier qu'elle avait changé d'avis et que c'était lui qui l'avait aidée à comprendre que ce n'était pas exactement ce qu'elle souhaitait. Mais la fierté l'en empêcha.

— Je vous offre l'acceptation sociale, la richesse et la possibilité de peindre toutes les toiles que vous souhaitez. Vos parents seront, par ailleurs, ravis de…

— Mais que faites-vous donc de l'amour ? le coupa-t-elle. Et si je tombe amoureuse d'un autre homme après notre mariage ? Ou vous, d'une femme ?

— L'amour romantique ne dure pas, dit Ivo en reculant d'un pas.

Jane s'aperçut alors qu'elle le pointait du doigt et qu'il cherchait peut-être simplement à éviter de se faire marteler le torse. Il lui tourna le dos tout à coup.

— Ivo ?

Il pivota aussitôt sur ses talons et elle crut remarquer une nouvelle fois ce voile assombrir ses yeux bleus.

— Une attirance éphémère peut effectivement se produire entre deux êtres, mais les personnes raisonnables et matures sont capables d'ignorer ce phénomène jusqu'à ce qu'il s'estompe de lui-même, croyez-moi.

Était-ce le fruit de son expérience ?

— Mais que faites-vous de Verity et de Will ? Je n'imagine pas que leur amour finisse par s'estomper un jour.

— Le duc et la duchesse se sont rencontrés alors qu'ils étaient libres de satisfaire les sentiments qu'ils éprouvaient l'un envers l'autre et ont pu bâtir leur union sur ce socle. Si les circonstances ne leur avaient pas été aussi favorables, tout cela aurait rapidement été oublié.

— Vous faites preuve d'un tel cynisme !

Elle ne partageait pas son point de vue. Il suffisait de voir la façon dont Will et Verity se regardaient. Ils rayonnaient littéralement de bonheur.

— Je suis simplement réaliste, dit Ivo d'une voix dure.

Il lui caressa délicatement la joue du bout des doigts.

— Jane, reprit-il d'une voix radoucie, la situation dans laquelle nous nous trouvons vous permet enfin de réaliser votre rêve.

Elle allait ouvrir la bouche pour protester et lui faire remarquer que sa carrière artistique ne l'empêchait pas de rêver au véritable amour, quand un petit craquement derrière elle la fit sursauter.

— Jane, ma chérie ?

Sa mère avait parlé d'une voix si ténue qu'elle en resta bouche bée. Depuis quand celle-ci faisait-elle preuve d'une telle réserve ?

— Vous ne pouvez pas rester seuls ici, petits coquins. Jane, tu dois revenir parmi les invités et leur apprendre la grande nouvelle.

— Pas encore, Mrs Newnham, si vous le permettez, dit Ivo, tout sourire. Nous allons faire un tour dans le jardin.

— Le jardin qui donne sur l'arrière de la maison, précisa Jane. Tu peux nous surveiller depuis cette fenêtre si tu t'inquiètes du respect des convenances, maman. Par ici, Ivo.

Ce dernier lui tint la porte tout en adressant un petit salut de la tête en direction de sa mère.

— Entrez donc, madame.

Jane s'écarta pour la laisser passer. Sa mère afficha un sourire hésitant avant d'aller s'asseoir près de la fenêtre.

Ils disparurent dans le hall d'entrée, sortirent par la porte de derrière et se retrouvèrent sur la pelouse au beau milieu des nombreux arbres fruitiers recouverts de lichen et courbés par les ans.

Jane accepta le bras qu'Ivo lui tendit. Ils n'allaient tout de même pas rester à se regarder dans le blanc des yeux.

— Ma peinture n'a rien à voir avec tout ceci, dit-elle, reprenant leur dispute là où ils l'avaient laissée tandis qu'ils s'éloignaient de la maison.

— J'aimerais vous croire, répliqua Ivo. Vous ne pourrez jamais vous établir en tant que portraitiste professionnelle à Bath. Lady Tredwick et Merrydew le découvriraient rapidement, vous pouvez me croire. Sans oublier qu'elles connaissent votre véritable identité. Vous imaginez les commérages qui se répandraient aussitôt ! On vous considérerait soit comme la maîtresse que j'ai écartée d'un revers de la main, soit comme une dévergondée qui m'a laissé tomber, soit comme une pauvre créature que j'ai abandonnée à son triste sort. Personne n'acceptera qu'une femme aussi peu respectable peigne le portrait des membres de sa famille.

— Je sais cela, finit-elle par dire, ignorant comme elle le pouvait la nausée qui lui montait aux lèvres.

S'il se mettait à ricaner ou lui disait qu'il l'avait prévenue, elle ne le lui pardonnerait jamais.

— Je n'ai pas suffisamment d'argent, marmonna-t-elle.

— Je le sais bien, dit Ivo. Je suis désolé. Si vous désiriez ardemment quelque chose, je vous donnerais avec plaisir l'argent dont vous auriez besoin, mais dans le cas qui nous préoccupe, je refuse de participer au désastre qui vous guette.

— De toute façon, je n'accepterais jamais un sou de vous.

Jane aperçut alors le visage de sa mère collé à la vitre de la bibliothèque. Elle entraîna aussitôt Ivo à l'abri des regards sous les branches d'un arbre.

— Cela ferait de moi ce que l'on appelle communément une femme entretenue, n'est-ce pas ?

Elle essaya d'en rire mais n'y parvint pas.

— Ce serait le cas si je vous demandais quelque chose en échange, répondit Ivo.

— Je vous remercie pour votre proposition, mais je vais rentrer chez moi dans le Dorset et expliquer à mes parents que j'ai refusé votre demande en mariage, bien qu'elle soit extrêmement flatteuse. Mes parents ne m'adresseront certainement plus la parole pendant des mois, mais je devrais pouvoir m'en accommoder.

— La situation sera bien pire que vous ne le pensez, une fois que les commérages qui se répandront à votre encontre parviendront aux oreilles de vos voisins et de vos connaissances. Vous ne pourrez pas empêcher les gens de cancaner. Lorsqu'ils apprendront qu'un jour vous clamiez en pleine rue que vous étiez fiancée au comte de Kendall et que, le lendemain, vous refusiez sa demande en mariage malgré le déplacement de vos parents dans le Somerset, je ne sais pas ce qu'ils iront s'imaginer, mais je vous assure que l'histoire scabreuse qu'ils inventeront de toutes pièces fera le tour des chaumières pendant des mois.

— Ces maudits porteurs de chaise ! Pourquoi ont-ils joué aux chevaliers servants au plus mauvais moment ?

Elle releva la tête et vit Ivo esquisser un sourire timide.

— Cessez de me regarder ainsi. Je suis parfaitement consciente que tout est ma faute. Je pensais que cela rendrait notre dispute plus plausible si nous étions fiancés.

— Parce que les couples sur le point de se marier passent leur temps à se disputer ? demanda-t-il, les yeux rieurs. Jane, allez-vous enfin accepter l'inévitable ? Vous n'êtes pas la seule personne impliquée dans cet imbroglio. Si vous acceptiez ma proposition, vous éviteriez bien des ennuis à vos parents et à votre cousine. Sans parler de l'angoisse qui doit les étreindre. Je ne sais pas si vous vous rendez compte, mais mon grand-père m'a donné son accord ! Il a compris que je ne me plierais pas à ses quatre volontés et que je refuse d'épouser une femme qu'il a choisie à ma place.

— Vous oubliez un autre point. Il vaudrait mieux m'épouser pour ne pas ternir votre propre réputation, dit-elle, l'air contrit.

Il fit aussitôt un geste dédaigneux de la main.

— J'ai besoin de savoir quelque chose, Ivo.

— Tout ce que vous voulez, Jane.

— N'y a-t-il pas une femme qui attend désespérément que vous lui déclariez votre flamme ? N'êtes-vous pas amoureux ?

— Je n'ai aucun engagement, je vous en donne ma parole.

Il désigna alors un banc du menton.

— Voulez-vous vous asseoir ?

Il s'immobilisa, alors qu'elle lui tirait la manche pour l'obliger à la regarder droit dans les yeux.

— Non, Jane, personne n'attend une proposition de mariage de ma part, sur mon honneur.

— Dans ce cas…

Jane déglutit avec peine. Elle ne pourrait bientôt plus faire marche arrière et la décision qu'elle prendrait impacterait sa vie entière. Soit elle acceptait le scandale et la disgrâce qui auraient de sérieux retentissements non seulement au sein de sa famille mais également dans un large cercle social. Elle serait montrée du doigt comme la fille qui aurait refusé la demande en mariage du comte de Kendall malgré la conduite inqualifiable dont elle avait fait preuve. Soit elle épousait un homme d'un rang bien supérieur au sien, acceptait d'endosser des responsabilités dont elle ne soupçonnait pas l'existence et prenait le risque de ne plus pouvoir exercer son art alors que c'était son unique passion. Pouvait-elle épouser un homme qu'elle n'aimait pas – pas plus que lui ne l'aimait ?

Elle l'appréciait, elle en convenait aisément. Quant à lui, il la trouvait plutôt intéressante. Et elle lui faisait confiance. Elle ferait de son mieux pour qu'il ne regrette pas la décision qu'il avait prise. D'autant que son grand-père semblait disposé à approuver leur union. C'était plutôt étrange, à bien y réfléchir. S'il avait d'abord eu d'autres projets pour son petit-fils, pourquoi avait-il accepté aussi facilement ?

Écartelée par le choix cornélien qui se présentait à elle, Jane s'arrêta net. Ivo avait abandonné toute velléité de la faire asseoir et s'était appuyé contre la grosse branche d'un vieux pommier noueux. Il ne paraissait ni s'impatienter ni s'ennuyer, ce qui aurait pourtant été compréhensible. Il semblait même plutôt intéressé. Comme s'il suivait les méandres de ses pensées et trouvait cet exercice fort plaisant.

Si Ivo lui avait donné l'impression de prendre son mal en patience, cela l'aurait sans doute fait hésiter, mais puisque celui-ci semblait sincèrement se soucier d'elle, peut-être qu'il valait mieux l'épouser. Ce n'était pas si éloigné de ce qu'elle faisait lorsqu'elle peignait un portrait. Leur relation était à peine ébauchée et elle devait à présent lui trouver un décor. Des touches de couleur. Des zones d'ombre. Quelques ambiguïtés mais également des certitudes.

— Vous souriez, dit Ivo. Cela signifie-t-il que vous avez pris une décision ?

Il se redressa et sa silhouette imposante se découpa nettement contre les trouées de lumière du feuillage. L'espace d'un instant, elle en eut le souffle coupé. Pourquoi s'était-elle concentrée sur ses traits un peu durs et sur sa forte personnalité jusqu'alors ? Elle n'avait pas su apprécier sa beauté de prime abord. C'était impardonnable pour un œil exercé comme le sien. Ivo n'était certes pas d'une beauté conventionnelle, mais il était très séduisant et elle ressentit tout à coup le besoin irrépressible de le savoir rien qu'à elle.

— Oui, répondit Jane en s'avançant vers lui. J'accepte votre demande en mariage si vous êtes toujours certain de vouloir vous engager dans cette voie. Et si jamais vous avez changé d'avis dans l'intervalle, je ne vous en tiendrai pas rigueur.

— Vous comblez tous mes espoirs, dit-il en lui prenant

la main pour l'attirer contre lui. Mais je ne voudrais pas que nous nous donnions en spectacle, ajouta-t-il soudain en s'écartant un peu. À moins que vous ne souhaitiez apporter aux autres une preuve quelconque de l'union que nous célébrerons prochainement ?

— De qui parlez-vous ? Je pensais que nous étions à l'abri des regards ici.

Jane tendit le cou pour comprendre de quoi il retournait, mais Ivo resserra son étreinte.

— Une nuée de chaperons semblent s'être donné le mot pour prendre l'air et admirer le verger, tout en faisant croire qu'ils ne peuvent pas nous voir, lui murmura-t-il au creux de l'oreille.

Sa joue délicatement posée contre la sienne puis son souffle chaud qui lui caressa légèrement le cou lui firent aussitôt chavirer le cœur.

Les mots doux qu'il lui susurra ensuite étaient à peine audibles, mais Jane sentit une folle attirance s'emparer de son corps, qui se pressa contre celui d'Ivo sans la moindre retenue.

Sa bouche s'avança tout à coup pour déposer un tendre baiser sur sa joue légèrement salée, et Jane s'enivra des effluves musqués qui vinrent lui chatouiller les narines. Ivo pencha un peu plus la tête et leurs lèvres se joignirent.

Ils apprendraient à se connaître et cette exploration serait sans doute fort agréable. Leurs nez respectifs se cognèrent doucement puis ils s'embrassèrent à l'unisson et leurs langues se taquinèrent avec une frénésie partagée.

— Hum.

Jane sursauta. Ivo poussa un petit soupir contre ses lèvres puis se redressa, l'invita à poser une main au creux de son coude, avant de se tourner vers le marquis qui faisait mine d'étudier une greffe de poirier à quelques mètres de distance à peine.

— Vous m'avez fait peur, grand-père, dit Ivo. Je nous pensais seuls dans le jardin.

Le mensonge éhonté qu'Ivo venait de servir à son grand-père embarrassa Jane autant qu'il l'amusa.

— Ce n'est pas le moment de vous afficher ni de roucouler à l'ombre des arbres, dit ce dernier en leur lançant un regard courroucé. Il est urgent de s'entendre sur les termes de cette union et de fixer la date de la cérémonie.

L'espace d'un instant, Jane crut que le vieil homme avait la larme à l'œil, mais c'était probablement le fruit de son imagination. Pourquoi aurait-il été tout à coup en proie à une telle émotion ? D'autant qu'il n'avait aucune raison de dissimuler les sentiments que ce mariage lui inspirait.

— Jane, je crains que mon grand-père ne soit pas du genre très romantique, dit Ivo d'un ton acerbe. Vous serez heureux d'apprendre que Miss Newnham a accepté ma proposition, grand-père.

— J'espère bien, après le spectacle dont je viens d'être le témoin. Venez tous les deux, allons parler à Mrs Newnham. Cette pauvre lady est complètement déboussolée. Quelle idée saugrenue vous est passée par la tête ? L'heure n'est plus aux jeux de séduction. De mon temps, cela ne se serait pas passé ainsi !

Il pivota sur ses talons avant de se tourner à nouveau dans leur direction.

— Quant à vous, vous serez heureux d'apprendre que je me suis débarrassé de Lady Tredwick et Lady Merrydew. Je leur ai dit sur le ton de la confidence que votre mère était bouleversée à l'idée d'annoncer des fiançailles alors que nous étions toujours en période de deuil. Faire preuve de tels scrupules alors que cette union est tout à son avantage les a rendues tellement admiratives qu'elles sont prêtes à fermer les yeux sur votre différence de rang et sont reparties en toute hâte pour en informer toutes leurs connaissances.

— Et vous, milord ? demanda Jane, trouvant soudain le courage de poser la question qui lui brûlait les lèvres.

— Moi ?

— Êtes-vous prêt à fermer les yeux sur notre différence de rang ? Je suis bien consciente que rien ne me prédestinait à épouser un homme aussi titré qu'Ivo.

Le marquis fronça ses sourcils broussailleux poivre et sel et la fixa d'un regard perçant.

— Miss Newnham, pour être tout à fait franc avec vous, je suis prêt à accepter que mon petit-fils épouse n'importe quelle jeune lady de bonne éducation si celle-ci peut l'aider à vivre dans le présent et non dans le passé.

À ses mots, elle sentit Ivo se raidir.

— Je ne pense pas avoir besoin d'une épouse pour me rappeler que j'ai quitté les rangs de l'armée, grand-père. Je suis certain que la charge de travail dont vous m'avez gratifié remplira largement cet office.

Jane ressentit alors une pointe de culpabilité. Il ne lui était pas venu à l'esprit qu'Ivo puisse pleurer la mort de son père ainsi que la perte de sa carrière militaire. Empêtrée dans ses propres rêves, ses espoirs et ses frustrations, elle avait fait preuve d'un égoïsme sans commune mesure. Elle lui pressa donc légèrement le bras.

— Je crains d'alourdir encore votre fardeau. Je suppose que j'ai beaucoup à apprendre.

En sentant la légère pression des doigts de Jane ainsi que l'angoisse qui transparaissait dans sa voix, Ivo fit la grimace. Quant à son grand-père, il n'avait pas demandé son reste et les devançait déjà de quelques mètres. Quel enquiquineur ! Non seulement le vieil homme avait lourdement insinué qu'Ivo avait un passé dont il devait faire table rase, mais Jane s'inquiétait à présent de l'existence qu'elle allait mener.

— Ce ne sera pas un fardeau pour moi, dit-il. Je découvrirai une nouvelle vie en votre compagnie. N'oubliez pas que je dois apprendre à gérer les domaines dont j'ai la charge et me réhabituer à la vie civile. Nous progresserons tant bien que mal côte à côte.

— Je ne vous imagine pas progresser « tant bien que mal », Ivo, s'esclaffa-t-elle.

N'avait-il pourtant pas été incapable de les dépêtrer de cet incroyable imbroglio ?

Mais qu'aurait-il pu faire d'autre ? La convaincre de l'épouser était la seule solution envisageable. Ce n'était pas ce qu'il espérait, ni ce qu'il attendait. Mais il fallait bien se résoudre à accepter l'inéluctable. Jamais il n'obtiendrait ce qu'il désirait. Il n'allait tout de même pas se languir d'amour toute son existence et vivre en reclus parce que Daphne l'avait repoussé ! Il ferait ce qu'on attendait de lui, par respect pour le nom qu'il portait, par respect pour son grand-père et en espérant que cela lui porte chance.

Ce n'était pas ce que Jane désirait, elle non plus, ce n'était pas ce dont elle avait rêvé, mais il ferait en sorte qu'elle puisse peindre comme bon lui semblait et dans des conditions qui la satisferaient pleinement.

Peut-être y mettrait-il néanmoins quelques limites. Pas de valets de pied qui poseraient dans le plus simple appareil, pour commencer. Alors qu'ils atteignaient la porte arrière de la maison, cette pensée l'amusa.

Puis son grand-père se tourna vers eux.

— J'ai complètement oublié de te le dire. J'ai parlé à Pettigrew et Arnold au sujet du *problème* que tu as évoqué en ma présence. Ils sont en train de regarder ce qu'il est possible de faire d'un point de vue juridique, mais ils n'ont pas l'air très optimistes.

— Je vous remercie, grand-père. Je suis impatient de reprendre cette discussion un peu plus tard.

Il faudrait faire clairement comprendre au vieil homme qu'il ne voulait *pas* discuter de Daphne Parris en présence de Jane ! Il commençait à comprendre pourquoi les choses avaient mal tourné avec Daphne. Peut-être parce qu'il était sur la voie de la guérison. Elle avait sans doute rêvé d'une belle romance et s'était finalement retrouvée à attendre en vain son futur époux qui vivait à des centaines de kilomètres d'elle et lui envoyait des nouvelles sporadiques. Les mois s'étaient transformés en années, et il était impossible de savoir quand il reviendrait. *Si jamais il revenait.* Combien d'hommes avaient trouvé la mort sur le champ de bataille ? Impossible à dire.

La jeune femme qui se tenait à ses côtés avait des rêves, elle aussi. Des rêves peu conventionnels, certes, mais il pourrait l'aider à les réaliser tant que cela ne la mettait pas en danger. Puisque les juristes n'avaient découvert aucun moyen légal d'annuler le mariage de Daphne, il ne lui restait plus qu'à la laisser vivre l'existence qu'elle s'était choisie. Peut-être ressentirait-il une certaine satisfaction à aider Jane à assouvir sa passion… Quel autre choix avait-il, de toute façon ? Broyer du noir et s'apitoyer sur ses blessures, physiques et sentimentales ? À moins qu'il ne consacre toute son énergie à trouver une épouse conforme à son rang ? Mais il n'avait nullement l'intention de se complaire dans son malheur ou de chercher la perle rare, alors que son cœur battait encore pour une autre.

Tandis qu'il lui tenait la porte pour la laisser passer, il observa Jane d'un œil attentif. Elle semblait sereine, mais son teint vif et ses yeux brillants attirèrent son attention. Cherchait-elle à retenir ses larmes ? À moins que ce ne soit à cause de ce baiser sous le pommier ? Pourvu que ce soit le baiser. Parce que, de son côté, il l'avait apprécié bien plus qu'il ne s'y attendait.

Cela lui avait d'ailleurs provoqué un pincement au cœur. *Il aimait Daphne.* Comment pouvait-il alors prendre le moindre plaisir à embrasser une autre femme ? Ce ne serait sans doute pas facile de faire l'amour à Jane, une fois mariés, sans jamais lui donner l'impression d'être son second choix et de penser à une autre femme. L'espace d'un instant, le doute l'assaillit. Ne valait-il pas mieux envisager un mariage arrangé tel que son grand-père se l'était mis en tête ? La jeune lady qui accepterait de l'épouser n'aurait alors aucune illusion sur la nature de leur union, tandis que Jane semblait croire dur comme fer en l'amour romantique.

Au même moment, les parents et la cousine de Jane s'élancèrent à leur rencontre, chassant aussitôt les questions qui le taraudaient. Ils prirent Jane dans leurs bras à tour de rôle et l'embrassèrent chaleureusement. Puis Mr Newnham serra la main d'Ivo, sa cousine Violet l'embrassa sur la joue en rougissant aussitôt jusqu'à la racine des cheveux, puis, se jetant à l'eau à son tour, il embrassa Mrs Newnham, qui se mit à bredouiller des paroles incompréhensibles sous l'effet de la surprise.

Les dés en étaient jetés à présent. Ivo fit de son mieux pour afficher l'éclatant sourire qu'on attendait de lui et se montrer agréable envers ses futurs beaux-parents. Il devait cesser de penser à Daphne. D'autant qu'il n'y avait aucune raison de la revoir un jour. Vu la réputation et la situation financière de l'homme qu'elle avait épousé, Ivo ne courait aucun risque de les croiser chez des connaissances communes.

Une seule chose lui importait à présent.

Faire en sorte que son mariage réussisse.

Chapitre 11

Trois jours plus tard

Jane sortit la lettre qu'elle avait commencé à écrire à Verity l'après-midi où Ivo l'avait demandée en mariage, la froissa et s'empara d'une nouvelle feuille de papier. Raconter tout ce qui lui était arrivé l'aiderait peut-être à admettre que tout était bien réel.

Qui aurait pu croire que je ferais un aussi bon mariage ! Maman, cela ne te surprendra guère, est dans un état d'exaltation indescriptible et reste convaincue qu'elle aurait pu dénicher Ivo elle-même si elle avait quelque peu étendu ses recherches. À ses yeux, Ivo est la perfection incarnée et je dois reconnaître que je trouve mon futur mari plutôt à mon goût.

Parfois, je dois me pincer pour y croire. Autrefois, je disais que je ne me marierais que par amour.

Puis, dans un moment de pure folie, j'ai juré de m'installer à mon compte comme portraitiste professionnelle. Finalement aucune de ces prédictions ne se sera réalisée.

Est-ce que je prends la bonne décision ? Je me pose mille et une questions.

Et si ces deux porteurs de chaise n'étaient pas passés dans la rue juste au moment où je me disputais avec Ivo ? Et si les amis d'Ivo n'avaient pas tout à coup surgi au plus mauvais moment ?

Je ne peux pas m'empêcher de m'inquiéter sur ce qui serait arrivé si nous n'avions pas été pris dans un embouteillage à Kensington, à l'endroit précis où Ivo était en train de se faire rouer de coups. Je ne l'aurais jamais rencontré et il aurait pu être très grièvement blessé. Cela me rend malade rien que d'y penser.

D'après tes lettres, ma chère Verity, je sais que tu trouves parfois cela difficile d'être duchesse. J'ai la chance de ne pas devenir marquise immédiatement, pas avant longtemps, je l'espère, parce que j'apprécie de plus en plus le marquis même s'il passe son temps à bougonner.

J'espère tout au moins que tu pourras me donner des conseils sur la façon dont je dois appréhender la suite. Je compte sur toi.

Mais si je t'écris, ce n'est pas pour t'ennuyer avec mes tergiversations et les doutes qui m'assaillent au beau milieu de la nuit. Accepterais-tu de superviser ma cérémonie de mariage ? Je vais écrire à Lucy, à Melissa et à Prue pour leur demander d'être mes demoiselles d'honneur. Quant à toi, puisque tu es la seule d'entre nous à être déjà mariée, j'aimerais que tu sois ma dame d'honneur, même si je dois t'avouer que l'idée que l'une d'entre nous chaperonne notre petit groupe et veille au respect des règles me semble si amusante que j'en ai un fou rire chaque fois que j'y pense !

Tu recevras bien entendu une invitation en bonne et due forme, pour toi, pour Will et tous ses frères et sœurs. Je suis impatiente qu'ils rencontrent le marquis !

Cela me ferait tellement plaisir si tu pouvais être là pour m'épauler.

Ton amie dévouée,

Jane

17 septembre, une semaine plus tard

— Dieu merci, dit Jane en levant la tête de la pile de lettres qui recouvraient une bonne partie de la table dressée pour le petit déjeuner.

— Les nouvelles sont bonnes ?

— Elles peuvent toutes assister au mariage, même Verity, qui vient de m'apprendre qu'elle attend un heureux événement, ce qui est une merveilleuse nouvelle !

— Vraiment ? s'exclama Violet en levant les yeux de sa correspondance personnelle.

— Verity est persuadée que c'est un garçon, ajouta Jane. J'ai l'impression que tu as beaucoup de courrier.

— Des réponses positives, pour la plupart, répondit Violet en sauvant in extremis une lettre qui allait tomber dans le beurrier.

— Je ne pensais pas qu'il y aurait autant de monde à mon mariage.

— Il y a au moins trois lettres de ta mère également. C'est comme si, à peine une réponse envoyée, une autre question lui venait en tête. Si cela continue, ton père va dépenser plus d'argent en affranchissement que pour ta robe de mariée.

Après bien des discussions, il avait été décidé que Jane resterait chez sa cousine Violet et que la cérémonie se tiendrait dans la chapelle de Merton Tower. Même si Bath n'était plus à la pointe de la mode, la ville possédait encore d'excellents modistes pour la constitution de son trousseau et bien plus de boutiques que la campagne du Dorset pour toutes les babioles dont elle aurait besoin.

Jane réprima un soupir. Sa mère s'était réjouie de déléguer l'organisation du mariage à Violet mais passait son temps à établir des listes interminables et changeait d'avis trois fois par jour. Jane la soupçonnait également d'éplucher le *Peerage* pour répertorier toutes les relations prestigieuses d'Ivo. Nul doute qu'elle irait ensuite se vanter d'avoir pu les rencontrer auprès de toutes ses connaissances.

Jane n'était pas toujours très à l'aise avec le tapage que sa mère faisait autour de ses noces. Elle s'était imaginé que le marquis préférerait peut-être ne pas trop ébruiter la nouvelle. Il avait récemment perdu un fils et pouvait regretter que son petit-fils ne fasse pas un meilleur mariage. Mais il n'en était rien.

« Personne n'avait envisagé cette union. Il faut donc éviter que le moindre soupçon ne vienne entacher ce mariage. Il n'y a aucune raison de nous précipiter, pour commencer. Vu les circonstances, nous pouvons raisonnablement tabler sur un délai de six semaines. Et il ne faut surtout pas lésiner sur la liste des invités. »

Voilà ce que le marquis lui avait dit.

— Qu'entendez-vous par là ? avait-elle demandé, les yeux écarquillés.

— Vous m'avez parfaitement compris, avait-il rétorqué en lui adressant un regard sévère, comme si elle était sur le point d'élever des protestations et de proposer un mariage en comité restreint avec deux témoins pour tout invité.

Il lui avait donné l'impression d'être une petite fille en train de se faire admonester.

— L'annonce de votre mariage va bientôt se répandre comme une traînée de poudre, et je veux que le monde entier sache que je vous ai accordé mon approbation pleine et entière. Je crains en revanche que la fine fleur de Londres ne se donne pas la peine de se rendre dans le Somerset, ce qui limitera nécessairement la liste des invités. Nous ne devrions pas dépasser les deux cents convives. J'espère que cela ne vous déçoit pas trop, Jane ?

— Pas du tout, avait-elle répondu d'un souffle. Deux cents ?

Elle était terrifiée, pour tout dire.

Les réponses positives aux invitations qu'ils avaient envoyées pour leur mariage ne cessaient d'affluer. Le marquis avait même dépêché un secrétaire pour assister Violet, tandis que son assistant personnel se chargeait de répondre aux courriers provenant de la famille Merton et de ses connaissances. De son côté, Jane s'était mise en quête d'un modiste pour la confection de la robe qu'elle désirait, à la fois simple, élégante et pas trop onéreuse. Elle porterait les « diamants » dont elle avait hérité et, bien que ce ne soient que de pâles copies, cela suffirait à faire oublier que son père n'avait pas les moyens de lui offrir le trousseau dont sa mère rêvait.

Comme Jane se faisait un peu de souci à ce sujet, Ivo s'était montré extrêmement compréhensif.

— Nous n'irons pas de sitôt à des événements organisés par la bonne société londonienne. D'ici là, vous vous serez procuré tout ce dont vous avez besoin. Vos parents ne doivent pas s'inquiéter pour si peu.

Jane avait donc passé en revue la très longue liste que sa mère lui avait envoyée. Les chemises de nuit exceptées. Verity avait souligné l'importance de posséder des vêtements de nuit à la fois élégants et affriolants, et lui avait fait parvenir une boîte de jolies tenues un brin scandaleuses en guise de cadeau de mariage. Jane les avait immédiatement essayées et avait été très surprise par l'effet produit. Verity lui avait expliqué à maintes reprises que les hommes étaient friands de ce genre de choses. L'homme que Jane devait épouser n'étant pas éperdument amoureux d'elle, peut-être valait-il mieux faire tous les petits efforts nécessaires pour que leur nuit de noces se déroule bien.

À cette pensée, elle se versa une autre tasse de café en espérant que le rouge qui lui était monté aux joues passerait inaperçu.

C'était trop tard à présent. Elle ne pouvait plus changer d'avis. Et puis, elle devait bien l'admettre, elle n'en avait aucune envie.

Après le départ de ses parents pour le Dorset, Jane s'était rendue à Bath, accompagnée de Charity, et avait fait nettoyer ses bijoux. Au retour, elles avaient emprunté la rue qui passait devant la petite boutique délabrée près de l'abbaye, et cela l'avait amenée à repenser aux décisions qu'elle avait prises.

Ivo n'avait nullement fait preuve de condescendance à son égard lorsqu'il l'avait avertie des difficultés qu'elle rencontrerait en cherchant à réaliser son rêve. Et il avait vu juste. Ce n'était pas facile à accepter, mais cela n'avait fait que renforcer le respect qu'il lui inspirait, à la fois pour lui avoir évité les conséquences désastreuses de son impétuosité mais également pour avoir pris son ambition très au sérieux.

Elle pouvait lui faire confiance. Et la confiance constituait une excellente base pour un mariage.

— Lord Kendall, Miss Violet, annonça soudain Albert.

Le valet de pied semblait désormais indifférent aux allées et venues de l'aristocratie locale, même lorsque les visites n'avaient rien de conventionnel et qu'elles interrompaient la maîtresse de maison au beau milieu de son petit déjeuner.

Ivo apparut sur le seuil de la porte, s'excusant du dérangement occasionné. Violet afficha aussitôt un large sourire. Quant à Jane, elle rougit violemment, ce qui semblait la seule chose dont elle soit capable chaque fois qu'ils se voyaient. Ce qui ne manquait pas de la déconcerter. Cela s'expliquait sans doute par l'attirance grandissante qu'elle éprouvait envers Ivo et par l'appréhension teintée de curiosité qu'elle ressentait à l'approche de leur nuit de noces.

— Je suis désolé de cette visite impromptue à une heure aussi matinale, mais il m'est brusquement venu à l'esprit que vous désireriez peut-être faire le tour de la demeure en compagnie de Mrs French, notre gouvernante, dit-il à Jane après avoir accepté une tasse de café. Si nous attendons trop longtemps, Mrs French sera accaparée par les préparatifs du mariage et je me suis dit que vous aimeriez avoir une idée précise des lieux avant d'y emménager et de prendre la suite.

— Prendre la suite ? bredouilla-t-elle. Mais il n'y a aucune raison que Mrs French…

— En tant que gouvernante, elle vous sera extrêmement utile, mais lorsque vous serez mariée, ce sera vous la maîtresse de maison.

Jane sentit sa gorge se nouer. Elle se souvenait parfaitement avoir entendu Ivo répéter que la gouvernante qui était à leur service était extrêmement compétente. Jamais il ne lui serait venu à l'esprit de poser la moindre question au sujet de l'intendance de Merton Tower lorsqu'elle s'était rendue sur place après leurs fiançailles, en compagnie de ses parents et de Violet. Sa mère s'était mise dans tous ses états parce qu'elle n'avait, prétendait-elle, pas emporté les tenues adéquates, et ils avaient donc décliné l'invitation à dîner du marquis en prétextant devoir rentrer dans le Dorset de toute urgence pour se consacrer aux préparatifs du mariage.

Ivo leur avait rapidement fait visiter les lieux et Jane s'était extasiée devant la tour médiévale située au centre des bâtiments, seul vestige du château originel. Elle s'était également émerveillée à la vue des innombrables fenêtres qui égrenaient les ailes du château et qui dataient du début du XVIIIe siècle. Elle n'avait en revanche gardé aucun souvenir des salles de réception. Le hall d'entrée, la grande salle dans la tour, le salon et la salle à manger. Elle se remémorait surtout les nombreux portraits accrochés aux murs, qui balayaient à peu près toutes les époques.

— Oui, bien sûr, lui répondit-elle. Quelle délicate attention, Ivo.

Cela lui permettrait par ailleurs de faire bonne impression auprès des domestiques.

Il lui adressa un bref sourire et cela la réconforta aussitôt. De nombreuses inquiétudes la tourmentaient depuis quelques jours. Pourquoi arborait-il une mine si grave chaque fois qu'ils se voyaient ? Se demandait-il s'il commettait une erreur en épousant la fille d'un simple gentilhomme ?

Jane avait certes reçu l'éducation d'une lady. Elle savait comment se tenir dans la bonne société, elle savait danser, faire la conversation et se conduire conformément aux usages dans la plupart des situations qu'elle était amenée à rencontrer, mais elle avait jusqu'alors uniquement assisté à des petits bals de son comté natal et n'avait jamais été invitée à une soirée mondaine dans la capitale. Elle savait également tenir une maison. À condition que cette maison n'ait pas plus de six chambres à coucher et d'une poignée de domestiques à diriger.

Jane eut un mauvais pressentiment tout à coup. Mrs French allait probablement la mépriser. Selon Verity, les domestiques qui occupaient les meilleures places des grandes maisons pouvaient se montrer aussi arrogants que leurs maîtres. Elle s'obligea à afficher un sourire joyeux, fit un signe de la main à Violet pour prendre congé et laissa Ivo l'aider à monter à bord de son phaéton.

— Qu'est-ce qui ne va pas ? demanda-t-il doucement dès que le véhicule se mit en mouvement et qu'il fut certain que le groom ne puisse entendre leur conversation.

Elle n'était pas aussi bonne comédienne qu'elle se l'était figuré, visiblement.

— Pourquoi cette question ? Tout va bien, je vous assure. Quelle charmante matinée, ne trouvez-vous pas ?

— Jane, je lis en vous comme dans un livre ouvert, répliqua Ivo.

Cette remarque lui glaça le dos. Personne n'appréciait d'être qualifié de transparent.

— Je suis juste un peu sur les nerfs. Votre gouvernante risque de mépriser mon ignorance et je crains fort, après toutes ces années sans maîtresse de maison pour superviser l'intendance de la demeure, qu'elle ne voie pas d'un très bon œil mes efforts maladroits.

— Elle sera ravie, croyez-moi. Je sais que vous ne serez pas du genre à la prendre de haut et elle sera très heureuse de vous faire découvrir son royaume. Au quotidien, vous n'aurez rien d'autre à faire que de convenir des menus avec Mrs Cook et de prendre les décisions que Mrs French réservait jusqu'à présent à mon grand-père. Vous imaginez sans peine l'ambiance détendue qui régnait lorsqu'ils devaient décider s'il fallait remplacer les rideaux dans la suite bleue ou si nous avions besoin d'une nouvelle femme de chambre !

Il se mit alors à rire et elle l'imita aussitôt. Le marquis devait sans doute expédier la gouvernante sans ménagement lorsque celle-ci le sondait sur des choix de galons et de pompons décoratifs.

— Soyez vous-même, dit-il.

Il prit les rênes de sa main droite et posa la gauche sur ses deux mains qu'elle serrait nerveusement sur ses genoux.

— Vous avez toute ma confiance.

— Ce qui me donne une piètre opinion de votre capacité de jugement, murmura Jane en lui adressant un sourire forcé.

Elle ne tenta pas de se libérer pour autant et apprécia la chaleur de sa main qui irradiait à travers leurs gants respectifs.

À son grand soulagement, Ivo lui épargna un long discours sur la façon de gérer la maison et se contenta de lui indiquer les quelques points dignes d'intérêt durant le trajet.

Lorsqu'ils franchirent enfin les grilles, Jane remarqua soudain les piliers imposants surmontés d'hippocampes cabrés et se promit d'interroger le marquis à ce sujet.

Puis, après un grand virage, elle aperçut le parc qui s'étendait devant elle et entourait la demeure de toutes parts. Lorsqu'elle était venue en compagnie de ses parents, ils étaient tous si nerveux qu'elle ne s'était pas réellement rendu compte de l'imposante demeure qui serait bientôt la sienne.

— Qu'est-ce qui ne va pas ? demanda Ivo en immobilisant les chevaux alors qu'un troupeau de daims traversait l'allée.

— Comment cela ?

— Vous avez failli vous étrangler.

— Mais regardez ! Combien de chambres y a-t-il ?

— Je n'en ai pas la moindre idée. Trop, sans doute. Mrs French pourra certainement vous en donner le nombre exact.

— C'était une question rhétorique.

Même si elle avait tenté de s'y préparer, c'était un véritable choc.

— Il faudra que j'emporte une pelote de ficelle avec moi comme Thésée dans le labyrinthe du Minotaure si je ne veux pas me perdre. Je n'ai pas envie qu'on retrouve mon squelette desséché dans un couloir peu fréquenté dans une centaine d'années.

En entendant quelqu'un étouffer un grognement derrière elle, elle fronça les sourcils. Comment avait-elle pu oublier qu'un palefrenier se trouvait juste derrière eux ? Il incombait à une future comtesse de se montrer discrète en présence des domestiques.

— Au début, vous pourriez emmener un valet de pied avec vous, suggéra Ivo. Mais vous vous y ferez rapidement, je vous assure. Je me souviens d'une parente éloignée qui avait séjourné ici lorsque j'étais enfant. La pauvre était totalement désorientée. Elle errait parfois dans les couloirs et finissait par appeler à l'aide lorsqu'elle ne retrouvait pas son chemin. Il y avait toujours quelqu'un pour l'entendre. Je vais vous donner une astuce pour éviter de vous perdre. Il suffit de regarder par la première fenêtre que vous croiserez et vous saurez alors à peu près où vous vous trouvez.

Jane parcourut le parc des yeux et comprit ce qu'il voulait dire. Un petit temple grec sur une colline. Une coupole en marbre dans les bois. Une fontaine. Tous ces éléments bien distincts les uns des autres pouvaient aisément servir de points de repère.

— Qu'y a-t-il là-bas dans cette cavité ? Une petite chapelle ? Elle a l'air charmante.

— C'est une glacière dont l'entrée est dissimulée par une cellule d'ermite, dit Ivo sans même se donner la peine de regarder dans la direction indiquée. On ne l'utilise plus, aujourd'hui. Mon grand-père en a fait construire une plus proche des cuisines.

— Cela ferait sans doute une petite promenade très agréable.

— Tant s'en faut. Le sol y est marécageux et on y trouve une multitude d'insectes prompts à vous piquer à la moindre occasion, répliqua Ivo d'une manière abrupte.

Comme elle le dévisageait sans comprendre, il se rendit visiblement compte qu'il avait manqué de tact.

— Il y a de charmantes promenades à faire autour du lac ou vers le temple, et le parc offre de nombreuses possibilités de balades à cheval.

— Je ne sais pas monter à cheval, dit Jane dans un murmure.

— Je vous apprendrai. Les chevaux vous font-ils peur ?

— Pas du tout. Cela dit, j'ai rarement eu l'occasion d'en approcher un de près. Mais ce qui me plairait vraiment, c'est d'apprendre à conduire. Juste un buggy.

— Pour partir en expédition dans la campagne avec votre chevalet et vos pinceaux ?

— Exactement, dit-elle en se détendant un peu. Ou alors une carriole tirée par un âne.

— Les comtesses ne conduisent pas ce genre de véhicules, dit Ivo, ce qui la rendit à nouveau très nerveuse.

Elle s'imagina aussitôt de petits véhicules rutilants tirés

par des poneys tape-à-l'œil qu'elle devrait apprendre à diriger avec brio alors qu'elle ne rêvait que d'un moyen de locomotion tout simple lui permettant de se rendre tranquillement dans la campagne environnante.

Le palefrenier sauta à terre dès qu'ils s'immobilisèrent devant la porte d'entrée. Quant à Ivo, il fit le tour du phaéton pour la soulever de la banquette avant de la reposer délicatement sur le sol. Il n'en était pas à son coup d'essai mais, cette fois, il sembla s'attarder un peu et la laisser glisser contre son corps très lentement jusqu'à se retrouver face à elle, les mains toujours posées sur sa taille.

— Bienvenue à Merton Tower et sa fameuse tour, qui a donné son nom à cette demeure. J'ai eu l'impression que vous auriez aimé avoir plus de temps pour la regarder, lors de votre première visite.

— C'est exact, reconnut Jane.

Pour l'heure, tout ce qu'elle voyait, c'était la cravate d'Ivo, impeccable et immaculée, son épingle de cravate, un joli saphir ovale, et son menton, ferme, obstiné et rasé de près. Si elle se mettait sur la pointe des pieds, elle pourrait déposer un baiser sous sa lèvre inférieure. Une zone qu'elle trouvait d'une grande sensualité. Cela n'aurait guère été convenable, mais l'idée lui parut tout à coup terriblement excitante. Être embrassée par un homme séduisant était une chose, mais c'en était une autre, pour une jeune lady bien élevée, d'embrasser son futur époux en plein jour, à quelques pas du perron d'une maison renommée. Était-elle en train de tomber amoureuse ?

Son instinct lui dicta qu'il était préférable de respecter l'étiquette à la lettre. Il s'agissait d'un mariage de convenance, rien de plus. Ils pouvaient sans doute éprouver de l'affection l'un envers l'autre, peut-être même un peu de désir, mais elle ne devait pas attendre de sentiments plus profonds de la part d'Ivo. Si elle n'y prenait garde, il finirait par lui briser le cœur.

Elle allait reculer d'un pas lorsque Ivo pencha la tête pour lui embrasser doucement les lèvres. Jane ferma les paupières puis les ouvrit quelques secondes plus tard lorsqu'il s'écarta légèrement d'elle.

— J'ai bien peur d'avoir choqué Partridge, dit-il en partant d'un petit rire. Il est tellement guindé que les visiteurs un peu nerveux pensent parfois avoir affaire au marquis en personne. Venez donc le charmer !

Jane comprit tout à coup qu'ils s'étaient donnés en spectacle. La porte d'entrée était ouverte et une silhouette toute de noir vêtue, flanquée d'un valet à ses côtés, s'y découpa. Derrière la petite balustrade en pierre qui dissimulait la zone réservée au service, Jane crut percevoir un peu d'agitation. Plusieurs servantes les avaient probablement épiées. En voyant une silhouette corpulente s'éloigner rapidement d'une des baies vitrées au premier étage, son estomac se serra. Était-ce le marquis en personne ?

Était-ce la raison pour laquelle Ivo l'avait tenue si longtemps dans ses bras et l'avait ensuite embrassée ? Avait-il quelque chose à prouver ? Jane frissonna, soudain refroidie à l'idée qu'Ivo puisse simuler une affection qu'il n'éprouvait nullement envers elle.

Le terme « cadavérique » avait sans nul doute été inventé tout spécialement pour le majordome, qui les accueillit avec une solennité digne d'un enterrement.

— Milord. Miss Newnham.

Jane réprima l'envie de lui faire la révérence. Ivo se contenta d'un petit sourire.

— Déridez-vous un peu, Partridge. À moins que vous ne préfériez que Miss Newnham n'embauche un jeune majordome enjoué qui prendra en charge l'aile que nous occuperons ?

Partridge se fendit d'un sourire si glacial que Jane en frémit.

— Vous aurez rapidement l'occasion de faire un peu d'humour, milord. Lord Westhaven est dans la bibliothèque.

— Ce n'était pas de l'humour, répliqua Ivo en se dirigeant vers l'escalier monumental qui s'élevait depuis le hall d'entrée avant de se séparer en deux.

Très impressionnée, Jane prit une profonde inspiration.

— Nous aurons une aile entière qui nous sera réservée et nous pouvons tout à fait envisager de vivre séparément si vous le souhaitez.

— Grand Dieu, non ! s'écria-t-elle en s'accrochant à son bras. Cela offenserait tout le monde. Promettez-moi de ne jamais faire une chose pareille.

— Comme vous voudrez, ma chère.

C'était la première fois qu'il employait un terme affectueux à son égard. Que cela pouvait-il signifier ?

— Quelles rampes merveilleuses pour faire du toboggan ! s'exclama Ivo, une fois l'escalier gravi. C'est ce que je faisais tous les jours quand j'étais petit. Ce qui me valait une bonne correction chaque fois que mon père ou mon grand-père me surprenaient.

Il esquissa un sourire timide.

— Pas bien sévère, je vous rassure. Je suppose qu'ils ont fait la même chose en leur temps.

Pour la première fois, Jane imagina des enfants, non comme une entité abstraite ainsi qu'elle le faisait habituellement, mais comme une réalité tangible. Dans un an, elle serait peut-être mère. Et d'ici à six ou sept ans, ce serait peut-être elle qui s'inquiéterait à l'idée que ses enfants puissent se rompre le cou en glissant sur ces rampes d'escalier.

Ses enfants.

Les enfants d'Ivo.

Chapitre 12

Jane était tellement préoccupée par les pensées qui se bousculaient dans sa tête que leur arrivée dans la bibliothèque la prit par surprise.

— Oh ! c'est vraiment magnifique, murmura-t-elle.

C'était une véritable bibliothèque, dédiée à la lecture et au travail. Pas un de ces lieux sans âme où un homme de haut rang rangeait avec ostentation des centaines de livres aux reliures splendides parce qu'il était de bon ton de le faire. Les étagères en question étaient bien garnies, mais il y avait un tas de livres étalés sur les tables, certains grands ouverts et d'autres avec des marque-pages bien visibles qui en dépassaient. L'imposant globe terrestre comportait quelques traces d'usure, comme si des doigts curieux s'y promenaient fréquemment pour suivre le lit d'une rivière, le tracé d'une route ou pour localiser une chaîne de montagnes.

Mais Jane fut surtout émerveillée par toutes les peintures. La bibliothèque regorgeait de portraits miniatures accrochés entre les étagères ou disposés sous des vitrines de tables d'exposition. Elle avait le nez collé à un gentleman raffiné de l'époque élisabéthaine, coiffé d'un couvre-chef en velours orné de plumes, lorsqu'un raclement de gorge derrière elle la fit sursauter.

— Bonjour, Miss Newnham.

— Milord. Je vous prie de bien vouloir m'excuser, je ne vous avais pas vu.

— Vous aimez ma collection ?

— C'est vous qui avez rassemblé toutes ces peintures ?

Il y avait au moins une cinquantaine de tableaux dans la pièce.

— C'est un Hilliard, n'est-ce pas ? demanda-t-elle dans un souffle.

— Vous n'êtes pas tombée loin. Il me semble que c'est un Isaac Oliver, même si tout le monde ne partage pas cet avis. J'en ai hérité, comme environ la moitié des peintures exposées dans cette pièce.

Il se pencha pour ouvrir l'une des tables d'exposition.

— Peut-être apprécierez-vous celle-ci.

Jane s'empara du petit portrait ovale qu'il lui tendit.

— Mais c'est Ivo en uniforme ! Vous avez fière allure, Ivo. S'agit-il d'un Cosway ?

— Effectivement. Vous avez l'œil exercé, Miss Newnham, et vous semblez connaître vos artistes. Je l'ai fait peindre avant qu'Ivo ne quitte l'Angleterre pour aller faire la guerre aux Français. Gardez-le, dit-il alors qu'elle se proposait de le lui rendre.

— Vraiment ?

C'était très généreux de sa part. Elle sentit qu'elle n'avait pas d'autre choix que d'accepter, mais elle eut tout à coup la vague impression qu'elle le faisait pour de fausses raisons. Jamais elle ne permettrait que ce portrait d'Ivo quitte cette demeure.

— Je vous remercie, milord, je le chérirai, je vous le promets. Mais, pour l'heure, je ferais mieux de vous le rendre.

Il lui sourit et le remit à sa place.

— Va chercher Mrs French, Ivo. Ne t'inquiète pas, je vais divertir Miss Newnham pendant ton absence.

Jane réprima l'envie de s'accrocher au bras d'Ivo alors que celui-ci tournait les talons. Malgré son embarras, elle parvint à afficher un sourire de circonstance. Le vieil homme n'était pas très subtil. De toute évidence, il voulait lui demander quelque chose. Elle n'avait pas la moindre idée de quoi il pouvait s'agir, en revanche.

— Tenez, celui-ci a été peint par Nicholas Hilliard, dit-il en se dirigeant vers l'une des plus grandes peintures miniatures, accrochée à l'abri de la lumière directe.

Jane le suivit et admira les petites pierres précieuses qui ornaient le cadre et brillaient de mille feux. Allaient-ils parler d'art toute la matinée ?

— Êtes-vous amoureuse de mon petit-fils ? demanda le marquis à brûle-pourpoint.

Jane s'était préparée à subir un interrogatoire, mais la soudaineté de la question la prit totalement au dépourvu.

— Non, répondit-elle en toute franchise. Enfin, je ne suis pas amoureuse de lui, mais je l'apprécie et l'admire. Et je le respecte.

Elle s'interrompit un peu brutalement, mais cela valait sans doute mieux que de s'épancher sur le désir naissant qu'Ivo lui inspirait ou sur ses inquiétudes quant à la promesse qu'il lui avait faite de la laisser peindre comme bon lui semblerait.

— Excellent. C'est effectivement l'impression que j'avais, mais on n'est jamais sûr de rien de nos jours. Les filles lisent trop de romans ou de poèmes romantiques et cela mène bien souvent à de sérieuses désillusions.

Jane réfréna l'envie de répliquer qu'il était tout à fait possible de lire des romans ou des poèmes sans pour autant se fourvoyer dans des rêveries.

— Je suis parfaitement consciente que Lord Kendall m'a demandée en mariage par égard pour ma réputation. Il serait stupide de ma part d'imaginer qu'il puisse éprouver autre chose qu'une simple affection envers moi. Il en va évidemment de même pour moi.

Une expression d'approbation sembla traverser le visage taillé à la serpe du vieil homme.

— Êtes-vous certaine qu'il s'agisse d'une simple affection

de part et d'autre ? Mon petit-fils ne serait-il pas un peu amoureux de vous ?

— Certainement pas, répondit Jane d'un ton un peu trop sec. Nous ne nous connaissions que depuis quelques jours lorsqu'il m'a fait sa demande en mariage.

Le marquis lui lança un regard sceptique.

— Milord, je croyais que vous aviez compris que je n'étais pas du genre à me bercer d'illusions romantiques.

— Bien. Excellent. Voilà des propos qui me rassurent. Lorsque j'ai entendu parler de vous, j'ai cru comprendre que vous étiez une jeune femme raisonnable pleine de courage et de détermination. Et d'intelligence. C'est exactement le genre d'épouse dont Ivo a besoin. Mais je ne voudrais pas que vous soyez déçue plus tard.

Que diable sous-entendait-il par là ?

— Je ne me fais nulle illusion sur la nature de cette union et Ivo m'a assuré qu'aucune autre femme n'aurait d'espoirs déçus suite à sa demande en mariage. Naturellement, j'espère que l'affection qui nous lie se renforcera avec le temps.

Jane réprima un frisson. Depuis quand parlait-elle comme une vieille rombière ? Au point où elle en était, elle pouvait peut-être…

— Je m'engage à soutenir Lord Kendall lorsqu'il prendra davantage de responsabilités à vos côtés, milord, mais il m'a donné sa parole que je pourrais continuer à exercer mon art.

— Votre art ? Ah oui, vous peignez, n'est-ce pas ?

— Je fais des portraits. Des peintures à l'huile. Cela me tient vraiment à cœur.

Il fronça les sourcils, clairement surpris qu'elle lui tienne un peu tête.

— Êtes-vous douée ?

— Oui, milord.

Ce n'était pas le moment de jouer les modestes.

— Prouvez-le-moi et je vous passe une commande. Ah, voilà Mrs French. Allez-y maintenant, Miss Newnham.

Je ne doute pas qu'elle vous fasse visiter des parties de la maison où moi-même je n'ai peut-être jamais mis les pieds.

Jane lui adressa une petite révérence et se tourna vers la femme qui se trouvait dans l'encadrement de la porte, les mains posées sur son tablier immaculé. Son col et ses poignets étaient ornés de dentelle et un énorme trousseau de clés était accroché à sa taille. Elle portait également un élégant bonnet d'où s'échappaient ses boucles brunes.

— Miss Newnham.

La gouvernante devait avoir une cinquantaine d'années. Grande, anguleuse et d'allure quelconque, elle semblait intelligente et vive. Elle avait également une voix à la fois agréable et assurée. Jane n'avait pas la moindre idée du genre de relations qu'elles entretiendraient. Serait-elle une alliée ou une adversaire ? Elle ne devait pas la sous-estimer, en tout cas.

— Lord Kendall m'a demandé de vous faire visiter la maison au moment qui vous siéra le plus.

— Maintenant, ce serait parfait, dit Jane, soulagée de pouvoir s'échapper.

Elle ne savait que penser des propos que Lord Westhaven lui avait tenus. Une commande ! Allait-il réellement lui demander de lui peindre un portrait ? Pourquoi ferait-il une chose pareille alors qu'il pouvait louer les services de Lawrence, le meilleur portraitiste contemporain ? Quant aux questions qu'il lui avait posées au sujet des sentiments qu'elle éprouvait envers Ivo, cela la laissa plus perplexe encore. Peut-être était-il simplement un peu vieux jeu et désapprouvait-il par principe les mariages d'amour ?

À moins qu'il n'ait simplement voulu la mettre en garde. Pourquoi ne voulait-il pas qu'elle tombe amoureuse d'Ivo ? Il aurait pourtant dû se réjouir qu'une jeune femme aime son futur mari. Craignait-il de la voir souffrir ? Croyait-il son petit-fils incapable d'aimer ? Peut-être que…

— Oh ! je vous demande pardon, Mrs French. J'étais

tellement concentrée sur le dédale de couloirs que nous venons d'emprunter que je n'ai pas entendu ce que vous avez dit.

— C'est une très grande maison, Miss Newnham, dit la gouvernante d'une voix agréable. Il est normal de vous égarer un peu au départ. Mais vous verrez, contrairement à bien des vieilles demeures, son agencement est assez simple. Les deux ailes sont symétriques. Elles sont quasiment identiques, à dire vrai. Vous trouverez simplement l'entrée principale dans l'aile ouest et la salle de musique dans l'aile est. La seule exception tient à la présence de la tour centrale, qui a nécessité l'ajout de quelques marches de part et d'autre.

Mrs French ouvrit une nouvelle porte tout en poursuivant ses explications. Elles se trouvaient désormais en haut d'un escalier menant à une pièce circulaire disposant d'une grande cheminée. De nombreuses armures y étaient exposées.

— Les différentes salles qui composent la tour servent de lieu d'exposition pour les objets d'art et les vestiges du passé, expliqua Mrs French. Ces salles sont ouvertes lors des bals, des réceptions ou quand des visiteurs sont de passage en l'absence de milord.

Jane comprit tout à coup qu'elle se trouvait dans l'une de ces grandes demeures où des voyageurs distingués pouvaient se présenter à tout moment et visiter les salles publiques. Voilà une chose à laquelle il lui serait difficile de s'habituer.

Mrs French lui fit visiter l'aile est en détail car, lui expliqua-t-elle, il s'agissait à présent du domaine réservé de Lord Kendall, qui serait par conséquent également le sien après le mariage. Jane ne savait plus où donner de la tête au milieu de toutes ces tapisseries, ces boiseries, ces tentures et ces décorations luxueuses. Elle osa à peine jeter un coup d'œil dans la chambre à coucher d'Ivo, sans parler de la suite adjacente où elle serait bientôt chez elle.

— Pour le moment, milord et Lord Kendall dînent ensemble tous les soirs dans la petite salle à manger située dans cette aile de la maison, expliqua Mrs French lorsqu'elles passèrent devant.

Quelque chose dans le ton que la gouvernante employa semblait suggérer que les choses allaient nécessairement changer après le mariage. Jane ne savait trop quoi en penser. Peut-être n'était-ce pas une bonne idée de se retrouver en tête à tête chaque soir avec Ivo ? Sans parler des complications que cela occasionnerait au cuisinier.

— Milord a suggéré que vous aimeriez peut-être explorer les étages inférieurs après le déjeuner, Miss Newnham, dit Mrs French tandis qu'elles revenaient à leur point de départ dans la tour centrale. À moins que vous ne soyez fatiguée et préfériez remettre cela à un autre jour. Je suis à votre disposition au moment qui vous conviendra le mieux. Oh ! bonjour, Lady Frederick.

La nouvelle venue se tenait en haut des quelques marches qui menaient à l'aile ouest. C'était une femme élancée d'une rare élégance, vêtue d'une robe d'un noir profond à la coupe impeccable et d'une pelisse assortie. Elle avait beau porter le deuil, le chapeau perché sur les boucles brunes de Lady Frederick était plus fringant que tout ce que Jane avait pu voir jusqu'alors. Elle ne souffrait clairement pas la comparaison face à la nouvelle venue. Jane eut soudain l'impression d'être candidate à un poste de fille de cuisine.

Lady Frederick...

Qui était-elle donc ? Ivo n'aurait pas omis de lui dire qu'il avait une sœur ! La dame en question descendit alors les quelques marches qui les séparaient. Elle devait avoir la quarantaine.

— French, qui est-ce ?

Lady Frederick avait parlé d'une voix agréable et la gouvernante ne parut pas lui tenir rigueur d'avoir omis d'utiliser son titre de civilité que même le marquis ne manquait jamais d'employer.

— Miss Newnham, Lady Frederick. Miss Newnham, Lady Frederick Merton.

— La petite fiancée d'Ivo ? Venez, laissez-moi vous regarder. Ce sera tout, French, je vais m'assurer que Miss Newnham trouve la table du déjeuner.

L'entrée en matière était quelque peu cavalière…

Jane mit un point d'honneur à offrir ses plus vifs remerciements à la gouvernante avant de se tourner vers l'autre femme.

— Lady Frederick.

— Je suis la tante d'Ivo, dit-elle. La belle-sœur de son père et, apparemment, le seul membre de la famille à porter le deuil en sa mémoire. Mais laissez-moi vous regarder ! Vous êtes un petit bout de femme très quelconque mais vous semblez intelligente. Je suis heureuse que mon neveu ne se soit pas fourvoyé en demandant la main d'un joli brin de fille trop gâtée portée sur la tragédie. Il s'en est sans doute lassé.

Elle dit cela le sourire aux lèvres, et d'un ton si charmant qu'il fallut quelques secondes à Jane pour comprendre qu'elle venait littéralement de se faire insulter.

— Je crois que votre neveu privilégie la personnalité à l'apparence et, je l'espère, la gentillesse à la beauté, répliqua Jane en adressant un large sourire à Lady Frederick.

Que sous-entendait cette mégère en évoquant un « joli brin de fille trop gâtée » ?

— Bravo, vous sortez vos griffes au moment opportun !

Lady Frederick afficha alors un sourire glacial. Elle n'avait visiblement pas apprécié de se faire prendre à son propre jeu.

— Je vous conseille en revanche de vous montrer bien plus douce en présence d'Ivo. Du moins jusqu'à ce qu'il vous ait passé la bague au doigt. Mais, j'oubliais, on vous a déjà vue vous disputer avec votre fiancé au beau milieu de la ville ! Quelle imprudence. Tenez, quand on parle du loup…

Ivo franchit la porte et rejoignit sa tante sur le palier.

— Tante Augusta, je ne savais pas que vous deviez nous rendre visite.

— Ce n'était effectivement pas prévu, mais comme je n'ai pas été invitée à faire la connaissance de ta fiancée, j'ai décidé de passer vous voir. Un petit détour d'une trentaine de kilomètres, rien de plus. Je suis si heureuse de vous avoir rencontrée, ma chère, reprit-elle en s'adressant à Jane. Je vous verrai au déjeuner.

Elle esquissa un sourire à l'attention de Jane, puis fit un signe de tête en guise de remerciement en direction d'Ivo qui lui tenait la porte et disparut.

— Aïe, dit Jane.

Cette rencontre inopinée l'avait blessée. D'autant que les coups avaient été portés délibérément.

— Votre tante est heureuse que vous épousiez « un petit bout de femme très quelconque mais douée d'intelligence plutôt qu'un joli brin de fille gâtée portée sur la tragédie ». Je me demande bien ce qu'elle entendait par là.

Jane était trop meurtrie pour dissimuler les émotions qui la traversaient.

— Un petit bout de femme très quelconque ? répéta Ivo d'un air pensif tout en descendant les quelques marches pour la rejoindre.

— Ce sont les termes exacts qu'elle a employés.

— Vous n'êtes pas « un petit bout de femme ». Vous devez faire dans les un mètre soixante-cinq. Et vous êtes joliment proportionnée.

Jane en resta bouche bée. S'il parlait de sa poitrine, c'était bien la première fois que quelqu'un lui faisait le moindre compliment à ce sujet. Elle en avait un peu, certes, mais en comparaison du magnifique décolleté de son amie Prue, qui faisait tourner la tête de tous les gentlemen dès qu'elle revêtait une robe de soirée, elle faisait pâle figure.

— Merci, murmura-t-elle.

— Très quelconque, qui plus est ? Lorsque j'ai ouvert les

yeux dans le fiacre et qu'ils se sont fixés sur votre visage, j'ai vu des yeux noisette aux longs cils et des traits qui m'ont immédiatement fait penser à un chat à la fois charmant et curieux. Charmant et curieux, répéta-t-il en lui soulevant légèrement le menton. J'ai tout de suite compris que vous étiez une jeune femme très intéressante.

Jane devina qu'il était sur le point de l'embrasser. Elle n'y vit aucune objection. Bien au contraire. À peine s'était-elle avancée de quelques centimètres qu'il la serra doucement dans ses bras et l'embrassa avec une fougue qui la prit de court. Le désir irrépressible de prolonger ce baiser l'effraya un peu. Tout comme cette étrange impression d'avoir déjà beaucoup appris en la matière alors qu'elle n'avait que très peu d'expérience encore. Elle commençait à bien connaître la texture de ses lèvres et appréciait de plus en plus les caresses de leurs langues respectives. Désormais, elle ne sursautait plus lorsqu'il explorait sa bouche avec gourmandise. Cette intimité partagée était à la fois terrifiante et terriblement exaltante. Son corps semblait plus vivant que jamais, d'une sensibilité exacerbée et sous l'emprise d'un désir qui la consumait littéralement.

Lorsque Ivo interrompit leur baiser, elle laissa échapper un petit soupir.

— Jane, vous allez bien ? Excusez-moi, j'ai peut-être été trop impétueux.

Lui semblait respirer posément, mais elle remarqua tout à coup les battements de son cœur qui lui faisaient palpiter les veines dans le cou. Partageaient-ils les mêmes émotions ?

— Oui, dit-elle en lui souriant. Nos baisers me ravissent au plus haut point et je me demande comment ce sera lorsque nous…

L'intensité de son regard la coupa net. Elle prit une profonde inspiration mais eut l'impression de manquer d'air.

— Je pense que cela vous plaira tout autant, même si cela nous demande peut-être quelques ajustements au départ, dit-il, les mains toujours posées sur sa taille. Il faudra apprendre à nous découvrir. Faire l'amour est un art exigeant, Jane.

— Un art ? J'adore acquérir de nouveaux talents.

Ivo se délecta alors du sourire de connivence qu'ils échangèrent, comme s'ils partageaient un délicieux secret un peu coquin. Jane ignorait tout des étreintes mais elle semblait d'une nature très sensuelle. Alors que ces pensées quelque peu indécentes le traversaient, elle recula d'un pas, les joues cramoisies, et il se promit de ne pas brusquer les choses.

— J'étais venu vous chercher pour vous montrer votre chambre et vous proposer de vous laver les mains avant le déjeuner, dit-il.

Il la sentit aussitôt se détendre un peu. Il ne fallait pas précipiter les choses. Daphne était différente. Elle avait manifesté une telle impatience, une telle fougue. Elle s'était littéralement offerte à lui. Cela lui avait coûté de maîtriser ses ardeurs de jeune homme amoureux. Succomber aurait été si facile...

En quoi les choses étaient-elles fondamentalement différentes cette fois ? Il n'aimait pas Jane, pour commencer. Mais cela avait-il la moindre importance ? C'était le respect scrupuleux des conventions qui lui avait donné la force de résister aux avances que Daphne lui avait faites. Les choses étaient différentes avec Jane. Il se souciait de son bien-être et tenait à ce que sa première expérience avec un homme soit satisfaisante. Mais pourquoi se mettait-il ainsi au diapason des sentiments de sa future épouse ?

— Votre tante ne semble pas approuver notre union, lança-t-elle alors qu'il refermait la lourde porte derrière eux.

— Elle ne supporte pas l'idée que je puisse engendrer un héritier. Elle s'opposerait à toutes les fiancées qui lui seraient présentées, dit Ivo. Son mari est mort il y a environ dix ans. Ils ont eu un fils. Alfred. C'est l'héritier en titre juste après moi. Je l'apprécie, par ailleurs. C'est un bon garçon. Je me demande comment il fait avec une mère pareille… Le problème, c'est qu'il ne se mariera probablement jamais et elle ne cesse de le harceler à ce sujet.

— Ah, dois-je en déduire qu'il n'est pas… du genre à se marier ? s'enquit Jane d'un ton compréhensif.

— Avez-vous réellement compris de quoi il s'agit ? demanda-t-il d'une voix étonnée.

— Mon amie Prudence est une érudite classique et, au cours de ses recherches, a rencontré maints exemples de… d'attitudes grecques, et nous en avons souvent discuté au cours de nos réunions de lecture, dit-elle en toute franchise.

Ivo écarquilla légèrement les yeux. Peut-être s'était-il un peu fourvoyé en la croyant innocente. Elle semblait avoir quelques connaissances dans le domaine.

— Dans ce cas, vous imaginez aisément la frustration que cela engendre chez sa mère. D'autant qu'elle est extrêmement ambitieuse et s'imagine depuis toujours en mère et grand-mère de marquis. Je me suis demandé un nombre incalculable de fois si elle ne versait pas régulièrement des pots-de-vin à Napoléon pour qu'il dirige son canon sur moi.

— Mon Dieu, tout cela est d'un romanesque gothique que je n'aurais jamais soupçonné au sein de votre famille ! Vous devriez faire appel à un goûteur professionnel !

Chapitre 13

Tout en attendant Jane qui se préparait pour le déjeuner, Ivo repensa à la conversation qu'il venait d'avoir avec sa fiancée. L'idée que sa tante Augusta puisse fomenter des complots pour attenter à sa vie à l'instar des scélérats que Horace Walpole[1] mettait en scène dans ses livres l'amusa beaucoup.

Le sourire que Jane lui adressa à son retour dix minutes plus tard n'avait plus rien du sourire rayonnant qu'elle arborait un peu plus tôt. Elle s'efforçait manifestement d'affronter une situation qui la mettait mal à l'aise et cela l'ennuya profondément. Peut-être pouvait-il lui venir en aide ?

— Qu'est-ce qui ne va pas ?

— Ma chambre ! Elle est si vaste que j'ai peur de m'y perdre. Je commence à prendre conscience de ce qui m'arrive, Ivo. Je n'ai pas l'habitude de toute cette splendeur et je risque de vous faire honte en restant bouche bée en toute occasion comme le ferait une petite provinciale en pareilles circonstances.

L'envie impérieuse de protection qui l'animait en sa présence se renforça encore un peu et il la prit aussitôt dans ses bras pour lui donner du courage.

— Je n'en ai plus l'habitude, moi non plus. Je suis parti

1. Écrivain anglais du XVIIIe siècle, célèbre notamment pour le roman gothique *Le Château d'Otrante*.

de longues années durant lesquelles j'ai vécu dans des conditions difficiles, sous la tente ou dans des cantonnements en ruine qui nous protégeaient à peine de la pluie. Nous allons nous faire un foyer à notre image, Jane, ne vous inquiétez pas outre mesure à ce sujet.

L'espace d'un instant, elle posa la tête contre son épaule puis ils marchèrent côte à côte, en harmonie, jusqu'à la petite salle à manger où deux valets de pied leur ouvrirent la double porte.

Le déjeuner avait été dressé sur la table ronde. Cela donnait l'impression d'un repas plus informel. C'était sans doute l'œuvre de Mrs French, qui faisait souvent preuve d'un tact de bon aloi.

Alors que son grand-père discutait de l'agencement des jardins avec Jane et que sa tante gardait pour une fois ses réflexions désobligeantes pour elle, Ivo se détendit un peu.

— Il paraît que la fille Parris a complètement perdu la tête, dit Augusta d'un air dégoûté qui contrastait avec le ton rempli de délectation qu'elle venait d'employer.

Ivo avala de travers.

— Son pauvre père doit se retourner dans sa tombe. Son fils chéri est mort au combat et sa fille n'a rien trouvé de mieux que de causer un scandale en épousant un débauché notoire, tricheur aux cartes qui plus est, reprit-elle. La famille Parris a toujours été parfaitement respectable. Cela vient probablement du côté de la mère. On ne sait quasiment rien de cette branche. Ils étaient tous si mystérieux. Voilà ce qui arrive avec ces familles dépourvues de nobles ascendances.

Était-ce le fruit de son imagination ou sa tante avait-elle jeté un regard entendu en direction de Jane au moment où elle décochait son commentaire perfide ?

— Charles Parris était mon ami, un officier de l'armée et un gentleman d'un courage exemplaire. Sa sœur s'est sans nul doute détournée du droit chemin, mais cela peut arriver dans les meilleures familles, ne croyez-vous pas, ma tante ?

De son côté, Ivo restait persuadé que les préférences sexuelles d'Alfred étaient claires depuis de longues années et que cela n'avait strictement rien à voir avec les mauvaises influences que sa mère vilipendait et rendait responsables de la réticence de son fils à se marier. Pour autant, il n'avait pas l'intention de laisser la famille Parris se faire dénigrer sans lever le petit doigt.

— On ne peut que louer le discernement dont tu as fait preuve en n'épousant pas cette sotte, dit Augusta en ignorant sa question. C'était un si joli brin de fille avec ses belles boucles blondes et ses lèvres couleur cerise. On peut dire que vous alliez bien ensemble tous les deux. Je me souviens avoir confié à mon pauvre Frederick que ton engagement forcené dans l'armée avait eu le mérite de t'éviter une mésalliance. Je ne croyais pas si bien dire puisque cette fille est finalement une véritable traînée.

Ivo sentit ses oreilles se mettre à bourdonner. Il devait absolument garder son calme. Lady Parris était la fille d'un ecclésiastique parfaitement respectable et s'il avait épousé Daphne, la fille d'un baronnet, cela n'aurait nullement été une mésalliance. Cela n'aurait pas été considéré comme « un beau mariage » suivant les critères de la bonne société, certes, mais comment sa tante osait-elle qualifier Daphne de véritable *traînée ?* C'était une jeune femme libre d'esprit, sensuelle, impatiente, et il l'avait négligée. Il l'avait aimée et avait bêtement cru qu'elle lui était acquise à jamais.

— Comme nous ignorons tout de ce qui s'est passé, il me semble que nous sommes plutôt mal placés pour faire le moindre commentaire sur la façon dont Daphne s'est comportée, dit-il, les dents serrées.

Du coin de l'œil, il vit que Jane avait compris ce qui se passait, à ses yeux écarquillés et à sa bouche entrouverte, mais elle se reprit aussitôt.

Comment avait-il pu oublier la présence de Jane lors de son vif échange avec sa tante ?

En prenant immédiatement la défense de Daphne, il s'était trahi.

— J'aime beaucoup les bâtiments qui ornent le parc, Lord Westhaven, dit Jane, faisant mine d'ignorer l'agitation qui régnait. Sont-ils récents ?

Son grand-père n'intervint pas davantage dans la dispute, mais Ivo ne fut pas dupe. Le vieil homme avait tout entendu. Et cela n'avait guère dû lui plaire.

— Ils ont été érigés par mon grand-père, dit-il à Jane. Maintenant que les arbres ont bien grandi, j'ai très envie de tracer une nouvelle allée puis de faire édifier quelque chose à son extrémité. Ce pourrait être un nouvel obélisque.

— Ou une arche, suggéra Jane tout en esquissant ses contours du bout du doigt sur la nappe.

Ivo l'observa sans rien dire. Avait-elle seulement conscience de dessiner en parlant ?

C'était décidément une femme pleine de qualités et dotée d'un tact peu commun, songea-t-il tandis que celle-ci encourageait son grand-père à développer ses projets paysagers. Jane avait sans doute deviné que sa tante parlait de la fugue amoureuse qui avait conduit au passage à tabac dont elle avait été témoin, mais elle n'en dit rien.

Avait-elle compris les allusions à peine masquées d'Augusta ? À quoi bon se bercer d'illusions ? Même un simple d'esprit aurait saisi qu'il était – ou avait été – amoureux de Daphne.

Il s'enquit alors de la santé de ses deux cousines, les sœurs d'Alfred, obligeant ainsi sa tante à changer de sujet sans qu'elle ne puisse y trouver à redire, sauf à laisser éclater sa méchanceté au grand jour.

Le repas tirait à sa fin lorsqu'un valet de pied fit brusquement irruption, une lettre sur un plateau en argent.

— Le messager attend une réponse, milord, dit-il en présentant la lettre au marquis.

— Elle vous est adressée, Miss Newnham, dit ce dernier après un rapide coup d'œil.

Visiblement troublée, Jane s'en empara.

— Veuillez m'excuser.

Elle parcourut le message rapidement puis laissa retomber la feuille de papier.

— La pauvre ! C'est ma cousine Violet qui m'écrit en toute hâte pour m'avertir qu'elle a été appelée au chevet de sa sœur. Celle-ci a accouché plus tôt que prévu et elle n'est pas au mieux de sa forme. Le bébé non plus. Apparemment le papa s'inquiète parce que son épouse ne prend pas le repos nécessaire car elle est trop préoccupée par la santé de son nouveau-né. Violet est en train de faire ses bagages et part immédiatement pour Londres. Elle espère pouvoir attraper la malle-poste de fin d'après-midi. Elle me dit que sa femme de chambre, Charity, va m'accompagner dans le Dorset chez mes parents, et elle espère que votre secrétaire pourra se charger de gérer les préparatifs du mariage sans elle.

Elle se leva et poussa la chaise contre la table.

— Je vous prie de bien vouloir m'excuser, milord. Serait-il possible que quelqu'un me raccompagne immédiatement à Batheaston ?

— Je m'en charge, dit aussitôt Ivo en posant sa serviette sur la table. Grand-père, reprit-il en s'adressant au marquis, la voiture permettrait à Jane de rentrer chez elle dans des conditions un peu plus confortables.

— Je pense que nous avons bien mieux à lui proposer. James, prévenez immédiatement les écuries. Qu'un cocher et un palefrenier se rendent chez Miss Lowry en voiture. Ils emporteront le message que je vais m'empresser de rédiger. Miss Newnham ferait bien d'en faire de même. Ils accompagneront Miss Lowry et sa femme de chambre à Londres et resteront à leur disposition aussi longtemps que nécessaire.

Ivo acquiesça.

— Jane, reprit le marquis, si vous voulez bien me suivre dans mon bureau, vous pourrez écrire à votre cousine et lui expliquer que vous allez rester ici. Demandez-lui qu'une domestique prépare vos affaires, j'enverrai quelqu'un les chercher.

— Ne me dites pas que vous proposez à Miss Newnham de s'installer ici, sans chaperon, et sous le même toit que deux gentlemen ? s'exclama Augusta. J'aurais pensé que ce mariage suscitait suffisamment de commérages sans ajouter de l'huile sur le feu.

À ces mots, Ivo pivota sur ses talons, prêt à riposter.

— Et ne comptez pas sur moi pour rester ! ajouta-t-elle. J'ai une maison à tenir et une famille qui m'attend.

— Je ne voudrais surtout pas vous retenir, Augusta, répliqua le marquis. Je vais demander à Honoria de s'installer ici quelque temps.

— La douairière Lady Gravestock, murmura Ivo à l'adresse de Jane. C'est ma grand-tante. C'est également la sœur de mon grand-père. Elle vit à Bath. C'est une lady extrêmement respectable mais d'une paresse tout à fait étonnante. Dites que vous restez, s'il vous plaît.

— Si c'est ce que vous voulez vraiment, bredouilla-t-elle alors qu'Augusta et le marquis se prenaient le bec.

— Évidemment. Allez écrire à votre cousine et demandez-lui de transmettre tous mes vœux de prompt rétablissement à sa sœur et à son bébé.

À peine Jane avait-elle quitté la pièce qu'il se laissa tomber sur sa chaise, le regard perdu en direction de la coupe de fruits placée devant lui. Était-ce réellement ce qu'il désirait ? Voulait-il que Jane vive à Merton Tower jusqu'à la célébration de leur mariage ? S'il lui avait demandé sa main, c'était uniquement parce que son code d'honneur l'exigeait. Jane s'était sérieusement compromise en lui portant secours alors qu'il se faisait rosser par des brutes qui n'auraient pas hésité à le laisser pour mort. Et cela avait été vraiment généreux de sa part. Lui l'appréciait et la trouvait séduisante, ce n'était pas la question. Mais, pour autant, il ne s'agissait que d'un mariage de convenance. Il n'avait pas cherché à la séduire ou à mieux la connaître.

Bien des gens envisageaient le mariage comme un compromis. Elle s'occuperait de la maison, élèverait leurs enfants et se divertirait de temps à autre en se consacrant à sa passion. Lui assurerait la gestion du domaine. Ils se verraient dans la chambre à coucher, au cours des repas et en société. Pourquoi cela ne fonctionnerait-il pas ? Ses parents et ses grands-parents s'en étaient parfaitement accommodés, après tout.

Mais les choses avaient évolué. Il se sentait bien plus proche de Jane, à présent. Il recherchait sa présence et appréciait follement les discussions qu'il avait avec elle. Et il mourait d'envie de l'embrasser dès qu'il la voyait. Mieux valait ne pas s'étendre sur le sujet, d'ailleurs, car elle lui inspirait souvent des pensées que la morale aurait réprouvées. Tout cela n'était pas normal. Il n'était pas amoureux d'elle et, s'il laissait cette proximité se développer, Jane risquait de s'attacher à lui. Ce qui serait terriblement injuste envers elle. Voire malhonnête. Il aimait Daphne et lui avait fait défaut. Jamais il ne se le pardonnerait. Il ne devait pas commettre la même erreur envers une autre jeune femme placée sous sa protection.

— … Un seul mot que j'ai prononcé, Ivo !

— Tante Augusta, toutes mes excuses. J'avais la tête ailleurs.

— Tu rêvassais, comme toujours. Je comprends mieux comment tu as pu te mettre dans un pétrin pareil.

Elle se leva avec fracas en faisant un geste dédaigneux de la main à l'adresse du valet de pied qui s'était précipité une seconde trop tard pour lui reculer sa chaise.

Ivo se leva de table à son tour.

— Je ne vois vraiment pas à quoi vous faites allusion, ma très chère tante. Voulez-vous que je fasse préparer votre voiture d'ici une demi-heure ?

— Tu peux t'en charger immédiatement. Je n'ai aucune raison de traîner ici. Cette jeune femme a un je-ne-sais-quoi qui ne m'inspire guère confiance. C'est l'une des amies intimes de la nouvelle duchesse d'Aylsham et ce mariage était des plus singuliers. Je me demande bien ce qui a pu traverser l'esprit du duc en épousant cette excentrique. Rendez-vous compte, ils se sont mariés sur une île et les invités sont arrivés en barque ! La mariée est un véritable bas-bleu. Le duc devient aussi extravagant que son père, décidément. Où cette fille désirera-t-elle se marier ? Dans un ballon à air chaud ?

Ivo se laissa retomber sur sa chaise dès que sa tante disparut de la pièce. Les deux valets de pied eurent tout juste le temps d'ouvrir la double porte sur son passage. Ces derniers étaient restés impassibles pendant toute cette tirade fort peu discrète, mais Ivo n'était pas né de la dernière pluie. Ceux-ci ne tarderaient pas à rapporter ce qu'ils avaient entendu dans la salle des domestiques, qui s'en délecteraient aussitôt.

Lorsqu'il ne voyait pas sa tante pendant une période assez longue, il lui arrivait de comprendre son amertume et même de tolérer ses accès de mauvaise humeur. Un mari volage qui était décédé juste à temps pour sauver sa famille de la ruine. Un fils qui ne serait jamais à la hauteur des ambitions qu'elle nourrissait à son égard et dont le style de vie mettait constamment en péril sa réputation et sa sécurité. Deux filles effacées qui, pour l'instant, n'avaient pas trouvé de maris dignes d'elles. Les trois enfants de sa tante représentaient un fardeau qui aurait brisé une femme moins robuste qu'elle.

Mais la voir en chair et en os et l'entendre débiter des horreurs en présence de Jane fit voler en éclat sa mansuétude. Rien ne justifiait la conduite inqualifiable d'Augusta.

— Je vous présente mes excuses pour les contrariétés engendrées par ma famille, dit-il en croisant Jane dans le hall alors qu'elle sortait du bureau.

— Je n'ai rencontré que deux membres de votre famille et j'apprécie beaucoup votre grand-père, dit-elle en esquissant un sourire qui en disait long sur l'opinion qu'elle avait de sa tante Augusta.

— Je vois, murmura-t-il.

— J'espère que ma présence ici ne mettra pas votre grand-tante dans l'embarras. Tout est si soudain. Sans compter qu'elle a peut-être pris des engagements.

— Elle n'élèvera pas la moindre objection, j'en suis certain. À condition bien sûr de ne jamais la solliciter, de la complimenter sur la tenue qu'elle porte et de lui tenir la main pour monter en voiture. Tante Honoria vous invitera probablement à vous joindre à elle une petite heure le matin et une autre l'après-midi. Elle vous demandera peut-être de lui faire la lecture ou de démêler ses fils de broderie mais pas davantage. Elle croira ainsi vous tenir à l'œil et vous pourrez agir à votre guise. Sachez que la majeure partie du temps elle aura les yeux clos ou fixés sur un roman. À moins qu'elle ne dévore les derniers potins des journaux à scandale. Vous pourriez vous promener en ballon à air chaud juste devant son nez qu'elle ne s'en apercevrait même pas !

— Je me demande qui a pu vous mettre une idée pareille dans la tête, dit-elle d'un ton moqueur.

Il lui adressa alors un sourire contrit.

— Tante Augusta, bien évidemment. Votre amie Verity ayant eu l'outrecuidance d'organiser son mariage sur une île et de demander aux invités d'arriver en barque, vous seriez bien capable d'exiger à votre tour des noces encore plus scandaleuses.

— Cela limiterait le nombre d'invités. Je me demande s'il y aurait suffisamment de place pour nous deux, le prêtre ainsi que pour nos témoins, dans une nacelle de ballon.

— Je n'en ai pas la moindre idée. Désirez-vous que je me renseigne à ce sujet ?

— Mais c'est absurde ! Accepteriez-vous vraiment de faire cela pour moi ?

Elle éclata alors de rire, posa la main au creux de son coude et dit sur le ton de la confidence :

— C'est tellement agréable de pouvoir rire en bonne compagnie, vous ne trouvez pas ? Vous prenez peut-être régulièrement du bon temps avec vos amis mais, de mon côté, je dois reconnaître que les miennes me manquent beaucoup.

Ivo réfléchit aussitôt à la question. Il avait beaucoup d'amis, des hommes avec lesquels ils partageaient des moments de convivialité, des camarades aux côtés desquels il avait combattu, des connaissances sympathiques, mais aucun d'entre eux ne partagerait cet humour un peu absurde que Jane et lui avaient en commun. Pas même Daphne, à bien y réfléchir.

Il leur était certes arrivé de rire ensemble à l'occasion, mais Daphne n'avait pas un sens de l'humour très développé. Les jeunes ladies n'étaient-elles pas censées en être dépourvues ? On leur demandait d'être légères et frivoles, mais certainement pas de plonger sous la surface des choses pour y dénicher une quelconque absurdité.

— Qu'est-ce qui ne va pas ? Ai-je manqué de tact ? Cela vous a-t-il fait penser à votre ami qui est mort au combat ?

— Non, pas du tout. Je me disais simplement que je ne devrais pas vous parler des situations « amusantes » que j'ai vécues par le passé, dit-il en plaisantant.

— Et je ne devrais pas rire ainsi alors que la pauvre sœur de Violet et son bébé ont de tels ennuis de santé. J'espère qu'il ne s'agit pas d'une fièvre maligne. J'essaie de me rassurer en me disant qu'ils ont les meilleurs médecins à Londres et que Violet doit leur apporter une aide précieuse vu les circonstances.

Elle laissa échapper un petit soupir à peine audible.

L'assistant qui avait jusqu'alors secondé Violet pour les préparatifs de mariage sortit du bureau, son chapeau à la main.

— Je vais suivre la voiture qui se rend à Batheaston en cabriolet, milord, et revenir avec les malles de Miss Newnham et tous les papiers relatifs aux préparatifs du mariage. Je vais également donner pour instruction de faire suivre ici tout le courrier envoyé à l'attention de Miss Newnham.

Sur ces mots, il enfonça son chapeau sur sa tête et se dirigea vers la porte d'entrée à grands pas.

— Les choses avancent à une vitesse effrayante lorsque le marquis prend les choses en main, dit Jane. Cela me donne le tournis.

— Accompagnez-moi chez ma grand-tante. Nous emporterons la lettre de mon grand-père et nous arrangerons pour faire une petite place à Honoria dans notre voiture.

— Sans l'en avertir auparavant ? Elle a peut-être des engagements à honorer ?

— Si cela n'est pas possible, je crains que vous ne deviez séjourner chez elle jusqu'à ce qu'elle soit disponible. Je ne laisserai pas tante Augusta répandre des calomnies. Mais je suis sûr que ma grand-tante sera d'accord, faites-moi confiance. Cela fait des années qu'elle tente par tous les moyens d'engager notre cuisinière sans parvenir à ses fins, et elle ne refusera pas l'occasion de loger chez nous, sachant qu'elle pourra se régaler des petits plats de Mrs Cook à toute heure. Elle se fera également un plaisir de prétendre superviser les préparatifs du mariage et pourra ensuite raconter à ses amies les plus proches qu'elle a activement participé à la réussite de nos noces. J'imagine très bien la scène. Elle passera sa journée allongée sur une chaise longue tout en donnant des instructions extrêmement détaillées à tout un chacun. Instructions qu'elle aura bien entendu oubliées dès le lendemain !

Une demi-heure plus tard, lorsque leur élégante calèche tirée par quatre chevaux s'ébranla, Jane se détendit un peu. Ivo semblait ravi de se trouver en sa compagnie et cela suffisait largement à son bonheur.

— Peut-être que nous reprenons sans le savoir le voyage

plein de rebondissements que nous avons fait ensemble lorsque vous m'avez tiré à bord de votre véhicule à Kensington, dit Ivo d'un ton enjoué.

— Plus le temps passe, plus je trouve ce souvenir amusant, reconnut Jane. Votre épaule est-elle totalement remise ? J'oublie toujours de vous poser la question parce qu'elle ne semble plus vous gêner.

C'était à cela qu'elle aurait dû penser au lieu d'admirer sa silhouette particulièrement mise en valeur dans son manteau bien coupé et sa culotte ajustée.

— Mon épaule est guérie, je vous remercie. Vous avez donc trouvé le trajet divertissant en ma compagnie, dit-il d'une voix un peu triste. De mon côté, c'était un véritable cauchemar. J'avais mal partout, j'étais accompagnée d'une jeune lady, artiste à ses heures, mais au comportement plutôt imprévisible. Sans parler de l'incroyable gâchis dont j'avais été le témoin.

Certaine qu'il s'agissait d'une provocation de sa part, Jane choisit d'ignorer le qualificatif peu flatteur qu'il venait d'employer à son égard.

— J'ai préféré ne pas poser de questions parce que cette histoire ne me concerne pas, mais a-t-on des nouvelles de Miss Parris ? Je suppose que c'est à elle que Lady Frederick faisait allusion ?

Elle avait parfaitement compris ce que la tante d'Ivo avait laissé entendre mais ne tenait pas à le faire savoir à son futur époux. Daphne Parris n'était pas simplement la sœur du meilleur ami d'Ivo mais également son amour de jeunesse. Jane tenta de se consoler à la pensée qu'il aurait pu s'y prendre bien plus tôt pour épouser Daphne si l'attirance qu'il éprouvait envers elle était si forte, mais elle comprit alors qu'elle se fourvoyait. Les parents de Daphne n'auraient jamais accepté que leur fille se fiance avec un jeune homme qui venait de s'enrôler dans l'armée et allait par conséquent mettre sa vie en péril. Jane tenta d'ignorer le froid glacial qui l'envahit tout à coup. Ivo éprouvait-il encore des sentiments envers cette jeune femme ? Elle devait absolument chasser cette idée pernicieuse de son esprit.

Ivo hocha la tête.

— Oui. Son frère Charles était mon ami le plus proche. Leur maison n'est qu'à une dizaine de kilomètres d'ici.

Il parlait avec facilité et paraissait détendu, mais son regard semblait perdu, non vers le lointain, mais en direction du siège vide face à lui.

— Si je comprends bien, vous avez perdu votre ami le plus cher ainsi que votre père dans un laps de temps très court, et vous avez de surcroît fait la promesse de porter assistance à une jeune fille qui n'avait nullement envie d'être secourue.

Jane se rapprocha un peu. Elle pouvait peut-être le serrer dans ses bras ou lui témoigner sa sympathie d'une manière ou d'une autre, mais rien ne sembla indiquer que cela lui ferait plaisir. S'il éprouvait toujours des sentiments envers Daphne, cela risquait même d'être mal pris. Mieux valait faire preuve de pragmatisme.

— Savez-vous s'il y a eu la moindre avancée ?

— Je n'ai reçu aucune nouvelle de sa part.

— C'est peut-être bon signe. Elle s'en est prise à vous alors que vous ne cherchiez qu'à lui venir en aide, mais depuis elle a eu tout le loisir de réfléchir à la situation à tête reposée. Vous êtes un ami d'enfance, après tout. Elle se tournerait sans doute vers vous si son époux faisait preuve de négligence ou de maltraitance à son égard.

— Je crois au contraire que je serais la dernière personne qu'elle…

Ivo s'interrompit puis se redressa brusquement.

— Les avocats disent qu'il n'y a rien à faire. La cérémonie célébrée en Écosse s'est déroulée conformément à la loi, et rien ne semble attester qu'elle ait été forcée ou trompée. Sans compter que le mariage a été consommé. Charles n'avait visiblement pris aucune disposition pour elle dans son testament. Ce qui signifie que les dispositions arrêtées par son père sont toujours effectives. Daphne devra atteindre l'âge de vingt-cinq ans pour toucher sa dot. À moins qu'elle n'obtienne la bénédiction de son tuteur. Je crois savoir que c'est la plus âgée de ses tantes qui est sa tutrice à présent. Personne n'ayant accordé le moindre consentement à ce mariage, Sir Clement Meredith n'a jusqu'ici obtenu aucune terre ni aucune somme d'argent.

— J'espère qu'il ne sera pas déçu au point de la maltraiter, dit Jane, qui regretta aussitôt ses paroles.

Elle marqua une courte pause avant de reprendre :

— Je suis désolée de cette remarque indélicate. Vous devez vous faire beaucoup de souci pour elle. Pas uniquement en raison de la promesse que vous avez faite à son frère mais également à cause des sentiments que vous éprouvez envers elle.

— Mes *quoi* ?

Elle avait donc raison sur toute la ligne. Ivo aimait encore cette Daphne.

Elle fit de son mieux pour ne pas trahir ses pensées.

— Je pensais qu'il s'agissait de votre amour de jeunesse. C'est ce que votre tante a suggéré.

— Ma tante passe son temps à colporter des commérages, répliqua-t-il sèchement. Je vous saurai donc gré de bien vouloir vous abstenir de toute spéculation injustifiée.

Chapitre 14

Un silence de mort s'abattit sur eux. Il fallut quelques minutes à Jane pour retrouver l'usage de la parole.

— Je vous demande pardon.

Profondément blessée par les propos qu'il venait de tenir, Jane réfréna les récriminations qui s'élevèrent en elle. C'était un élan de sympathie qui l'avait animée, non des spéculations injustifiées. Elle avait simplement voulu l'aider. Sans compter que cette situation la faisait souffrir. Mais elle parvint à garder les lèvres serrées. Ivo se sentait probablement à la fois à vif et coupable, et sans doute profondément trahi par la façon dont Daphne Parris avait réagi à ses tentatives de lui porter secours.

— Je vous présente également mes excuses, dit Ivo. Je sais que vous vouliez bien faire. Je crois également que le tableau que ma tante Augusta a brossé est on ne peut plus clair. C'est une vieille querelle. Lady Parris a autrefois fait un bon mot aux dépens de ma tante suite aux petites phrases assassines dont Augusta a le secret. Elle n'a pas supporté les petits ricanements qui ont aussitôt fusé. Personne ne se moque de ma tante sans s'attirer ses foudres éternelles.

— J'ai cru comprendre que Miss Parris est une très jolie jeune femme, ajouta Jane, espérant ne pas trahir au passage l'épouvantable jalousie qu'elle éprouvait.

Ivo n'aimait peut-être plus Daphne. Mais comment en être certaine ? Jane avait bien conscience d'être passablement pathétique, à s'inquiéter ainsi de l'apparence physique de sa rivale, mais elle craignait tant de ne pas souffrir la comparaison.

Cette jeune femme n'avait pas froid aux yeux, de surcroît. Elle avait obtenu ce qu'elle désirait, fait fi des conventions et s'était enfuie avec son amant, bien que ce dernier soit peu recommandable. Jane réprima un profond soupir. Sa propre tentative de ruer dans les brancards et sa quête de liberté avaient échoué parce qu'elle n'avait pas suffisamment réfléchi à ce qu'elle désirait réellement et à la façon d'y parvenir. Ivo admirait sans doute le courage dont Daphne avait fait preuve même s'il en déplorait le résultat.

— Jolie ?

Ivo parut se concentrer sur une image mentale.

— C'est le genre de femme qui provoque immédiatement l'admiration, j'en conviens. Elle a toujours été très belle. Cela lui a été très préjudiciable. L'admiration et l'indulgence qu'elle ne manquait jamais de susciter en ont fait une enfant gâtée, et on ne peut pas dire que cela lui a réussi.

Jane crut que la conversation allait s'arrêter là, mais Ivo reprit soudain la parole.

— Il se trouve que je suis l'une des rares personnes qui ne fait pas tout ce qu'elle veut, ni quand elle le veut.

Jane comprit qu'il n'y avait pas grand-chose à répondre. Elle laissa le silence s'installer pendant quelques minutes puis, n'y tenant plus, ajouta :

— Votre grand-père m'a posé des questions au sujet de mes peintures et m'a dit qu'il me passerait peut-être une commande. Savez-vous ce qu'il a en tête ?

Ivo parut se féliciter du changement de conversation.

— Je crois qu'il aimerait que vous peigniez chaque domestique. Il a entendu parler de la série de portraits du personnel employé à Erddig, au Pays de Galles, commandés par la famille Yorke, et cela l'a vivement intéressé. Il a ensuite vu les portraits miniatures que le duc du Dorset possède à

Knole, et l'idée lui est alors venue de faire immortaliser les domestiques qui travaillent à son service.

— Je n'ai encore jamais fait de portraits miniatures.

— Je crois qu'il veut des toiles de taille standard. Réfléchissez-y parce qu'il vous en reparlera sans doute très prochainement.

Combien de domestiques y avait-il à Merton Tower ? Cela comprenait-il ceux qui entretenaient les jardins ? Jane extirpa sans réfléchir son carnet de croquis de son réticule et se mit à écrire toutes les questions qu'elle aimerait poser au marquis.

Une demi-heure plus tard, elle émergea de ses pensées et s'aperçut qu'elle s'était pelotonnée dans un coin, les jambes repliées sur le siège, ses chaussures par terre, et avait écrit une liste de questions dans son carnet. Ivo dormait. Ses paupières étaient closes, tout au moins, et il paraissait plus détendu qu'à la fin de leur conversation. Elle en avait peut-être trop dit. Pas étonnant dans ce cas qu'il apprécie le silence qui s'était installé. S'il aimait encore Daphne, cela devait être particulièrement épuisant d'entendre la femme qu'il allait épouser en parler.

En apercevant son reflet dans la vitre, Jane ne put s'empêcher de faire la grimace. Ils arrivaient en ville. Elle savait qu'elle n'était pas du genre à garder le silence bien longtemps. Elle avait envie de poser des questions, de faire des remarques, de donner son point de vue.

Ivo ouvrit alors les yeux.

— Pourquoi me faites-vous des grimaces ?

— C'est à moi qu'elles sont adressées. Je réfléchis.

— Vous pensez trop, dit-il en se rapprochant ostensiblement d'elle. Je vous préviens, si vos pensées vous amènent à froncer le nez, je me verrai dans l'obligation de les chasser de votre esprit.

Le baiser qu'il lui prodigua alors lui parut particulièrement exaltant, alors que le véhicule cahotait et ralentissait pour s'insérer dans la circulation assez dense de la ville de Bath. Les passants qui auraient eu la curiosité de jeter un coup d'œil à l'intérieur de leur voiture auraient sans doute été choqués. Cela avait quelque chose de très excitant. Alors que les cahots s'intensifiaient, Jane s'accrocha un peu plus à Ivo, qui la tint à son tour un peu plus fermement dans ses bras. L'inconfort et le danger d'être vus rendirent ce baiser plus passionné encore. Puis leur véhicule tourna à angle droit et fit une embardée si brusque qu'ils s'affalèrent chacun de leur côté.

— Nous arrivons, dit Ivo en jetant un rapide coup d'œil par la fenêtre.

Il se redressa, réajusta sa lavallière et indiqua à Jane d'un signe de tête qu'il lui fallait remettre un peu d'ordre dans sa coiffure.

En voyant qu'il semblait avoir le souffle un peu court, Jane sentit une bouffée d'orgueil l'envahir.

— Mon esprit est parti si loin que je crains de passer pour une véritable écervelée auprès de votre grand-tante.

Ne lui avait-il pas dit quelques secondes plus tôt qu'elle pensait trop ? Était-ce réellement ce qu'il désirait ? Une épouse docile qui ne se posait aucune question ? Une épouse qui se loverait dans ses bras chaque fois qu'il aurait envie de l'embrasser puis qui redeviendrait l'image même de la passivité, une fois le baiser terminé ? Cette perspective n'était guère réjouissante. Elle tenta alors de se reprendre. Elle était sur les nerfs, voilà tout. Elle s'était retrouvée fiancée alors qu'elle n'avait nullement l'intention de se marier, elle laissait un homme décider s'il lui accordait le droit de peindre comme elle l'entendait, et son existence était sur le point d'être bouleversée de fond en comble. Pas étonnant qu'elle soit quelque peu perturbée. Mais comprendre la raison pour laquelle elle ressentait d'aussi vives émotions n'avait rien de rassurant.

Jane tira légèrement sur les cordons de sa coiffe et accepta la main qu'Ivo lui tendit pour descendre du véhicule. Ils se trouvaient à mi-chemin entre The Circus et Queen Square. Deux porteurs de chaise, passablement accablés par le poids qui pesait sur leurs épaules, remontaient lentement la route pentue, et elle tressaillit en se rappelant la situation assez similaire qui les avait menés jusque-là.

Un domestique d'un âge avancé les accueillit puis les fit entrer dans un petit salon encombré de porcelaines, de pastels et de draperies, avant de disparaître en faisant grincer le parquet pour s'assurer que Lady Gravestock pouvait les recevoir.

Avait-il sciemment laissé la porte entrouverte pour qu'ils puissent entendre la réponse de Lady Gravestock ?

— Évidemment que je suis là pour mon petit-neveu, Smithers ! Que vous arrive-t-il ? Faites-le immédiatement entrer et aller chercher quelques rafraîchissements. Apportez-nous également des scones et des gâteaux. Sans oublier la confiture.

Ils entendirent alors Smithers marmonner.

— Une jeune femme ? Pourquoi ne me l'avez-vous pas dit plus tôt ? Tous les deux, bien entendu.

Jane s'était préparée à affronter une vieille dame acariâtre et fut agréablement surprise par l'accueil chaleureux que la grand-tante d'Ivo leur fit.

— Mon cher Ivo, mais entre donc ! Ce vieux gâteux de Smithers qui te fait attendre alors que tu es mon petit-neveu préféré ! Cette charmante jeune femme qui t'accompagne est-elle ta future épouse ? Venez m'embrasser, ma chère.

Leur arrivée inopinée parut la divertir follement. La grand-tante Honoria fit preuve d'une profonde compassion en apprenant les ennuis de santé qui affectaient la famille de Violet, exprima sa désapprobation à l'idée que Jane demeure seule à Batheaston avec les domestiques pour toute compagnie, approuva d'un signe de tête sa décision de rester à Merton Tower, puis battit des mains avec une joie non dissimulée en comprenant qu'on lui demandait de jouer les chaperons.

— C'est exactement ce qu'il fallait faire ! Mon cher Westhaven trouve une solution à chaque problème. Je suis si heureuse de pouvoir vous venir en aide, mes chéris !

Tandis que la femme de chambre de Lady Gravestock et plusieurs valets s'affairaient comme de beaux diables, celle-ci ne leva pas le petit doigt et se contenta de donner des ordres confus depuis son fauteuil. Jane se rendit soudain compte qu'une dame de compagnie se tenait dans un coin de la pièce. Celle-ci était si effacée que personne ne semblait remarquer sa présence. Jane réprima le large sourire qui lui vint aux lèvres. Ivo lui avait parfaitement décrit la personnalité de sa grand-tante.

La calèche du marquis était si spacieuse qu'ils purent accueillir Lady Gravestock, sa femme de chambre et sa dame de compagnie, qu'on finit par leur présenter. Eunice. Enfin, Miss Herring. La nièce de Lady Gravestock. Sans oublier les nombreuses malles qu'il fallait également emporter.

Une semaine s'était écoulée depuis l'arrivée de Lady Gravestock et, sans que Jane y trouve une explication quelconque, tout lui paraissait désormais bien plus réel. Les préparatifs du mariage s'accélérèrent alors que de nouvelles réponses positives aux invitations envoyées leur parvenaient.

La grand-tante d'Ivo ne quittait que rarement la chaise longue qu'elle s'était octroyée dans le salon chinois, alors que la petite Miss Herring passait son temps à entrer et sortir de la pièce, les bras chargés de feuilles de papier, avant de vérifier un tas de choses sur les innombrables listes que Lady Gravestock établissait.

Jane ne savait plus où donner de la tête. Ranwick, le secrétaire du marquis, lui demandait continuellement quelles étaient ses préférences sur des sujets auxquels elle n'avait encore jamais réfléchi. Les fleurs semblaient être son obsession, ce matin-là.

— Des roses ? suggéra Jane.

— Pour la chapelle, la salle à manger, le hall d'entrée et les salles de réception, Miss Newnham ? Les jardiniers doivent être prévenus assez tôt, vous comprenez.

— Oui, des roses pour toutes les pièces. Mais, j'y pense, y aura-t-il encore des roses en octobre ? Dans tous les cas, j'aimerais des fleurs de couleur rose, des fleurs bleu foncé et beaucoup de blanc, lança-t-elle en improvisant au fur et à mesure qu'elle parlait. Mais dans des proportions différentes. Plus de bleu, de blanc et de feuillage dans la chapelle. Plus de rose dans les salles de réception et plus de rouge ailleurs. Cela devrait assurer une continuité tout en créant de la diversité.

Ranwick griffonna tout ce qu'elle disait.

— Excellent, Miss Newnham, dit-il. Des petits bouquets, des guirlandes ? Quel genre de vases ?

Quand Jane parvint enfin à lui fausser compagnie une demi-heure plus tard, elle avait la tête qui tournait. Respirer un peu l'air frais lui ferait un bien fou. Jamais elle n'aurait imaginé avoir toutes ces décisions à prendre. Le marquis lui avait demandé de faire quelques croquis de domestiques au crayon afin de décider quel style et quel format il souhaitait, aussi emporta-t-elle son carnet en se dirigeant vers l'immense pelouse qui s'étendait à perte de vue à l'arrière de la demeure dans l'espoir de rencontrer les jardiniers.

Elle n'en aperçut aucun mais vit Ivo partir vers le saut-de-loup. Elle le trouva très séduisant dans son haut-de-chausses, ses bottes et ce qui ressemblait fort à son vieux manteau préféré. Il était nu-tête et elle l'observa descendre une volée de marches dissimulées dans le fossé à la lisière du parc puis se diriger vers un bosquet.

Cela lui donna l'envie d'aller explorer les environs à son tour. Elle allait contourner la maison en passant par le parc. Peut-être tomberait-elle alors sur les jardiniers ?

Le temps qu'elle atteigne le saut-de-loup, Jane avait perdu Ivo de vue. Elle descendit les marches irrégulières en pierre et avança à grands pas dans la direction qu'il avait empruntée, le soleil dans le dos. Les herbes hautes du parc regorgeaient de fleurs sauvages tardives et elle se mit à rêvasser au son du bourdonnement des abeilles, songeant vaguement à la façon dont elle composerait les portraits.

Elle repéra alors Ivo et reconnut l'endroit où il se tenait. C'était la cellule d'ermite qu'elle avait aperçue depuis la calèche le jour où elle était arrivée, et le monticule de terre qui se trouvait juste là était probablement la glacière. Ivo l'avait avertie que le terrain était marécageux, mais il l'avait pourtant traversé sans la moindre difficulté. Peut-être s'était-il asséché avec le beau temps qui avait prévalu dernièrement ? Les insectes piqueurs qu'Ivo avait évoqués s'étaient sans doute volatilisés eux aussi. Le sentier envahi par la végétation qu'elle emprunta lui parut correctement drainé, aussi ne s'inquiéta-t-elle pas outre mesure.

Comme Ivo semblait avoir envie d'être seul et cherchait sans doute lui aussi à échapper aux innombrables devoirs qui lui incombaient, elle se tint un peu à l'écart. Lorsqu'il aurait quitté les lieux, elle irait les explorer à son tour et en ferait peut-être un petit croquis. Cela pourrait constituer un arrière-plan intéressant pour représenter les gardes-chasses.

Ivo prit tout son temps. Il se tenait devant la porte qui menait au petit ermitage, une fantaisie gothique bâtie sur la base d'une tourelle à moitié en ruine. Le toit était intact, recouvert de tuiles et de mousse et, alors qu'elle se demandait si la porte était fermée à clé, Ivo se baissa pour y entrer. Cela faisait plus de dix minutes qu'il s'y était engouffré, à présent. Devait-elle commencer à s'inquiéter ? Peut-être avait-il trébuché sur des poutres qui jonchaient le sol et s'était-il cogné la tête ? À moins qu'il ne soit tombé dans un puits ?

Au moment même où elle prenait la décision d'aller voir ce qui se passait, Ivo sortit de l'ermitage puis demeura quelques secondes la main posée sur la poignée de porte, les yeux hagards, avant de se remettre en route à grandes enjambées.

Jane reprit alors sa promenade à travers les touffes de hautes herbes. Qu'est-ce qui avait bien pu le retenir pendant si longtemps ? Avait-il ressenti le besoin de s'isoler, pas simplement de ses obligations ou des préparatifs du mariage, mais d'elle, la femme qu'il n'aimait pas mais était sur le point d'épouser ? Cette idée la fit frissonner.

En dépit des sombres pensées qui l'agitaient, Jane ne put s'empêcher de sourire en remarquant la foule de petits détails du bâtiment dont elle s'approchait. La fenêtre était ornée d'un remplage flamboyant et elle repéra également des chimères d'un style particulièrement expressif sous le toit : des bêtes hargneuses, des feuillages étranges et des visages comiques en train de faire la grimace.

Les rayons du soleil filtraient tant bien que mal à travers un réseau dense de toiles d'araignée collées à la fenêtre. Que cherchait donc Ivo dans un endroit pareil ? Il n'y avait rien à voir, pas même un endroit où s'asseoir. Peut-être était-il venu contrôler l'état du bâtiment pour des raisons qu'elle ignorait. Elle baissa alors les yeux et aperçut des marques sur le sol poussiéreux. Comme si quelqu'un avait ramassé un petit tas de poussière. Quelle idée ! Mais pour quoi faire ? Elle se tourna lentement et étudia attentivement la pièce. Ivo avait étalé ce tas de poussière sur le rebord.

Jane sortit et cueillit une touffe d'herbe en guise de balai afin de nettoyer l'appui de fenêtre en question. Elle y trouva des mots gravés dans la pierre meuble. Ils ressortirent clairement, blancs et nets, comme si quelqu'un venait juste de les nettoyer de la pointe d'un couteau. Mais oui, c'était exactement ce qu'Ivo était venu faire ! Mettre à jour les inscriptions pour mieux les dissimuler ensuite. Elle allait les recouvrir à nouveau de poussière, son instinct lui intimant de ne pas céder à la curiosité et de quitter les lieux, mais la tentation fut plus forte que tout.

DAPHNE, NAÏADE DU RUISSEAU,
AUSSI BELLE QUE LE SOLEIL,
AIME-MOI POUR TOUJOURS COMME JE T'AIME.
IVO

Un peu plus bas, dans une écriture différente, était inscrit *D.P.* avec un cœur traversé d'une flèche.

C'était donc pour cela qu'il ne voulait pas qu'elle vienne en ce lieu ! C'était sans doute là que Daphne et lui se donnaient autrefois rendez-vous en secret.

Elle comprit alors toutes les allusions et tous les commentaires qu'elle avait essayé d'ignorer jusqu'alors. Voilà pourquoi Lord Westhaven ne voulait pas qu'elle espère un mariage d'amour ! Le cœur d'Ivo était manifestement déjà pris. Les petites phrases assassines de Lady Frederick lui étaient certes destinées mais elles s'adressaient également à Ivo. *Lorsque celle-ci comparait sa future femme si quelconque à cette beauté aux cheveux dorés, par exemple.*

Ivo avait essayé de sauver Daphne des conséquences de sa fugue amoureuse et celle-ci avait envoyé des brutes lui infliger une correction qui aurait bien pu lui coûter la vie. S'il l'aimait toujours, le sentiment de trahison devait sans doute être encore plus prégnant. C'était même sûr.

Jane sortit de l'ermitage et rebroussa chemin, indifférente à présent aux papillons et aux fleurs, aux odeurs de fenaison et à la douce chaleur des rayons du soleil sur sa peau. Elle s'assit sur une des marches en contrebas, serrant ses bras autour de ses genoux pour se réconforter.

Ivo avait aimé – et aimait toujours – Daphne, il avait

essayé de l'empêcher de commettre une terrible erreur et avait échoué. De son côté, Jane s'était compromise en lui portant secours et Ivo, en parfait gentleman, lui avait demandé sa main. De toute évidence, il avait un instinct de protection très développé. Mais lorsqu'elle le lui avait demandé, il lui avait assuré qu'il n'aimait *personne d'autre*. Elle ferma les paupières et tenta de se remémorer la scène dans le verger de sa cousine.

Il lui avait affirmé qu'il n'avait aucun engagement et lui avait même donné sa parole d'honneur.

Mais ce n'était pas exactement ce qu'elle lui avait demandé. Il n'avait pas répondu à sa question et s'était bien gardé d'évoquer les sentiments qu'il éprouvait envers cette femme. Oh ! bien sûr, il avait dit une partie de la vérité et n'avait menti que par omission. Mais si vraiment il n'avait plus éprouvé les mêmes sentiments qu'autrefois envers Daphne, il le lui aurait dit.

S'il ne l'avait plus aimée, n'aurait-il pas fait son possible pour effacer cette inscription ? Les souvenirs d'Ivo devaient être encore très vivaces pour l'avoir découragée de s'intéresser à l'ermitage lorsqu'elle avait aperçu le bâtiment à son arrivée à Merton Tower. Peut-être s'y était-il rendu pour faire disparaître les inscriptions mais n'avait-il finalement pu s'y résoudre et s'était alors contenté de les recouvrir. De les enterrer, même. Malgré la chaleur, elle frissonna.

Il avait perdu Daphne. Elle était mariée, à présent. D'après les avocats, il n'était plus possible de faire annuler cette union, et obtenir un divorce serait extrêmement compliqué même si les deux parties se mettaient d'accord. Et en l'état actuel des choses, ni Daphne ni son époux ne semblaient vouloir divorcer.

Jane cligna des yeux et s'aperçut alors que des larmes lui coulaient le long des joues.

Pourquoi pleurait-elle ? Elle s'essuya rageusement les

joues du revers de la main. Elle savait pourtant qu'il ne l'aimait pas.

Mais tu ne savais pas qu'il aimait quelqu'un d'autre, lui susurra une petite voix intérieure.

Peut-être avait-il cessé d'aimer Daphne lorsqu'il avait découvert qu'elle lui avait été infidèle et avait envoyé des brutes à ses trousses ?

Mais l'amour avait ses propres lois. Shakespeare n'avait-il pas écrit : « L'amour n'est point l'amour s'il change en trouvant ailleurs le changement, ou s'éloigne en trouvant en l'autre l'éloignement », et le grand homme semblait bien s'y connaître en la matière. Ivo allait peut-être cesser d'aimer Daphne un jour, mais il lui faudrait d'abord apprendre à la regarder différemment et comprendre que la femme qu'il avait aimée autrefois n'était plus la même.

Une question la tarauda alors. Pouvait-elle accepter d'épouser un homme qui en aimait une autre ou était-il préférable d'annuler le mariage ? Désespérée, elle se leva d'un bond. Elle avait mal partout, comme si elle était en train de tomber malade. Elle se redressa fièrement et prit le chemin du retour d'un bon pas, se répétant en boucle qu'elle était forte.

Elle ne pleurerait pas. Elle devait juste réfléchir sérieusement à la question et prendre la décision qui s'imposait.

Lorsqu'elle se retrouva à l'arrière de la maison devant la porte qui menait aux quartiers des domestiques, elle l'ouvrit sans réfléchir. La cour était de bonnes dimensions, entièrement pavée, et elle était agrémentée de multiples dépendances. Un abri à bois, des cabinets d'aisance dont les portes étaient sculptées de croissants de lune et d'étoiles, et un atelier devant lequel était installé un banc où était perché un petit garçon qui se balançait d'un pied sur l'autre. Jane aperçut ensuite une rangée de chaussures sales puis une autre de chaussures étincelantes.

Le garçonnet était si concentré qu'il fronçait son petit

visage parsemé de taches de rousseur et ne se doutait probablement pas qu'il tirait la langue tout en apposant du cirage noir sur la chaussure qu'il tenait. Jane s'assit sur le tabouret installé près du billot sur lequel on fendait le bois et sortit son carnet à croquis. Dessiner l'aidait généralement à s'éclaircir les idées et en cet instant précis elle en avait grand besoin. Elle rapprocha ensuite un peu le tabouret afin de mieux voir le visage du jeune garçon. Il devait avoir environ onze ans et se trouvait par conséquent au premier échelon dans la hiérarchie des domestiques. Bientôt il s'occuperait des bagages puis assisterait un valet de pied.

Il posa la chaussure par terre puis s'empara de sa semblable. Jane s'approcha encore un peu. Il la remarqua alors et se leva d'un bond, faisant tomber sa brosse au passage.

— Miss ?

— Je suis désolée de t'avoir fait sursauter. Assieds-toi. Lord Westhaven m'a demandé de faire le portrait de tous les domestiques de Merton Tower. Es-tu au courant ?

Il reprit alors nonchalamment sa place.

— C'est ce que Mr Partridge a dit mais je ne croyais pas que ça me concernait. Je ne suis que cireur de chaussures.

— Mais c'est une tâche extrêmement importante. Si personne ne s'en chargeait, nous aurions tous des chaussures sales et cela nous ferait honte. Imagine ce que tout le monde dirait si le marquis se présentait chaussé de bottes maculées de boue !

— Mince alors, vous avez raison !

Il ramassa alors sa brosse et se mit à polir la chaussure avec un zèle redoublé.

— Comment t'appelles-tu ?

— Jem Fletcher, miss. Mon père est palefrenier en chef.

Jane écrivit *Jem Fletcher, cireur de chaussures*, dans le coin de la page.

— Et toi, tu ne veux pas devenir palefrenier, Jem ?

— J'aime les chevaux, dit-il, mais plus tard j'aimerais faire comme Mr Partridge, majordome dans une grande maison, avec un gilet rayé et une veste à longue queue, et m'asseoir en bout de table dans la salle à manger des domestiques.

— Tu es très ambitieux, Jem, mais en travaillant dur je suis sûre que tu pourras réaliser ton rêve.

— C'est c'que maman me dit tout le temps et j'crois que si vous voulez vraiment quelque chose dans la vie, et que vous travaillez dur, vous finissez par obtenir ce que vous désirez, dit-il en hochant catégoriquement la tête. Billy, celui qui s'occupe des bagages, a des vues sur une place d'assistant du valet à Colne Hall, alors s'il y arrive, je me dis que j'ai p't-être mes chances.

Il tourna la tête vers elle et l'interrogea du regard.

— Vous pensez que j'y arriverai, miss ?

— Bien entendu. Cela te plairait-il que j'en touche un mot à Lord Kendall et que je lui dise que tu travailles vraiment dur ?

Il roula aussitôt des yeux ronds.

— Oui, c'serait formidable, miss. Ça veut dire que vous le connaissez ?

— Je vais l'épouser, dit Jane, tout à coup certaine de ce qu'elle voulait.

Elle aimait bien la devise de ce jeune garçon. *Quand on veut vraiment quelque chose, on y arrive toujours.* Cela fonctionnait peut-être également pour les mariages, qui sait ?

— Oh ! zut, s'exclama Jem, les joues pâles tout à coup.

Il se leva d'un bond en tirant nerveusement sur sa frange.

— Mr Partridge va me faire la peau s'il apprend que je vous ai embêtée avec mes histoires.

— Ne dis pas de bêtises. Je vais discuter avec tous les domestiques et brosser leur portrait.

Jane observa son croquis et sourit. Elle en était satisfaite. Elle allait même l'accrocher dans sa chambre pour se remonter le moral la prochaine fois qu'elle se sentirait un peu déprimée.

— Continue à faire de ton mieux, Jem.

Elle esquissa un autre croquis en quelques traits vigoureux, le détacha de son carnet et le lui tendit.

— Tiens, ta mère sera peut-être contente de l'avoir rien que pour elle.

Chapitre 15

— Vous êtes bien silencieuse, Jane, fit remarquer Ivo.

Ils étaient assis à chaque extrémité d'un canapé du salon, après le dîner. Sa grand-tante Honoria s'était assoupie dans le fauteuil le plus confortable, les jambes sur un repose-pieds, et Eunice brodait diligemment au petit point une housse de siège qu'elle avait retirée avec précaution des mains de la douairière – cette dernière semblait vouloir croire que l'ouvrage avançait tout seul, alors qu'elle n'y consacrait pas plus d'une minute ou deux chaque jour. Son grand-père jouait aux échecs avec Ranwick, qui était chaque soir invité après le dîner à se faire battre à plate couture par son employeur et à voir chaque coup passé au crible une fois la partie terminée.

— Je suis un peu fatiguée, voilà tout.

En la voyant lui adresser un sourire forcé, il eut un pincement au cœur. Son existence avait été totalement bouleversée en l'espace de quelques jours et, même si la plupart des jeunes femmes de son âge auraient sauté de joie à la perspective d'épouser un comte, il savait que Jane privilégiait avant tout son indépendance et son art.

— Je suis allée me promener cet après-midi et cela m'a littéralement exténuée. J'en ai profité pour commencer à croquer le portrait des domestiques, comme me l'a expressément demandé votre grand-père. Le petit cireur de chaussures, Jem, a posé pour moi.

— Vous êtes allée vous promener ? Je ne vous ai pas vue.

Il maudit la faiblesse dont il avait fait preuve en n'effaçant pas les inscriptions, mais cela aurait été comme planter le dernier clou dans le cercueil de ses rêves de jeunesse désormais anéantis. Il y retournerait le lendemain avec un marteau et un burin pour en finir une bonne fois pour toutes. *À moins que Jane n'ait déjà eu le temps de les voir.*

— Je me suis promenée dans le parc. Vous savez, de ce côté-là.

Elle fit un geste vague de la main et Ivo put enfin relâcher le souffle qu'il retenait sans même en avoir eu conscience. Elle s'était apparemment dirigée à l'opposé de la glacière et de l'ermitage.

— L'herbe était plus haute que je ne me l'étais imaginée et m'a parfois donné du fil à retordre, mais je suppose que cela m'a fait du bien de faire un peu d'exercice.

— Je vous montrerai les meilleures promenades, dit-il. Les jardiniers coupent les herbes hautes à la faux pour faciliter le passage. Il faudra également que je vous donne vos premières leçons d'équitation.

— Nous y consacrerons du temps un peu plus tard, dit-elle. J'ai déjà tellement de choses à faire !

— Oui, bien entendu, il n'y a aucune urgence. Racontez-moi comment cela se passe avec les domestiques. Se montrent-ils coopératifs ?

— Jusqu'ici, tout se passe à merveille. J'ai dessiné Jem, le cireur de chaussures. C'est un garçon très intelligent et extrêmement ambitieux. Pourriez-vous prendre sa demande sérieusement en considération lorsqu'il cherchera à briguer la place de Billy, l'assistant d'un des valets, si ce dernier obtient le poste qu'il convoite à Colne Hall ? J'ai également dessiné le portrait de Molly, la nouvelle fille de cuisine. Elle a le mal du pays mais se montre extrêmement courageuse car elle a conscience de travailler dans une grande maison.

J'ai aussi brossé le portrait de Mr Evans, l'employé administratif, qui n'était pas très à l'aise à cause de ses oreilles.

— Ses oreilles ?

Ivo chercha à se représenter Mr Evans et s'aperçut qu'il ne voyait pas réellement à quoi il ressemblait.

— Il a les oreilles décollées. Je lui ai proposé de le dessiner en demi-profil et cela l'a beaucoup détendu. Mais pourquoi me regardez-vous ainsi ?

— Il ne vous a pas fallu plus d'une demi-journée pour découvrir les ambitions du cireur de chaussures et de l'assistant du valet, consoler la fille de cuisine et mettre l'agent administratif à l'aise. Vous serez une maîtresse de maison très aimée, laissez-moi vous le dire.

Il n'avait encore jamais envisagé les choses de cette manière et avait à présent un peu honte de lui-même. Comme Jane n'avait pas l'habitude de côtoyer un si grand nombre de domestiques, il avait cru qu'elle éprouverait quelque difficulté à établir des relations avec eux et qu'elle serait bien trop préoccupée par son art pour s'intéresser un tant soit peu à la gestion de la maisonnée. Il aurait dû comprendre depuis le départ qu'il fallait d'abord s'intéresser à la personne que vous dessiniez pour en effectuer un bon portrait.

— Et c'est cela qui vous fait sourire ? Je suppose que l'harmonie domestique peut avoir son charme.

— Cela me fait sourire parce que je me rends compte, une fois encore, à quel point vous êtes une belle personne, et cela me rappelle que j'ai pris une excellente décision en vous demandant en mariage, Miss Newnham.

Elle sentit le rouge lui monter aux joues et laissa échapper un petit rire. Il se rapprocha un peu d'elle pour lui prendre la main. Un besoin pressant de la toucher s'était tout à coup emparé de lui.

Oui, il avait pris la bonne décision en lui demandant de l'épouser.

Il eut soudain terriblement envie de l'embrasser. Non pas

pour la rassurer ou la convaincre de quoi que ce soit, mais simplement parce qu'il en avait envie. Il désirait bien plus que de chastes baisers, à vrai dire.

Jane croisa son regard et il vit qu'elle ressentait la même chose. Elle serra ses doigts autour des siens et lui caressa doucement la main du bout du pouce.

Tout cela était plutôt troublant. Il trahissait Daphne en désirant une autre femme. Mais Daphne appartenait à un autre désormais et elle lui avait clairement fait comprendre qu'elle ne l'aimait plus. Il n'allait tout de même pas vivre comme un moine durant tout le reste de son existence parce qu'il ne pouvait épouser la femme après qui il avait tant soupiré. Il se promit d'être un bon époux pour Jane. Il ne devait pas la considérer comme un deuxième choix. Ce serait trop horrible pour elle.

Elle l'observait toujours, la tête légèrement penchée sur le côté, ses grands yeux noisette l'interrogeant du regard. Elle était pleine de chaleur, de douceur et d'innocence, mais il y avait également une grande force dans ses courbes féminines et une sensualité inexplorée qui lui faisait bouillir le sang.

— Jane, que diriez-vous de m'accompagner dehors et de…

— Ah, échec et mat, une nouvelle fois !

Son grand-père pavoisait devant le malheureux Ranwick qui venait d'essuyer une nouvelle défaite aux échecs.

— C'est au troisième tour que tout s'est joué. Si vous aviez joué votre fou…

— Il ne faut pas avoir peur de lui. Il parle fort et passe son temps à fanfaronner mais il n'a pas un mauvais fond, lui murmura-t-il à l'oreille, en profitant au passage pour se rapprocher d'elle.

— Je l'aime bien, répondit Jane dans un souffle. Il a peur de montrer ses sentiments, voilà tout. Cela le rend bourru. Il est si fier de vous. En avez-vous seulement conscience ?

— Lui, fier de moi ? Vous vous trompez, répliqua-t-il en ricanant. Il est entré dans une colère noire lorsque je lui ai annoncé que je m'engageais dans l'armée. Il a qualifié cela de « romantisme béat ». « Un désir juvénile de jouer au chevalier. »

— Et je suppose que c'est parce qu'il était farouchement opposé à votre incorporation qu'il connaît par cœur toutes les batailles et les escarmouches dans lesquelles vous étiez impliqué ainsi que leur date précise. Il sait toutes les blessures qui vous ont été infligées et a gardé tous les articles de journaux où votre nom est mentionné. Il me les a montrés et s'est assuré que j'aie bien conscience d'épouser un vaillant soldat. Que dis-je ? Un héros !

Ivo en resta bouche bée. Son grand-père avait donc suivi sa carrière de près et trouvait qu'il était un vaillant soldat ?

— Je n'en avais pas la moindre idée, réussit-il enfin à articuler. Je vous remercie de m'en avoir informé. Ses paroles m'avaient blessé, je ne peux pas dire le contraire. Mais je ne me suis jamais considéré comme un héros. Cela me semble complètement absurde. Je faisais juste mon devoir. Je croyais qu'il me reprochait de perdre mon temps à jouer à la guerre.

— Un jeu plutôt dangereux, fit remarquer Jane en lui lâchant la main. J'ai vu vos cicatrices.

Elle se pencha vers lui, posa une main sur son épaule et l'embrassa sur la joue.

— Bonne nuit, Ivo. Je pense que je vais bien dormir cette nuit.

Il se leva, l'aida à se relever et l'embrassa doucement sur les lèvres.

— Moi aussi. Bonne nuit, Jane.

Elle partit souhaiter une bonne fin de soirée au marquis et à Ranwick, puis murmura quelque chose à l'oreille d'Eunice sans réveiller la grand-tante.

Ivo laissa échapper un profond soupir de contentement. Il allait enfin dormir sur ses deux oreilles.

Il ouvrit la porte à Jane tout en adressant un signe de tête au valet en faction dans le hall d'entrée pour qu'il envoie une femme de chambre à l'étage. Lui allait se procurer une lanterne, un marteau et un burin pour effacer toute trace des inscriptions encore visibles à l'ermitage.

— Ivo !

— Oui, grand-père ?

— Avant que tu ne montes te coucher, je voudrais m'entretenir avec toi au sujet de ce devis pour les réparations du cottage à Brownlow. Suis-moi dans mon bureau, veux-tu.

Assise dans son lit, Jane observa les croquis qu'elle avait réalisés au cours de la journée et qu'elle avait étalés devant elle. Elle en était plutôt satisfaite. Il faudrait qu'elle croque le portrait de domestiques plus aguerris le lendemain. Elle aurait dû analyser ses dessins en profondeur et scruter leurs éventuelles faiblesses, mais les traits de crayon finissaient invariablement par se brouiller et le visage d'Ivo lui apparaissait alors comme par magie. La façon dont il l'avait regardée l'avait totalement chamboulée. Tout comme l'expression qu'il avait arborée lorsqu'elle lui avait raconté ce que son grand-père pensait de lui. N'en avait-il jamais eu conscience ? Les hommes étaient décidément de bien étranges créatures, peu disposées à parler des sentiments qu'ils éprouvaient.

Il ne lui dirait jamais la vérité au sujet de Daphne, elle le savait. Il lui faudrait se résoudre à déterminer si elle menait ce mariage à son terme ou non. Épouser un homme en sachant qu'il n'était pas amoureux d'elle n'était pas tout à fait la même chose qu'épouser un homme qui en aimait une autre. Il ne reverrait sans doute jamais Daphne. Pas après la façon dont elle s'était comportée envers lui. Et puis cette dernière était mariée à présent. Elle n'était plus disponible. C'était *elle*, Jane, qui passait son temps avec lui désormais.

Ivo l'appréciait et éprouvait indubitablement du désir pour elle. Il ne fallait pas en faire grand cas pour autant.

Jane avait maintes fois eu l'occasion de vérifier les mises en garde de Verity, qui lui avait un jour expliqué que les hommes étaient tout à fait capables de désirer des femmes auxquelles ils étaient normalement indifférents ou qu'ils ne connaissaient ni d'Ève ni d'Adam. Ivo était par ailleurs très gentil. Ne lui avait-il pas montré la situation périlleuse dans laquelle elle risquait de se trouver si elle tentait de réaliser son rêve de devenir portraitiste sans s'y préparer ? Il ne s'était jamais adressé à elle d'un ton condescendant. Ivo était également courageux et loyal. Il ferait sans doute tous les efforts nécessaires pour tenter d'oublier Daphne une fois qu'ils seraient mariés.

Elle lui faisait confiance, voilà ce dont il s'agissait. Depuis le début. Cet inconnu à la carrure imposante aurait dû lui paraître menaçant, même à demi inconscient. Mais son instinct lui avait dicté de lui accorder sa confiance et elle allait s'y tenir. Elle devait juste travailler dur, comme Jem le lui avait expliqué.

Épouser Ivo lui donnerait la liberté que la richesse et le statut social accordaient à une femme. Cela aurait évidemment un coût. Elle n'était pas naïve au point de ne pas s'en rendre compte. Et si par malheur elle s'était méprise sur la personnalité d'Ivo, il pourrait la confiner dans le rôle étriqué de comtesse et de mère, l'empêcher de peindre et l'enfermer dans une prison dorée.

Jane rassembla ses dessins et les posa sur sa table de chevet. Puis elle souffla les bougies et se glissa sous les draps. Lui aussi faisait un pari en l'épousant. Ivo l'avait sauvée d'une disgrâce sociale et lui donnait une occasion inespérée de s'adonner librement à son art, alors qu'il était encore sous le choc de la trahison que Daphne lui avait infligée. Il souffrait sans doute encore, songea-t-elle alors que le sommeil commençait à la gagner. Pouvait-elle espérer qu'il l'aime un jour comme elle l'aimait déjà de tout son cœur ?

Jane se redressa brusquement dans son lit, tout à fait éveillée à présent. *Elle aimait Ivo ?* Mais depuis quand ?

Elle s'allongea à nouveau, troublée. Tout cela était dangereux et la rendait extrêmement vulnérable. Dangereux, certes, mais également merveilleux.

Chaque jour qui passait se colorait de l'amour qu'elle portait à Ivo. C'était à la fois effrayant et magnifique. Elle prit garde de ne pas trahir les sentiments qui l'animaient et, visiblement, sa discrétion paya. Ivo ne témoignait pas le moindre signe d'inquiétude que tout homme aurait été amené à ressentir en découvrant que la femme qu'il allait épouser dans le cadre d'un mariage de convenance était bien malencontreusement tombée amoureuse de lui. Fidèle à lui-même, il se montrait gentil et drôle et, lorsqu'il la prenait dans ses bras, il apparaissait souvent passionné, même.

Répondre à ses élans enflammés comportait bien des risques. Elle savait qu'elle n'avait pas suffisamment d'expérience pour parvenir à dissimuler ses sentiments, qu'il lui fallait absolument refroidir ses ardeurs, mais cela était tout bonnement impossible. Lorsque Ivo la serrait dans ses bras, elle se sentait tellement en sécurité ! Terriblement en danger aussi. Mais elle recherchait ce danger. Elle voulait sentir la chaleur qui s'emparait de lui et le sentiment d'urgence qu'il s'efforçait de contrôler.

— Notre nuit de noces semble encore bien lointaine, lui dit-il trois semaines avant la date de leur mariage, après un long baiser particulièrement exalté.

Il venait de la rejoindre dans la blanchisserie, où elle avait brossé le portrait de la blanchisseuse en chef ainsi que de la petite équipe que celle-ci dirigeait.

Le groupe de femmes était sorti accrocher le linge dans la cour, emportant de lourds paniers remplis de vêtements mouillés, la laissant dans cette chaleur moite, le cheveu plat et le visage rougi.

— Je ne ressemble à rien, protesta-t-elle lorsque Ivo l'attrapa par la taille puis l'embrassa.

— Vos joues empourprées vous vont à ravir et vous donnent un petit côté polisson très séduisant.

Il la souleva pour la déposer sur la longue table où les blanchisseuses triaient le linge.

— J'ai bien l'intention d'ajouter un peu plus de désordre dans votre tenue, ajouta-t-il d'une voix rauque.

— Vous mettez sans aucun doute ma tête en désordre, répondit-elle en essayant de prendre les choses à la légère. Ivo, mais qu'est-ce que vous faites ?

— Je vois bien que vous avez trop chaud, il faut vous rafraîchir.

Le temps que Jane reprenne ses esprits, il avait déjà défait quelques agrafes de son corsage, tiré un peu au niveau des épaules, si bien qu'elle se retrouva alors en chemise. Elle baissa la tête et comprit alors ce qu'il regardait fixement à travers la fine mousseline : ses seins que son corset faisait pigeonner.

Tandis qu'il posait les mains sur sa taille, elle se rassura comme elle put. Avec cette chaleur, il ne remarquerait peut-être pas qu'elle avait rougi.

— Ivo !

La pression qu'exerçaient ses mains risquait de... Trop tard. Sa poitrine s'échappa brusquement de son carcan, les pointes de ses seins dressées.

Mon Dieu, la sensation était tout simplement... Elle n'eut qu'une idée en tête tout à coup. *Qu'il la touche.*

Arquée entre ses mains, elle se demanda soudain si elle avait exprimé son désir à voix haute car il s'approcha encore un peu, pencha la tête et parcourut les aréoles brunes qui transparaissaient à travers le tissu humide de la pointe de la langue. En les sentant durcir, elle s'inquiéta un peu.

— Ivo… Oui…

Jane se sentit alors retomber mollement sur un tas de linge posé derrière elle.

Penché au-dessus d'elle, Ivo se plaça entre ses cuisses. Elle sentit son membre érigé pressé contre elle, malgré sa jupe, son jupon et ses sous-vêtements. Elle cessa alors de se soucier de son apparence. Plus rien ne comptait que le désir qu'Ivo lui inspirait. Bien trop de tissus les séparaient ! Elle voulait parcourir de ses mains ce torse musclé qu'elle avait entraperçu à l'auberge. Elle lui griffa le dos à travers son manteau et laissa échapper un grognement de frustration. C'était sa peau nue qu'elle désirait.

La main droite d'Ivo se posa alors sur sa cuisse, remontant frénétiquement sa jupe. Elle se cambra contre lui, ne sachant pas vraiment ce qu'elle désirait. Tout ce qu'elle savait, c'était qu'elle avait besoin de quelque chose. De lui…

Puis, sans crier gare, Ivo recula et la tira vers lui en remettant rapidement son corsage en place.

— Quelqu'un vient par ici, j'ai entendu la porte de la cour claquer.

— Mon Dieu !

— Vite, la remise à charbon.

Jane se remit sur pied en chancelant un peu, saisit son carnet de croquis au passage et s'élança vers la porte qui donnait dans la petite pièce où était entreposé le combustible pour la chaudière. Pourvu qu'il y ait une autre sortie ! Elle n'était sûre de rien, mais cela valait mieux que de se faire surprendre en mauvaise posture.

Le souffle court, ils se précipitèrent donc dans la remise et refermèrent aussitôt la porte derrière eux.

— Il y a une porte qui mène à la cour, murmura Jane en désignant du menton la lumière qui filtrait à travers les vieilles planches disjointes.

Depuis la pièce qu'ils venaient de quitter en toute hâte

leur parvint alors un flot ininterrompu de paroles. Les blanchisseuses étaient déjà de retour.

— Miss Newnham est partie, dit l'une d'entre elles. Dire que le marquis lui a demandé de faire notre portrait à tous. Jamais entendu une chose pareille !

— Elle est gentille, intervint une autre. C'est une vraie lady. Elle s'intéresse à nous et ne nous prend pas de haut.

— Oui, mais elle voudra que sa lessive soit faite, exactement comme les autres, l'interrompit la blanchisseuse en chef. Comment est le feu, Madge ? Faut-il aller chercher du charbon pour alimenter le feu sous le grand chaudron ?

Ils entendirent un bruit de métal cliqueter. Jane retint son souffle et sentit Ivo se crisper derrière elle.

— Non, nous sommes tranquilles pour une bonne demi-heure encore. Je vais m'occuper de ces nappes, qu'en dites-vous ?

Jane et Ivo s'effondrèrent tous les deux contre la porte. *Comme des enfants en train de faire des bêtises*, songea-t-elle en retenant tant bien que mal le fou rire qui montait en elle.

Elle s'aperçut alors qu'Ivo tremblait légèrement contre elle, puis un petit grognement étouffé lui échappa. Il lui prit brusquement la main, fit trois grands pas en direction de la porte qui menait dehors, l'ouvrit d'un coup sec puis jeta un coup d'œil circulaire avant de l'entraîner hors de la remise. Une fois dehors, ils trouvèrent refuge dans l'abri à bois.

Jane se laissa aussitôt tomber contre un poteau et laissa libre cours au fou rire qu'elle ne pouvait plus contenir. Ivo quant à lui s'assit sur le chevalet de sciage et rit tant et si bien que des larmes se mirent à lui couler sur les joues. Il ne reprit le contrôle que quelques secondes plus tard.

— Je crois que je me suis à nouveau cassé une côte !

Il extirpa alors un mouchoir de sa poche intérieure, regarda Jane, le lui tendit puis s'essuya le visage de ses mains. Et il lui sourit.

— « C'est une vraie lady », dit-il en écho à l'intervention d'une des blanchisseuses.

Ce qui provoqua à nouveau l'hilarité de Jane.

— Nous ne pouvons pas rentrer dans cet état, dit-il, sérieux tout à coup.

Jane se redressa aussitôt, s'épongea délicatement le visage à l'aide du mouchoir et remit de l'ordre dans sa coiffure.

— La roseraie, dit Ivo en lui tendant la main.

Après le tumulte de sensations dont elle venait de faire l'expérience, Jane s'étonna d'être si calme, joyeuse et à l'aise en sa compagnie. Ils se dirigèrent nonchalamment vers la porte de derrière sans croiser personne, fort heureusement. Ils contournèrent ensuite l'aile est pour se diriger vers la roseraie. Non seulement ils pouvaient se dissimuler derrière de hautes haies mais ils étaient également à l'abri des regards indiscrets qui auraient pu provenir des fenêtres de la maison.

— Je suis désolé, cela n'aurait pas dû se produire, s'excusa Ivo. Je crains que les sentiments que j'éprouve à votre égard n'aient pris le dessus.

À dire vrai, il ne savait pas exactement pourquoi il avait tout à coup perdu la raison. Le désir, sans aucun doute, mais cela n'expliquait pas tout. Jane lui avait paru à la fois pleine de vie et si heureuse de le voir que, l'espace d'une seconde, pénétrer dans cette pièce chaude et humide lui avait donné l'impression d'être accueilli à bras ouverts par son épouse dévouée après une journée de travail. Ce qui était tout bonnement ridicule.

En la voyant les joues rosies par la chaleur étouffante de la pièce, la peau légèrement moite et les cheveux un peu défaits, son sang n'avait fait qu'un tour. Sans oublier la façon dont elle avait réagi à ses avances. Penser à ce délicieux « Ivo… Oui… » lui provoqua aussitôt une nouvelle érection. Ce n'était pourtant pas ce baiser, ni le désir qu'il avait suscité chez elle, ni la promesse de cette douce chaleur entre ses cuisses qui le déstabilisaient tant. C'était son rire. Partager ce fou rire avec elle, lorsqu'ils s'étaient tous les deux cachés comme deux vilains garnements et avaient eu exactement la même réaction, l'avait littéralement conquis.

Mais toute trace de sourire avait disparu à présent et Jane l'observait, les sourcils froncés.

— Qu'y avait-il de mal à cela ? Nous aurions pu choisir un endroit plus approprié, quelque part où nous n'aurions pas été dérangés par les domestiques qui risquaient d'entrer à tout instant, mais…

Elle sembla tout à coup se rendre compte de la portée de ses paroles, s'empourpra puis reprit avec entrain :

— J'ai aimé ce que vous m'avez fait. Je n'avais pas envie que cela s'arrête si vite, même si vous n'aviez évidemment pas le choix. Cela aurait été très embarrassant.

Ivo se laissa envahir par le parfum des dernières roses de la saison, des longues herbes qui les entouraient, et de Jane, si délicieusement troublée. Deux pas seulement les séparaient à présent et, qui sait, ils auraient pu… Mais un jardinier aurait peut-être alors fait irruption pour tailler les haies ou déverser du crottin de cheval sur les parterres de fleurs.

— Vous êtes une lady respectable. Je ne devrais pas vous débaucher ainsi dans la blanchisserie. Nous ne sommes pas encore mariés.

— Nous le serons bientôt, fit remarquer Jane.

— Oui. Dans quelque temps. Ne désirez-vous pas attendre notre lune de miel pour… ?

Jane cueillit une rose et la fit tournoyer sous ses narines, l'air pensive.

— Pas particulièrement. Enfin, ce que je veux dire, c'est que vous n'allez pas tout à coup refuser de m'épouser simplement parce que vous m'avez déjà…

Elle parut chercher l'expression la plus appropriée puis laissa sa phrase en suspens.

— J'ai toujours eu l'impression que les couples fiancés

préfèrent attendre, de peur que la femme ne change d'avis une fois la relation consommée. Ce ne sera pas mon cas, croyez-moi.

Elle lui adressa alors un sourire enjôleur.

— Je crois que cela va beaucoup me plaire… d'être en votre compagnie.

— Moi aussi, dit Ivo, conscient de révéler le fond réel de ses pensées. Et je ne parle pas uniquement de ce qui se passera dans la chambre conjugale, ajouta-t-il pour le plaisir de la faire rougir à nouveau. Cela faisait bien longtemps que je n'avais pas autant ri.

— Il n'y avait pourtant pas de quoi s'esclaffer, plaisanta-t-elle en riant à nouveau aux éclats.

— Le ridicule de la situation y était pour beaucoup. Le maître des lieux et sa promise qui tentent de se soustraire à la vue de leurs propres domestiques, tels deux jeunes amants en train de se faufiler dans l'étable pour batifoler sur une botte de foin. Si cela n'est pas une entorse à la dignité qu'exige notre rang !

Il s'assit sur l'un des bancs en pierre sculptée, l'invita à le rejoindre et elle posa aussitôt la joue contre son épaule.

— C'est très agréable, dit-elle, les yeux dans le vague.

Ivo sentit sa gorge se nouer. Il n'aurait pas dû se sentir aussi bien en compagnie de Jane alors qu'il aimait toujours Daphne. Il ne faisait qu'accomplir son devoir. Il devait se montrer affectueux envers Jane et lui consacrer toutes ses pensées. Elle allait bientôt devenir sa femme, après tout. Daphne était perdue à jamais. C'était elle qui en avait pris la décision. Pour la première fois, Ivo n'éprouva aucune compassion à son égard, ni le désir irrépressible de la revoir. Il sentit, au contraire, une colère sourde monter en lui. Si Daphne était malheureuse, pourquoi ne lui avait-elle pas écrit pour le lui dire ? Pourquoi ne lui avait-elle pas demandé de l'aider à annuler son mariage ? Même si cela lui en aurait coûté, il aurait agi en homme d'honneur et n'aurait pas hésité à voler à son secours.

Chassant tout à coup ces pensées parasites de son esprit, il s'approcha de Jane pour qu'elle puisse s'appuyer plus confortablement contre lui et lui passa un bras autour des épaules.

Peut-être aurait-il dû lui ouvrir son cœur ?

Jane ne lui confiait-elle pas tout ce qu'elle pensait ou ressentait ?

Chapitre 16

Le 4 octobre,

Ma chère Verity,

La robe a été livrée aujourd'hui ! Quelques retouches sont encore nécessaires mais elle me va à ravir ! Tu ne vas pas me reconnaître.

Elle est en soie blanche agrémentée de fines broderies dorées sur le buste, au niveau du décolleté et de l'ourlet.

Lord Westhaven veut absolument que je porte une magnifique parure de diamants et d'émeraudes composée d'un diadème, d'un collier, de boucles d'oreilles et d'un bracelet. J'ai protesté en expliquant que ces bijoux étaient bien trop précieux pour moi, mais il m'a aussitôt rétorqué qu'ils m'appartiendraient dès que notre mariage serait célébré. Tout comme les autres bijoux de la famille, d'ailleurs. Cela m'effraie beaucoup.

T'ai-je dit que mes « diamants » ne sont en réalité que des copies ? Dieu sait qui a vendu les vrais ! Je soupçonne fortement ma grand-mère, pour être tout à fait honnête.

Dans seulement deux semaines, vous serez toutes là et je serai mariée. Je suis si impatiente ! Je suis également terrifiée. Parfois j'aimerais que le temps se fige…

Je crois que je suis en train de tomber amoureuse d'Ivo. Je ne m'y étais pas préparée. Je suis sûre qu'il aime toujours Daphne. Il est si calme, parfois replié sur lui-même, je suis convaincue qu'il pense à elle dans ces moments-là.

Cela me donne envie de m'emparer d'un marteau et de me rendre à l'ermitage pour faire disparaître l'inscription dont je t'ai parlé, mais il saurait alors que je suis au courant. J'aimerais tellement pouvoir détester cette femme, mais je fais de mon mieux pour ne pas céder à mes bas instincts car cela ne nous serait d'aucun secours.

Le 6 octobre,

Ma chère Jane,

Il finira par t'aimer. Je me dois en revanche de t'avertir qu'il lui faudra sans doute un peu de temps. Les hommes ne sont pas toujours doués pour reconnaître leurs sentiments.

Sans compter que Daphne – quelle écervelée ! – a épousé un coureur de jupons notoire. Will m'a raconté des histoires invraisemblables sur la vie dissolue qu'il mène. Et je ne te parle pas de toutes ses dettes de jeu qui s'accumulent... Ton Ivo va vite se rendre compte qu'il l'a échappé belle.

Tu as bien raison de ne pas la détester, même si à ta place j'aurais très envie de la jeter dans le lac le plus proche.

Parlons des robes, à présent. Conformément à tes instructions, nous, les demoiselles d'honneur – je n'arrive toujours pas à croire que je serai ta dame d'honneur – avons commandé des robes de différentes teintes crème ou émeraude et je te promets que nous serons toutes très élégantes.

Le jour qui suivit l'arrivée de la lettre de Verity, Jane étala sur la grande table de la bibliothèque les dessins des domestiques qu'elle avait réalisés pour Lord Westhaven et retint son souffle.

Le marquis étudia chaque portrait avec grande attention, recommença même l'opération plusieurs fois, si bien qu'elle crut défaillir.

— Ils sont excellents, dit-il enfin d'un ton bourru. Exceptionnels, même. Partridge m'a informé que les domestiques étaient très satisfaits de l'attention que vous leur avez portée. Quant à moi, je suis ravi du résultat.

Il la scruta alors en fronçant ses sourcils épais.

— Cela vous a donné beaucoup de travail, je suppose.

— Dessiner me détend, milord.

À ses mots, il émit un petit grognement.

— Peindre autant de portraits vous prendra un certain temps et je crains que cela ne vous détende guère.

— Désirez-vous que je les peigne tous à l'huile ? Je me disais que le mieux serait peut-être des toiles de taille unique.

Elle lui montra alors le format modeste qu'elle avait sélectionné.

— Vous ne pensez tout de même pas mettre Partridge et le cireur de chaussures sur un pied d'égalité ?

— C'est que, milord, j'espérais dépeindre la personne et non l'emploi qu'il occupe.

— Voilà un concept intéressant. Dans ce cas, commencez tout de même par Partridge, Mrs French et Mrs Cook, sinon les domestiques se diront que les révolutionnaires ont pris la maison d'assaut et ont déclaré que nous étions tous égaux. Commandez tout ce dont vous avez besoin en termes de fournitures. Ranwick s'en chargera, même si je suppose que vous n'aurez pas de temps à y consacrer avant la célébration de vos noces.

Jane connaissait suffisamment Lord Westhaven à présent pour comprendre qu'il s'agissait d'un ordre et non d'une question.

— Très bien, milord.

Le vieil homme l'observa alors attentivement.

— Vous êtes une fille bien. Êtes-vous heureuse ? Pas de doutes alors que la date du mariage approche ?

— Aucun, répondit-elle d'une voix claire.

Elle se garda bien d'évoquer les inquiétudes qui la rongeaient. Elle se trouvait parfois bien présomptueuse d'avoir accepté d'embrasser cette nouvelle existence auprès d'un homme qu'elle aimait un peu plus chaque jour. Lorsque ses angoisses la submergeaient, elle s'isolait dans une pièce à l'abri des regards ou sortait dans le jardin. Ivo finissait toujours par la rejoindre et toutes ses craintes s'envolaient aussitôt.

— Vous êtes la femme dont mon garçon a besoin.

— Ce n'est plus un petit garçon, milord.

— Vraiment ? À mon âge, tous ceux qui ont moins de quarante ans sont encore des gamins.

Il afficha un sourire contrit qui lui rappela tant celui d'Ivo qu'elle ne put s'empêcher de rire.

— Il est quelque part dans le jardin. Rejoignez-le et dites-lui que James Foskett m'a écrit pour m'annoncer qu'il acceptait mon offre pour le terrain situé à l'ouest de la longue plantation. Il devra s'assurer que l'intendant du domaine fasse correctement le marquage car je n'ai nulle confiance en ce vieux renard de Foskett.

— Oui, milord.

Jane dévala l'escalier en fredonnant. Tous ces portraits à réaliser ! Et le marquis qui semblait content de son travail ! Elle trouva Ivo confortablement installé sur une chaise longue devant la fontaine, les jambes étendues, le regard fixé devant lui. Elle le trouva si beau qu'elle en fut troublée.

— Pourquoi souriez-vous ainsi ? lui demanda-t-il alors qu'elle s'asseyait à côté de lui.

— Je suis heureuse de vous voir, voilà tout. La fontaine semble vous causer quelques inquiétudes.

— L'eau s'écoule difficilement au niveau des deux nymphes et l'un des jets manque de puissance. Il faudra demander au plombier de s'en occuper avant le mariage.

— D'accord. Votre grand-père m'a chargée de vous transmettre un message au sujet de Sir James Foskett et du terrain qu'il a mis en vente. Ivo ! Il est satisfait des dessins que j'ai réalisés et me demande de faire des peintures à l'huile de tous les domestiques dont j'ai croqué le portrait ! N'est-ce pas merveilleux ?

— Si, même s'ils sont diablement nombreux ! C'est une tâche immense qu'il vous confie là.

Jane haussa les épaules.

— Il n'a pas fixé de date limite. Il m'a même interdit de commencer avant notre mariage.

— J'ajouterais ni avant notre lune de miel.

Les yeux d'Ivo parurent alors lancer des éclairs et son désir indicible réchauffa le cœur de Jane.

— Je ne permettrais pas à mon épouse de consacrer toute son attention aux domestiques, dit-il dans un grognement. Pas alors que je la veux rien que pour moi.

Jane sentit sa gorge se nouer.

— Combien de temps durera notre lune de miel ? Resterons-nous ici ?

Il ne lui était pas venu à l'esprit que les choses puissent se passer différemment. Elle serait comtesse, bien entendu. Et Ivo partagerait son lit. Elle deviendrait également la maîtresse de maison. Elle s'aperçut alors qu'elle n'avait peut-être pas listé ces trois choses selon leur ordre d'importance.

— Notre lune de miel durera aussi longtemps qu'il vous plaira et nous pourrons nous retirer dans l'aile de la maison qui nous est réservée. Nous pourrons également partir en expédition où bon vous semblera.

Encore des décisions à prendre !

— Me direz-vous quelque chose, en toute honnêteté ?

— Bien sûr.

Il fronça les sourcils et son visage renfrogné lui rappela l'homme qu'elle avait rencontré au beau milieu d'une terrible bagarre.

— Je ne suis pas un menteur, Jane, dit-il en lui jetant un regard interrogateur.

— Êtes-vous heureux de m'avoir demandée en mariage ?

— Bien entendu !

Il s'approcha d'elle et la prit dans ses bras.

— Ne voyez-vous pas à quel point je vous désire ?

— Ce n'est pas ce que je viens de vous demander, parvint-elle à articuler alors que sa détermination à connaître la vérité fondait comme neige au soleil.

Son corps réclamait ses caresses tout comme sa bouche était avide de ses baisers. Ainsi croirait-elle, l'espace d'un instant, que le désir et l'amour étaient une seule et même chose. Ce serait pourtant pure folie de croire à ce genre de mensonges.

— Oui, j'en suis très heureux, dit Ivo d'une voix posée.

Il avait le visage si près du sien qu'elle ne put l'observer attentivement, mais elle le crut sur parole.

— Vous êtes courageuse, intelligente, talentueuse. Nous rions beaucoup ensemble et nous éprouvons tous deux du désir l'un envers l'autre. On dirait que vous étiez destinée à rester ici.

Voulait-il parler de la demeure ou de ses bras ? Elle ne put le déterminer et ne lui posa pas la question. Cela lui suffisait, cela *devait* lui suffire, parce qu'elle l'aimait. Il ne lui restait plus qu'à espérer qu'un jour il éprouverait les mêmes sentiments à son égard.

— Oui ? De quoi s'agit-il ?

Jane sursauta puis comprit qu'Ivo ne s'adressait pas à elle. Troublée, elle recula d'un pas et aperçut Patrick, l'un des valets de pied. Ses pommettes rougies trahissaient son embarras et il garda le regard fixé sur la fontaine.

— Le courrier vient d'arriver, milord, et Mr Ranwick a dit que vous souhaiteriez prendre connaissance d'une des lettres le plus rapidement possible.

— Cela n'est peut-être pas si urgent, murmura Ivo. Dites à Mr Ranwick que je le rejoindrai bientôt.

— Très bien, milord.

— Vous m'accompagnez ? dit Ivo en lui prenant le bras. Cela a peut-être un lien avec les préparatifs du mariage et, si ce n'est pas le cas et qu'il s'agit simplement d'une histoire de bail ou de drainage de terrain, vous pourrez me remonter le moral lorsque Ranwick me donnera des explications à grands coups de détails fastidieux.

Alors qu'ils remontaient la légère pente qui rejoignait la terrasse, Jane se sentit heureuse comme elle ne l'avait jamais été. Ce n'était pas une question dont elle se préoccupait auparavant. Il était impossible d'ignorer quand on était malheureux ou effrayé ou joyeux. Mais être heureuse, de manière constante, était une grande nouveauté pour elle.

Alors qu'Ivo lui tenait la porte, Ranwick se leva prestement du grand bureau de son cabinet.

— Milord, Miss Newnham. Je dois vous parler de l'enquête menée par les avocats de votre grand-père et vous donner leur opinion sur la situation juridique de Miss Parris comme vous me l'aviez demandé, milord.

Jane sentit son estomac se contracter douloureusement. Elle prit place sur une des chaises alignées contre le mur, hors de la vue d'Ivo, le soupçonnant tout à coup d'avoir totalement oublié sa présence.

Ranwick tendit une liasse de papiers à Ivo.

— Pour résumer la situation, milord, sa tante et tutrice a fait en sorte que Meredith ne puisse s'accaparer l'argent de son épouse avant que celle-ci n'ait atteint ses vingt-cinq ans. D'ici à deux ans par conséquent. Il menace de porter l'affaire devant les tribunaux mais, comme les avocats du marquis savent qu'il n'a pas les ressources financières pour entreprendre une action en justice, ils doutent qu'il mette ses menaces à exécution. Miss Parris, je parle ici de la tante, a promis de les contacter si jamais Meredith intentait une telle action à son encontre. Je crains que le reste du rapport ne soit moins satisfaisant. Les éminents juristes qui se sont penchés sur la question confirment que la validité du mariage est conforme aux lois écossaises comme nous le présumions. Et comme Miss Parris – Lady Meredith – reste campée sur ses positions et affirme qu'elle n'a pas été victime d'un enlèvement, ni été influencée ou trompée d'aucune manière, sa famille ne peut absolument rien faire. Même si Daphne Meredith en personne venait à changer d'avis, elle ne pourrait plus revenir en arrière. La seule solution serait alors le divorce.

Ranwick jeta un coup d'œil à Ivo, qui n'avait jusque-là pas manifesté la moindre velléité de regarder les papiers qu'il tenait à la main.

— Nous aimerions savoir s'ils doivent poursuivre leurs investigations car leurs meilleurs agents s'occupent de cette affaire et assurent la filature de Sir Clement.

— Dites-leur de cesser leurs investigations, mais de m'informer immédiatement si les Parris ont besoin d'une quelconque assistance. Merci.

Sur ces mots, il tourna les talons et quitta la pièce. Jane adressa un sourire embarrassé au secrétaire et suivit Ivo.

— Je vous demande pardon, Jane, j'avais totalement oublié votre présence. Mais quel fichu bordel !

Il s'empressa d'ajouter d'un air contrit :

— Je vous demande pardon pour mon langage peu châtié.

— Peut-être que la perspective de toucher une fortune d'ici à deux ans fera patienter les créanciers de Sir Clement, et cela lui donnera peut-être l'occasion de réfléchir à son mode de vie, dit Jane sans trop y croire.

— Bien sûr. Et mon grand-père va bientôt devenir champion de danses folkloriques.

Ivo s'immobilisa tout à coup.

— Je n'aurais jamais dû laisser Ranwick s'occuper de toute cette affaire sans lui apporter mon aide. Le pauvre essaie tant bien que mal de m'apprendre à gérer le domaine de mon grand-père en plus de ses tâches habituelles et de l'organisation de notre mariage. J'ai complètement oublié de lui parler du message confirmant l'achat du terrain que vous m'aviez transmis un peu plus tôt. Vous voulez bien m'excuser, Jane ?

— Bien entendu.

Elle se dirigea à pas lents vers ses appartements. La nouvelle qu'Ivo avait apprise l'avait tellement affecté qu'il en avait oublié sa présence, avait proféré des jurons devant elle et se trouvait à présent des excuses pour lui faire faux bond.

Elle devait absolument arrêter de se torturer l'esprit, songea-t-elle en s'asseyant devant sa table d'écriture. Évidemment qu'il était bouleversé. Il aimait cette sale petite traîtresse, cette…

Elle passa en revue un nombre incalculable d'expressions plus grossières les unes que les autres et peina à faire preuve de la compassion qu'elle aurait dû ressentir à l'égard de cette pauvre jeune femme.

Pauvre jeune femme ? Elle avait demandé à ses sbires de s'occuper d'Ivo ! Même si tout le monde pouvait être amené un jour à commettre des erreurs, rien ne pouvait justifier l'usage de la violence.

Jane s'empara d'un bloc de papier à lettres, trempa sa plume dans l'encrier et se mit à écrire.

Ma chère cousine Violet,

J'espère que l'état de santé de ta sœur continue de s'améliorer et que le moral est bon...

Vingt minutes plus tard, sa lettre terminée, elle ouvrit la boîte à poudre pour sécher l'encre encore humide. Voilà qui était mieux. Parler à Violet, même à distance, lui avait permis de retrouver son calme et l'avait ramenée à des considérations bien plus charitables.

Daphne avait sans doute envoyé ces brutes aux trousses d'Ivo parce qu'elle était effrayée et ne savait comment riposter aux arguments que ce dernier lui avait assénés. Cela n'excusait nullement sa conduite mais pouvait l'expliquer en partie.

Elle se mit à mâchonner nerveusement l'extrémité de son porte-plume.

Si Ivo était capable de pardonner à Daphne, elle pouvait bien y parvenir elle aussi. Du moins l'espérait-elle.

Ivo se débattait avec les complexités juridiques relatives aux baux que son grand-père avait accordés tout en essayant d'effectuer un examen de conscience rationnel. Quel incroyable gâchis. Si Daphne lui avait écrit pour l'informer que la promesse qu'ils s'étaient faite des années plus tôt la rendait malheureuse, il lui aurait aussitôt rendu sa liberté. Il était rentré en Angleterre dès qu'il avait eu vent de l'incroyable imbroglio dans lequel elle se trouvait avec Meredith, mais il n'avait rien pu faire pour empêcher leur fugue amoureuse. Il s'était ensuite démené pour clarifier la situation légale de Daphne, mais puisqu'elle ne désirait nullement faire annuler son mariage, il n'était pas possible d'intervenir.

Il tenta alors d'imaginer Jane dans une position similaire et n'y parvint pas. Elle lui aurait écrit une longue série de lettres dans lesquelles elle se serait d'abord enquise de sa santé et aurait fini par lui annoncer qu'elle ne désirait plus l'épouser. Et s'il ne lui avait pas répondu, elle aurait sans doute embarqué sur un navire marchand puis débarqué dans son camp militaire pour exiger qu'il lui donne des explications au sujet des négligences dont il était coupable envers elle.

Cette idée le fit sourire. En entendant Ranwick s'éclaircir la gorge tout à coup, Ivo essaya de se concentrer à nouveau sur l'affaire qu'ils traitaient.

— Cela peut attendre un jour ou deux, milord, si cela ne vous arrange pas de vous en occuper maintenant.

— Non, j'étais simplement perdu dans mes pensées. Expliquez-moi cette clause particulière, je vous prie.

— Aïe !

— Je suis désolée, Miss Newnham, marmonna l'assistante de la modiste, la bouche remplie d'épingles.

— Ne vous excusez pas, c'était ma faute, je ne tiens pas en place, reconnut Jane.

Cela faisait une demi-heure qu'elle se tenait sur un tabouret tandis que les couturières s'activaient sur l'ourlet de sa robe de mariée. Elles l'avaient d'abord rallongé, puis en accord avec Betsy, sa nouvelle femme de chambre, et avec la grand-tante Honoria qui supervisait les opérations depuis le fauteuil le plus confortable, un verre de sherry à la main, elles décidèrent de concert de le raccourcir d'un centimètre.

Jane commençait à perdre patience. Ivo n'aurait que faire de la longueur de son ourlet – à moins que sa robe ne lui arrive à mi-mollet ou plus haut encore… Son décolleté l'intéresserait davantage. Elle baissa la tête et se réjouit en constatant que la robe mettait particulièrement sa poitrine en valeur tout en restant bien entendu dans les limites des convenances.

Même s'il s'était montré extrêmement prévenant envers elle, Ivo semblait toujours un peu distrait depuis qu'il avait reçu des nouvelles des avocats chargés de défendre les intérêts de Daphne. Les hommes étaient décidément de bien mystérieuses créatures.

Perchée sur son tabouret devant la grande baie vitrée qui surplombait la porte d'entrée, Jane avait tout le loisir de regarder ce qui se passait dehors alors que les couturières la faisaient tourner sur elle-même, la poussaient dans un sens ou dans l'autre, voire la piquaient malencontreusement.

Alors qu'on lui demandait une nouvelle fois de se tourner, elle remarqua un véhicule qui fonçait droit vers la demeure.

— Une voiture arrive, Lady Gravestock, dit-elle.

— Qui cela peut-il bien être ?

La vieille dame posa aussitôt son verre de sherry sur une table basse.

— Où est donc passée ma canne ?

La calèche s'était à peine immobilisée qu'un valet de pied sauta de l'arrière du véhicule, ouvrit la portière et actionna le mécanisme du marchepied avant d'aider une jeune femme de petite taille à sortir de voiture. Jane tendit le cou. Blonde, fragile, le teint pâle. Elle ne voyait pas qui cela pouvait être.

Et, tout à coup, une vague d'inquiétude la submergea. Était-il possible que ce soit… ? Elle descendit du tabouret tant bien que mal, son ourlet à demi épinglé, et se précipita vers la porte. Penchée au-dessus de la rambarde qui surplombait le hall d'entrée, elle ignora Lady Gravestock qui exigeait qu'elle revienne sur-le-champ pour lui dire qui leur rendait visite à cette heure matinale.

Lorsqu'un valet vint ouvrir la porte, elle retint son souffle.

La jeune femme entra alors en trombe sans demander son reste.

— Lord Kendall, dit-elle d'une voix pressante.

— Qui dois-je annoncer, milady ?

— Contentez-vous d'aller le chercher ! Allez-y !

Jane entendit aussitôt une porte s'ouvrir et un bruit de bottes qui claquaient sur le marbre.

— Henry ? Que se passe-t-il ? *Daphne ?*

Jane crut défaillir.

— Oh ! Ivo, il faut absolument que tu m'aides !

Jane la vit courir pour se jeter dans ses bras puis se mettre à sangloter contre son épaule avant de relever légèrement la tête.

— Oh ! Ivo, je l'ai *tué*.

Chapitre 17

Jane releva le bas de sa robe et descendit l'escalier en s'accrochant tant bien que mal à la rampe. Ivo tenait toujours Daphne dans ses bras, qui pleurait à présent à chaudes larmes, accrochée à lui.

Qui avait-elle tué ? *Son mari ?*

Jane sentit sa gorge se nouer. Si Sir Clement n'était plus de ce monde, cela signifiait que Daphne était veuve.

Mais une meurtrière.

Ivo n'allait tout de même pas épouser une meurtrière !

Mais il était comte et, à ce titre, il avait beaucoup d'influence.

Cette prise de conscience la paralysa alors qu'elle posait le pied sur la dernière marche. Jane en profita pour retrouver son calme. Elle serra si fort la boule d'escalier qu'elle se fit mal. Elle se concentra sur la douleur jusqu'à ce que sa respiration s'apaise. Elle devait absolument reprendre ses esprits. Dire qu'elle avait été à deux doigts d'attraper cette femme par l'épaule pour l'arracher des bras d'Ivo et la mettre à la porte !

Quelqu'un était mort et c'était tout ce qui importait à présent. La façon dont cet événement l'affecterait passait au second plan. C'était tout au moins ainsi qu'une personne respectable devait réagir. Ses ongles s'enfoncèrent un peu plus dans la cire qui recouvrait le griffon sculpté et elle comprit qu'elle n'était pas capable d'une telle abnégation.

— Daphne, calme-toi, dit Ivo avec une fermeté qui

contrastait avec l'hystérie qui secouait celle-ci. Je ne peux pas te venir en aide si je ne comprends pas ce qui s'est passé.

Mais cela ne fit qu'empirer les choses.

Des domestiques se mirent à affluer dans le hall d'entrée. Jane aperçut également une étrange jeune femme, probablement la femme de chambre de Daphne, et Eunice, un vase plein de fleurs à la main, qui contourna Ivo et Daphne avant de la rejoindre en bas de l'escalier.

— Miss Newnham ? Mais que se passe-t-il ? Lady Gravestock va beaucoup s'inquiéter.

— C'est Lady Meredith. Je vous en prie, donnez-moi ce vase et allez voir ce que vous pouvez faire pour rassurer Lady Gravestock.

Visiblement déconcertée, Eunice cligna plusieurs fois des paupières mais lui tendit sa composition florale sans élever la moindre protestation avant de s'élancer en direction de l'escalier.

Jane se précipita sans attendre vers Ivo et Daphne.

— Ivo, je vous suggère de lui laisser de l'air. Lady Meredith, vous allez finir par vous rendre malade, ressaisissez-vous un peu !

Les hurlements reprirent de plus belle, comme Jane s'y était préparée.

— Ivo !

Il la regarda avec étonnement mais ne bougea pas d'un centimètre pour autant. Elle n'avait plus le choix. Jane jeta les fleurs par terre… puis déversa l'eau du vase sur la tête de Daphne.

Cette dernière poussa un cri perçant qui lui glaça le sang.

— Mais vous êtes complètement…

— Oh ! mais ne me remerciez pas ! C'était la moindre des choses vu l'état de détresse dans lequel vous vous trouviez. L'hystérie ne fera qu'empirer les choses, vous savez. Partridge, auriez-vous la gentillesse de m'envoyer Mrs French dans le salon bleu avec des serviettes et du thé. Êtes-vous la femme de chambre de Lady Meredith ? Oui ? Dans ce cas, suivez-nous et aidez votre maîtresse à ôter ses vêtements mouillés.

Sur ces mots, Jane empoigna fermement Daphne par le bras et l'emmena dans la pièce de réception la plus proche, ignorant les hoquets et les protestations de celle-ci. Une fois la porte soigneusement refermée derrière elles, Jane lui ordonna de s'asseoir.

Alors que la femme de chambre ouvrait une malle en cuir en toute hâte, Mrs French fit irruption dans la pièce, les bras chargés de serviettes.

— Le thé ne va pas tarder à être servi, Miss Newnham. Miss Parris ! Enfin, Lady Meredith, devrais-je plutôt dire. J'espère sincèrement que vous allez bien.

Daphne lui adressa un petit sourire timide.

— Vous êtes si gentille, Mrs French.

Puis elle lança un regard méfiant en direction de Jane.

— Mon Dieu, j'ai si froid.

Elles lui ôtèrent sa pelisse et sa robe et enveloppèrent sa chevelure d'une serviette. Daphne s'empara d'une autre serviette et s'en enveloppa en grelottant.

Jane se sentit terriblement mal à l'aise tout à coup. Elle ne devait pas laisser la peur la submerger. Dans le feu de l'action, ses pensées s'étaient momentanément arrêtées de tourner dans sa tête, mais le processus risquait de reprendre de plus belle.

— Voilà le thé. Buvez-le, Lady Meredith. Je vous ai ajouté du sucre, cela vous fera du bien.

— Je veux m'habiller, je vous en prie, dit-elle en tremblotant, ignorant la tasse de thé. Derrière ce paravent.

Peters, la femme de chambre, l'aida à se vêtir tandis que Mrs French et Jane se regardaient en silence. Puis la gouvernante murmura :

— Que s'est-il passé ?

— Je ne suis pas sûre, répondit Jane dans un souffle, mais je crois qu'un accident fatal est arrivé à son mari.

Daphne émergea alors, habillée de vêtements secs. Elle était d'une pâleur extrême et arborait un air tragique qui lui allait à ravir. Elle était d'une beauté à couper le souffle. Son visage ne portait aucune marque de la terrible scène qui venait de se dérouler. Comment faisait-elle ? Après une telle crise de larmes, Jane aurait eu le nez qui coulait, les joues écarlates et les yeux gonflés.

— Vous sentez-vous un peu mieux à présent, Lady Meredith ? demanda Jane.

Daphne se laissa tomber dans un fauteuil et accepta la tasse de thé que Mrs French lui tendit.

— Qui êtes-vous ? demanda-t-elle en la défiant du regard.

— Jane Newnham. Lord Kendall et moi allons nous marier dans dix jours.

À ses mots, Daphne tressaillit si fort qu'elle manqua s'étrangler en buvant son thé.

— Je veux parler à Ivo.

— Je le comprends fort bien. Mrs French, auriez-vous l'amabilité de demander à Lord Kendall de nous rejoindre ? Nous n'allons pas vous retenir plus longtemps. Je sais à quel point les préparatifs du mariage vous accaparent. Pourriez-vous emmener la femme de chambre de Lady Meredith ? Je suis sûre qu'elle voudra préparer la chambre de sa maîtresse.

Mrs French et Peters acquiescèrent et se dirigèrent aussitôt vers la porte. Un silence de mort s'ensuivit. Jane ne se donna pas la peine de le rompre. Son instinct lui disait qu'elle se trouvait en présence d'une ennemie et lui parler risquait de l'amener à trahir sa plus grande faiblesse. Elle *aimait* Ivo, et le pouvoir que cette femme avait sur lui la terrifiait plus que tout.

Ivo entra dans la pièce, le visage inexpressif. Il s'était changé. Il y avait donc eu des dégâts collatéraux…

— Ivo, dit Daphne dans un souffle alors qu'il s'asseyait.

Elle jeta alors un coup d'œil en direction de Jane qui signifiait clairement qu'elle n'était pas la bienvenue. Jane s'adossa à son fauteuil, bien déterminée à ne pas se laisser impressionner.

— Que s'est-il passé, Daphne ? demanda Ivo. Nous ne pouvons pas te venir en aide si nous ne connaissons pas les faits tels qu'ils se sont déroulés.

La jeune femme serra ostensiblement les lèvres en entendant ce « nous » puis se tamponna les yeux à l'aide d'un mouchoir.

— Clement est mort, dit-elle enfin. Je l'ai tué.

— Quand ? Comment ?

— Où ? ajouta Jane.

— Chez nous, bien entendu. Il y a trois jours de cela. Il est tombé dans l'escalier. Nous avons eu une dispute terrible et… il se peut que je l'aie poussé.

— Étiez-vous en état de légitime défense ? demanda aussitôt Jane.

Ivo lui lança un regard courroucé mais Jane insista.

— Cherchiez-vous à vous défendre ?

Elle n'aimait peut-être pas Daphne, la craignait même, mais si le mari de celle-ci l'avait menacée, elle avait parfaitement le droit de se défendre.

— Depuis qu'il avait découvert qu'il ne pouvait pas toucher ma dot parce que Ivo a conseillé à mes tantes de l'en empêcher par tous les moyens, il était en rage. Une rage terrible.

Les yeux baignés de larmes, elle dévisagea Ivo d'un air mauvais.

— Je n'en reviens toujours pas que tu aies pu me faire une chose pareille ! Tu m'aimes. Tu aurais dû souhaiter mon bonheur.

Ivo se changea aussitôt en statue. Jane fit de son mieux pour lire les émotions qui le traversaient mais il ne laissa rien transparaître.

— Je me suis assuré de donner les conseils juridiques les plus avisés à tes tantes. Je m'inquiétais pour toi et j'avais manifestement raison de me méfier de Meredith. L'argent de ta dot est bloqué jusqu'à tes vingt-cinq ans. Il n'aurait pas pu le toucher avant deux longues années, Daphne. À moins que ta tutrice n'autorise la banque à le faire. Mais ce n'est pas cela qui nous préoccupe. Raconte-moi ce qui s'est passé.

— Il était ivre, dit Daphne. Il l'était chaque soir depuis qu'il avait compris qu'il ne pourrait pas toucher mon argent. Nous nous trouvions tous les deux en haut de l'escalier. Il m'a prise par le bras et a commencé à me secouer dans tous les sens. Je me suis dégagée comme j'ai pu, je l'ai poussé et il… il a dégringolé dans l'escalier. J'ai tout de suite compris qu'il était mort. Son cou avait une position impossible, ses yeux étaient grands ouverts et il y avait du sang partout.

— C'était un accident, dit Ivo. Il était ivre, a perdu l'équilibre et est tombé. Qu'ont dit le médecin légiste et le magistrat en charge de l'enquête ?

— Ils ont dit qu'il empestait le cognac et les domestiques leur ont confirmé qu'il avait beaucoup bu.

Daphne détourna alors le regard et se mit à lisser nerveusement les plis de sa robe.

— Mais ensuite j'ai entendu deux valets de pied murmurer que je l'avais peut-être poussé volontairement et ils ont laissé entendre qu'il valait mieux que j'augmente leurs salaires si je ne voulais pas qu'ils racontent ce qu'ils avaient vu. Je me suis aussitôt précipitée vers les écuries, j'ai demandé à John de préparer la voiture et je me suis enfuie. Pour venir te voir.

— Qui d'autre était présent lorsqu'il est tombé ? demanda Jane alors qu'Ivo levait les mains en l'air d'un air désespéré.

— Les domestiques. Ce sont eux qui ont appelé l'agent de police et Sir William Horton, le magistrat.

— Ils lui ont certainement dit que c'était un accident, sinon la police aurait posé d'autres questions. Je ne vois pas comment les valets de pied pourraient vous mettre en cause a posteriori. Tout le monde comprendra qu'ils cherchent à vous faire du chantage. Vous enfuir était certes très imprudent, mais je suppose que le magistrat comprendra votre réaction. C'était la première fois que vous voyiez un cadavre, je suppose. Vous étiez terriblement effrayée, sous le choc. Cela amène parfois à prendre des décisions incongrues.

À ces mots, Daphne se recroquevilla sur son siège.

— Lorsqu'il est tombé… j'ai ri. Que se passera-t-il si les domestiques en parlent lors de l'enquête ?

— Cela sera mis sur le compte d'une crise d'hystérie, dit Ivo d'un ton assuré.

— Qu'avez-vous dit à votre époux ? demanda Jane. Et qu'est-ce que les domestiques auraient pu entendre ?

Daphne ne devait surtout pas être jugée coupable. Ivo se le reprocherait toute sa vie. Elle devait simplement passer pour une fille un peu sotte qui n'en faisait qu'à sa tête. Cela ne méritait pas de lui passer la corde autour du cou.

— Je lui ai hurlé aux oreilles que je le détestais. Et que je préférerais qu'il soit mort. Je lui ai également dit qu'il m'avait menti sur toute la ligne et ne s'intéressait qu'à mon argent. Je l'ai menacé d'aller tout raconter à Ivo. J'ai dit qu'Ivo viendrait le tuer de ses propres mains quand il verrait à quel point je suis malheureuse.

— Tu ne l'as pas menacé de le tuer en personne, c'est déjà ça, dit Ivo d'une voix blanche.

— Je l'ai peut-être fait, dit Daphne. Je ne m'en souviens pas. C'était une scène terrible, tu sais.

Sa lèvre inférieure se mit à trembler et les larmes recommencèrent à lui couler sur les joues.

— Quand l'enquête doit-elle avoir lieu ?

— Aujourd'hui.

— Mais tu as certainement dû être convoquée en qualité de témoin ?

— Cela aurait été horrible. J'étais effrayée et il n'y avait personne pour me venir en aide. Mes tantes me détestent.

— Non, ce n'est pas vrai, elles…

— Il n'y a que toi, Ivo !

Jane eut soudain l'impression d'être au beau milieu d'une tragédie grecque.

Cela aurait fait une belle peinture.

— J'étais si triste que tu m'aies abandonnée, Ivo, mais je te pardonne. Ne peux-tu pas me pardonner, de ton côté ?

— Vous l'avez fait rouer de coups par vos sbires, lança Jane d'un ton tranchant. *Quatre brutes.* Ils auraient pu le tuer ! Ou le blesser très grièvement. Est-ce là ce pardon dont vous voulez parler ?

Daphne se tourna vers elle, arborant toujours ce même air tragique qui lui allait comme un gant.

— Oh ! non ! Ce n'était pas moi. Comment pouvez-vous croire une chose pareille ? Clement est rentré à la maison et les domestiques lui ont dit qu'Ivo était passé et venait juste de quitter les lieux. Cela l'a rendu furieux et il a hurlé qu'il allait s'en occuper. Je pensais que cela signifiait qu'il allait envoyer une lettre à Ivo pour lui dire de ne plus m'approcher. Ivo, as-tu été sérieusement blessé ? Je ne le supporterais pas. Je suis vraiment désolée.

Elle se leva en tremblant et allait sans doute se jeter dans ses bras mais Jane s'interposa.

— Il faut venir vous allonger, Lady Meredith, vous allez finir par vous rendre malade.

— Ne m'appelez pas ainsi. Je n'aurais jamais dû l'épouser ! Mais j'étais si malheureuse…

Jane l'empoigna par le bras et l'entraîna vers la porte tout en se rendant compte tout à coup qu'elle portait toujours sa robe de mariée pleine d'épingles.

Il était hors de question que Daphne se mette à sangloter sur la soie de sa robe et y laisse la moindre marque.

— Venez, Daphne. Votre chambre doit être prête à présent.

Elles montèrent rapidement l'escalier. Jane la confia à Peters, referma sans attendre la porte de la chambre à coucher et s'y adossa un instant, le temps de retrouver son calme avant de descendre rejoindre Ivo.

Daphne était vraiment très belle. Elle était effrayée, fragile et avait besoin d'aide. Et Ivo l'avait aimée. Il devait toujours l'aimer, à vrai dire, sinon pourquoi aurait-il éludé la question chaque fois qu'elle lui avait demandé ce qu'il éprouvait envers cette femme ?

Il se sentait coupable de négligence envers son amour de jeunesse. Il n'avait pas trouvé la force d'effacer les anciennes inscriptions dans l'ermitage, et voilà que cette Daphne affirmait à présent n'être nullement responsable du guet-apens dans lequel il était tombé.

Jane pouvait peut-être descendre annoncer à Ivo qu'elle le libérait de ses engagements. Cela provoquerait sans doute un horrible scandale. Mais ce ne serait peut-être pas si terrible si elle annulait le mariage immédiatement. Daphne devrait porter le deuil et Ivo ne pourrait sans doute pas l'épouser avant une période d'un an, mais ils avaient toute la vie devant eux, après tout. Quoi de plus naturel ? Deux amoureux de longue date allaient enfin se marier.

Jane sentit brusquement ses genoux se dérober et des tremblements incontrôlés la secouèrent de toutes parts. Il était *hors de question* de s'effondrer devant tout le monde ! Elle devait absolument se reprendre.

L'homme qu'elle aimait pouvait à présent épouser la femme qu'il aimait. Deux choix s'offraient à elle. Soit elle se battait et insistait pour que le mariage ait bien lieu. Elle passerait alors le reste de son existence auprès d'un homme qui aimait une autre femme. Soit elle abandonnait la partie et les laissait vivre heureux comme ils le souhaitaient.

Ce n'était pas ce qu'on appelle un choix, en définitive. Elle allait commencer par enlever cette satanée robe de mariée et renvoyer les couturières chez elles. Elle irait ensuite parler à Ivo. Et finirait le cœur brisé.

— Que voulez-vous faire ? s'étrangla Ivo. Vous rompez nos fiançailles ?

Il résista à l'envie de se pincer. Quand cette journée infernale prendrait-elle fin ? Les cauchemars se succédaient à une telle cadence !

Jane prit place de l'autre côté du bureau. Elle l'avait rejoint alors qu'il écrivait des lettres au médecin légiste et au magistrat du district où résidait Meredith, promettant que Lady Meredith, bien que prostrée suite au choc qu'elle avait subi et au chagrin qui l'accablait, serait de retour dès le lendemain pour assister à l'enquête qui avait dû être repoussée suite à son absence. Il venait juste d'expliquer que Lady Meredith s'était réfugiée chez son grand-père, un vieil ami de la famille, n'ayant personne vers qui se tourner, quand Jane était entrée dans la pièce.

Elle était très pâle mais semblait à la fois posée et parfaitement lucide. Ni hystérique ni ivre, ce qui aurait été parfaitement excusable étant donné les circonstances.

— Vous voulez épouser Daphne et moi je veux devenir artiste, dit-elle.

Sa voix trembla légèrement, ce qui était compréhensible. Ivo faillit en lâcher son porte-plume.

— Je vous rappelle que nous avons décidé de nous marier pour éviter un scandale, reprit-elle. Et parce que vous aviez perdu Daphne à jamais. Mais ce n'est plus le cas aujourd'hui. Je vais rompre nos engagements et, si on m'en demande la raison, je répondrai que je ne me sentais pas à la hauteur des responsabilités inhérentes à votre rang de noblesse. Non seulement cela ne surprendra personne, mais tout le monde reconnaîtra que vous vous êtes conduit en gentleman en me demandant ma main. Vous n'aurez qu'à attendre la fin du deuil que Daphne devra porter pour enfin mener l'existence dont vous rêviez.

Elle reprit son souffle l'espace d'un instant.

— Dans l'intervalle, vous me prêterez les fonds dont

j'ai besoin pour m'établir dans un lieu de villégiature prisé. Scarborough ou Brighton par exemple. Je changerai de nom et je vous rembourserai au fur et à mesure de mes rentrées d'argent.

— Pardonnez-moi si cela vous paraît arrogant de ma part, mais je pensais que vous aviez fini par vous faire à l'idée de m'épouser, dit Ivo, tout étonné de pouvoir garder son calme. Je croyais également que vous ne désiriez plus vraiment ouvrir un atelier d'artiste.

— Je vous apprécie beaucoup et je suis certaine que nous nous serions entendus de la plus aimable des façons. Mais nous ne sommes plus obligés de le faire, Ivo.

Elle se pencha alors vers lui avec le plus grand sérieux.

— Vous ne vous en rendez peut-être pas compte mais nous avons l'occasion inespérée de pouvoir réaliser, vous et moi, notre rêve le plus cher. Nul besoin de faire le moindre compromis, à présent. Si vous me prêtez l'argent dont j'ai besoin pour monter mon affaire, je suis certaine de le faire fructifier.

— Jane, réfléchissez bien à la décision que vous allez prendre. Vous savez que vous pourrez peindre à votre guise lorsque nous serons mari et femme. Je vous ai promis de ne jamais vous empêcher d'exercer votre art.

— Oui, mais n'oubliez pas non plus ce que je vous ai souvent répété. Je n'ai *pas* envie de me marier. Sauf s'il s'agit d'un mariage d'amour. Je ne vois pas pourquoi je vous épouserais maintenant que la donne a changé.

Elle se leva d'un bond et Ivo l'imita, le cœur lourd.

Il mourait d'envie de la prendre dans ses bras, mais il ne put se résoudre à l'implorer de réviser son jugement. Il était littéralement sous le choc. Non seulement elle ne s'était pas habituée à l'idée de l'épouser, mais elle semblait très heureuse que « la donne ait changé ».

Sans compter que Jane n'était pas du genre à agir sous le

coup de l'impulsion. Elle semblait avoir mûrement réfléchi à la question.

— Je vais écrire à mes parents, à ma cousine Violet et à mes demoiselles d'honneur pour les informer de ma décision. Je leur dirai que nous ne nous entendons pas. Je crains que le pauvre Mr Ranwick ne soit fort occupé demain à annuler toutes les invitations et à mettre un terme aux préparatifs du mariage.

Abasourdi par cet ultime coup de massue, Ivo la regarda sortir du bureau sans rien dire. Alors que la porte se refermait lentement sur la femme qu'il aurait dû épouser dans une dizaine de jours, il se laissa mollement retomber sur son fauteuil. Il devait absolument essayer de réfléchir à tête reposée. Qu'avait-il fait pour lui donner l'impression qu'il aimait toujours Daphne ? Parce que ce n'était pas le cas, il en était tout à fait certain à présent. L'avait-il seulement jamais aimée ? Ne s'était-il pas simplement laissé éblouir par sa beauté et flatter par l'adoration qu'elle lui vouait ?

Il termina d'écrire les lettres qui devaient être envoyées de toute urgence et sortit à la recherche de Ranwick.

— Veillez à ce qu'elles partent en express, lui demanda-t-il, avant de retourner s'enfermer dans le bureau.

Il avait besoin de s'occuper, de faire quelque chose, de toute urgence. Quelque chose de physique. Monter à cheval et partir au galop. Ou fendre du bois. Ou prendre un marteau et un burin pour effacer cette fichue inscription dans l'ermitage. Il s'était promis de le faire depuis quelque temps et l'avait remis à plus tard chaque fois qu'il y avait pensé. Peut-être qu'il y verrait plus clair ensuite ?

Il trouva ce qu'il cherchait dans la cabane à outils qui jouxtait l'abri à bois. Il se dirigea ensuite à grands pas vers le fossé. Une unique pensée tournait en boucle dans sa tête. Jane souhaitait rompre leurs fiançailles !

La porte de l'ermitage était entrouverte. À peine était-il entré qu'il s'immobilisa. Le sol poussiéreux était couvert d'empreintes de pas. Les siens mais également ceux de chaussures bien plus petites que les siennes. Quant aux monceaux de poussière qu'il avait éparpillés sur le rebord de la fenêtre, ils n'étaient pas non plus tels qu'il les avait laissés. Il les avait parfaitement lissés. Quelqu'un les avait remués, c'était évident.

Jane ! Jane était venue ici, avait lu l'inscription et savait donc avec certitude qu'il avait aimé Daphne. Et voilà qu'elle le libérait de ses engagements à présent !

Il leva son marteau et se mit à marteler la pierre meuble comme un forcené, jusqu'à ce que l'inscription ne soit plus qu'un trou sans forme. Cet accès de violence contrôlée le calma un peu. Jane se trompait lourdement sur les sentiments qu'il éprouvait envers Daphne. Pour autant, il n'avait pas de certitude absolue sur les raisons qui avaient incité Jane à rompre ses engagements. Était-ce l'expression d'une prévenance et d'une abnégation qu'aucune femme à part elle n'aurait pu avoir ? Ou était-elle simplement heureuse d'avoir trouvé une bonne excuse pour se libérer à jamais d'un mariage dont elle ne voulait pas ?

Le lendemain matin, lorsqu'il vit Jane descendre l'escalier, des lettres à la main, il prit sur lui pour ne pas la serrer dans ses bras.

— Ivo, pouvez-vous donner ces lettres à Mr Ranwick ? J'ai bien peur de ne pas pouvoir… Je préférerais ne pas devoir tout lui expliquer.

— Oui, bien entendu.

Il prit les lettres de ses longs doigts glacés et lui retourna le pâle sourire qu'elle venait de lui adresser avant qu'elle ne remonte l'escalier en toute hâte. Le cœur gros, Ivo se dirigea d'un pas lent vers le bureau de Ranwick, agitant nerveusement les lettres tout en marchant. Puis lui vint une idée. Et s'il jetait un coup d'œil à ce que Jane avait écrit ?

Peut-être pourrait-il lire entre les lignes et mieux comprendre les sentiments qui l'animaient ? C'était très indiscret de sa part, mais… Au diable ! Il ne laisserait passer aucun indice.

Quand il reposa la dernière lettre, un peu plus tard, les motivations secrètes de Jane lui apparurent en pleine lumière. Il savait ce qu'il lui restait à faire, à présent.

— Ranwick ?

— Milord ?

— Je vais avoir besoin de votre aide.

Chapitre 18

Qui allait prévenir le marquis que le mariage était annulé ? Jane sentit sa gorge se nouer. Cette tâche lui incombait sans doute, puisque c'était elle qui rompait les engagements qu'elle avait pris. Même si ce ne serait pas une partie de plaisir, se concentrer sur les propos qu'elle devrait tenir face au vieil homme était bien plus facile que de songer à l'impensable. Elle allait perdre Ivo ! Elle lui avait certifié qu'ils pourraient tous deux réaliser leur rêve le plus cher mais ce n'était qu'un pur mensonge. Ivo, voilà ce qu'elle désirait plus que tout au monde. Mais le bonheur de ce dernier primait sur le sien.

Jane se recroquevilla dans le fauteuil du petit salon attenant à sa chambre et tenta tant bien que mal de mettre un peu d'ordre dans ses pensées et dans les sentiments qu'elle éprouvait. Elle serait bientôt libre et indépendante. Elle allait gagner sa vie en peignant et n'aurait ni mari ni parents sur le dos pour lui répéter à longueur de journée ce qu'elle devait faire. Mais était-ce réellement ce qu'elle désirait ?

Non. Il lui fallut quelques minutes pour le reconnaître enfin. Si elle avait accepté d'épouser Ivo, c'était parce qu'elle le désirait vraiment. Il n'y avait jamais eu le moindre conflit entre eux. Elle lui faisait entièrement confiance. Parce qu'elle savait qu'il n'interférerait jamais avec son art.

Le moment était venu de regarder la vérité en face. C'était l'acte de création lui-même qui lui procurait un bonheur indescriptible. Elle avait une folle envie de s'accomplir en tant qu'artiste, mais elle n'avait nullement envie d'ouvrir un atelier, ni de consacrer son temps et son énergie à joindre les deux bouts. Réussir son mariage avec Ivo, voilà un défi qu'elle aurait aimé relever. Elle ne se voyait pas négocier avec le propriétaire de son atelier ou coordonner les ouvriers qui remettraient les lieux en état. Pas plus qu'elle ne rêvait de devoir parlementer avec les clients ombrageux. Ivo avait très bien compris ce qu'elle désirait. Même si elle parvenait à gagner correctement sa vie en peignant, toutes ces contingences matérielles finiraient par lui peser et lui gâcher son plaisir.

Jane pensa soudain à Melissa. C'était celle qui avait le plus d'ambition parmi toutes ses amies. Melissa ne rêvait pas uniquement de devenir écrivain. Elle désirait réformer la société de fond en comble. Obtenir le droit de vote pour les femmes, des droits égaux devant le mariage, le droit de disposer de son argent à sa guise, le droit de devenir médecin ou avocat pour tout un chacun. Toutes les choses qui étaient interdites aux femmes figuraient en bonne place sur la liste des réformes que Melissa désirait voir aboutir de son vivant. Et, pour l'instant, la ferveur avec laquelle elle envisageait ces profonds changements lui donnait la matière dont elle avait besoin pour ses romans. Mais Jane ne possédait pas l'optimisme indéfectible de son amie et serait sans doute rapidement brisée par les combats qu'elle devrait mener en vivant en marge de la bonne société.

— Tu ne vois pas les choses en grand, lui avait dit Melissa au beau milieu d'un débat passionné. Tu auras à te battre, c'est vrai, mais uniquement pour les gens que tu croiseras ou pour les choses qui t'affectent personnellement. Mais je te connais, tu chercheras toujours le compromis et la paix.

Son amie disait vrai. Elle avait vu Ivo en mauvaise posture à Kensington et l'avait emmené à Bath malgré les récriminations de ce dernier. Elle était tombée amoureuse de lui et s'était promis de faire tout ce qu'il fallait pour réussir leur mariage, tout en espérant qu'il finisse par l'aimer à son tour. Elle devait à présent trouver un nouveau compromis et s'assurer qu'ils vivent en paix tous les deux. Quel dommage que ce soit au prix de telles souffrances.

— Jane, j'ai besoin de votre aide.

Elle s'attendait si peu à entendre la voix d'Ivo qu'elle sursauta et se cogna le coude sur le rebord de la fenêtre.

— Ivo ?

— Je suis désolé de vous avoir effrayée, j'ai pourtant frappé plusieurs fois à votre porte.

— J'étais en train de réfléchir à la façon dont j'allais annoncer la nouvelle à votre grand-père et…

Ivo l'interrompit d'un geste de la main.

— Il s'est rendu à Farrington et devrait y passer au moins une nuit. Je crois que le comte et lui veulent se lancer dans l'élevage de chiens de chasse. Il faut que je raccompagne Daphne chez elle. Plus nous attendrons, plus la situation empirera. Mais je ne peux pas l'emmener seul. Cela provoquerait toutes sortes de commérages. Accepteriez-vous de venir ? Je laisserai une lettre à l'attention de mon grand-père.

Jane le regarda sans comprendre. Il lui fallut quelques instants pour saisir ce qu'il lui demandait au milieu des tristes pensées qui l'accablaient.

— Vous me demandez de lui servir de… chaperon ?

Comment *osait-il* lui demander une chose pareille ? Elle s'apprêtait à élever des protestations véhémentes quand elle se ravisa tout à coup. Ivo avait raison. Si des témoins avaient entendu Daphne lancer à la figure de son mari qu'elle désirait qu'Ivo vienne lui porter secours, il serait difficile de faire taire les mauvaises langues. Le fait que celle-ci se soit précipitée chez lui était suffisamment compromettant comme cela. S'ils voyageaient ensemble sans le moindre chaperon, cela ne ferait que renforcer les soupçons. Et cela pourrait également suggérer qu'Ivo était impliqué dans la mort violente de Sir Meredith.

Jane prit une profonde inspiration.

— Très bien. Je comprends que ma présence soit nécessaire.

— Je vous en suis extrêmement reconnaissant, Jane. J'ai demandé qu'on nous prépare un déjeuner plus tôt qu'à l'ordinaire. Nous nous mettrons en route dès que possible et voyagerons de nuit.

Ivo avait une mine sinistre. La situation dans laquelle Daphne se trouvait devait beaucoup l'inquiéter. Jane serra les dents. Dissimuler la jalousie qui la rongeait ne serait pas une mince affaire.

— J'oubliais. Jane, je préférerais ne pas ébruiter l'annulation de notre mariage pour l'instant. Je suis passé voir Ranwick et il n'enverra pas vos lettres tout de suite.

— C'est d'accord.

Ivo avait mille fois raison. Avoir sa future épouse à ses côtés le disculpait des accusations de complot qu'on aurait pu lui faire en le voyant en compagnie de Daphne. Sans compter qu'après le discours qu'elle-même lui avait tenu Ivo devait penser qu'elle n'éprouvait aucun sentiment à son égard et qu'elle ne verrait par conséquent aucun inconvénient à l'accompagner. Comment aurait-il pu deviner que l'idée de le quitter lui nouait le ventre et que le monde venait littéralement de s'écrouler sous ses pieds ?

— Je vais dire de ce pas à ma femme de chambre de préparer mes affaires, dit-elle dans un souffle.

Ivo comprit immédiatement que Daphne faisait semblant d'affronter la situation avec courage. Avait-elle toujours joué un rôle ? Comment avait-il pu être assez bête pour ne pas le remarquer plus tôt ? Mais ne disait-on pas que l'amour rendait aveugle ? Alors que leur véhicule passait les grilles du domaine et s'élançait sur la route principale, elle redressa fièrement le menton, arbora son air tragique habituel, un mouchoir fermement serré au creux de la main.

En notant que Jane avait emporté son carnet de croquis et dessinait déjà à grands coups de crayon, il ressentit un certain soulagement. Quel dommage qu'il ne puisse voir quel était son objet d'étude cette fois.

Elle avait accepté de lui venir en aide une fois encore. Un infime doute le taraudait et l'empêchait de lui exposer ce qu'il avait en tête. Mais si elle préférait vraiment devenir portraitiste professionnelle et refusait de devenir comtesse, il devrait accepter de la laisser vivre sa vie, exactement comme elle s'était résolue à le libérer de ses engagements envers elle. Il pensait néanmoins suffisamment la connaître pour deviner ce qu'elle ressentait vraiment derrière la façade qu'elle leur présentait. Elle n'était pas heureuse. Jamais il ne lui ferait de mal et il espérait de tout cœur avoir vu juste. Elle semblait aussi abattue que lui.

— J'ai envoyé des lettres en express au médecin légiste et au magistrat en charge de l'enquête, Daphne, dit-il après un silence qui s'éternisait depuis une demi-heure. Elles devraient être remises à leurs destinataires peu de temps avant notre arrivée et, je l'espère, nous apporter un petit coup de pouce. J'ai expliqué que tu étais tellement bouleversée par les événements tragiques qui s'étaient déroulés sous tes yeux que tu t'es précipitée chez le marquis, un voisin de ta connaissance depuis ta plus tendre enfance, parce que tu l'as toujours considéré comme un grand-père de substitution.

— Mais c'est toi que je suis venu voir ! dit Daphne en tendant la main vers lui.

Il la saisit car Daphne commençait à tanguer dangereusement dans sa direction. Jane releva soudain la tête de son carnet à dessins.

— Parfait, dit-elle d'un ton piquant. C'est exactement ce que vous devez dire si vous voulez démontrer quelle excellente raison vous aviez d'assassiner votre mari.

Ivo réprima le sourire qui lui monta aux lèvres. Jane ne se donnait plus la peine de dissimuler son exaspération.

— Oh.

Ivo relâcha la main de Daphne et celle-ci se mit aussitôt à bouder. Était-elle uniquement venue pour attiser le sentiment de culpabilité qui l'animait ?

— Tu étais bouleversée et confuse, et il te fallait un homme pour te donner les conseils dont tu avais cruellement besoin, poursuivit-il.

Cette dernière remarque lui valut un regard incrédule de la part de Jane. Ce paternalisme dont il faisait preuve venait de lui faire perdre un peu plus de crédibilité encore.

— Naturellement, mon grand-père t'a suggéré de rentrer chez toi en toute hâte, escortée de son petit-fils et chaperonnée par Miss Newnham.

Daphne s'agita alors sur son siège.

— Si un marquis dit à un médecin légiste que c'était un accident, celui-ci sera bien obligé de le croire, non ?

Puis elle regarda à nouveau par la fenêtre. À moins qu'elle n'admire son reflet dans la vitre ? Était-elle toujours centrée sur elle-même à ce point ?

Ses tantes l'avaient trop gâtée et lui avaient passé tous ses caprices. Tout cela parce qu'elle était jolie, et elle leur avait donné bien du fil à retordre ! Ses tantes n'avaient visiblement pas la moindre idée de la façon dont on élevait une fille au caractère bien trempé. À bien y réfléchir, peut-être était-il le seul à ne pas lui avoir donné toujours tout ce qu'elle désirait, au moment où elle le désirait.

Ils arrivèrent à la maison de Meredith, dans le quartier de Kensington, vers 11 heures le lendemain matin, courbaturés et fourbus de fatigue, mais ils se rendirent malgré tout aussitôt chez le magistrat puis chez le médecin légiste. Jane prit Daphne par le bras pendant toute la durée des entretiens pour éviter que celle-ci ne cherche la moindre proximité physique avec Ivo. Par chance, la jeune femme était trop abattue pour protester. Quant à Ivo, il était trop intelligent pour se compromettre en public. Il soutiendrait Daphne coûte que coûte, elle n'en doutait pas un instant. Elle avait bien vu la façon dont celle-ci avait serré sa main dans la sienne au cours du trajet.

— Les choses se sont mieux passées que je ne l'espérais, dit Ivo, une fois arrivés chez Daphne.

Le médecin légiste et le magistrat avaient tout d'abord jugé la conduite de Daphne avec sévérité, mais avaient malgré tout fini par faire preuve d'une mansuétude condescendante qui révolta Jane. De toute évidence, aux yeux de ces hommes, il était tout à fait normal qu'une femme de la noblesse perde ses moyens dans un contexte de crise et se précipite chez un homme qui pourrait lui porter secours. Le jugement avait été remis au lendemain. Daphne pourrait ensuite prendre les dispositions nécessaires à l'organisation des funérailles de son époux.

— Je vais m'en charger, dit soudain Ivo. Je vais écrire à mon avocat à Londres. Il passera le testament de Sir Clement au crible et s'occupera de tout. Tu ferais mieux de retourner chez tes tantes pendant ce temps-là, Daphne.

— Mais…

— C'est ce qu'il y a de mieux à faire, ajouta Jane.

Par chance, Daphne hocha docilement la tête.

Jane observa Ivo à la dérobée. Comment un homme aussi intelligent pouvait-il tomber amoureux d'une femme si sotte et égocentrique ? Mais Daphne était fragile et Ivo était d'un naturel protecteur et galant… Ils étaient complémentaires, en somme. Ivo éprouvait d'autre part un profond sentiment de culpabilité envers elle. Jane devait également reconnaître que Daphne était excessivement jolie et la beauté semblait faire tourner la tête de tous les hommes, même les plus rationnels. Il suffisait de voir comment le magistrat et le médecin légiste s'étaient comportés en présence de Daphne. Malgré leur âge avancé et la fermeté dont ils avaient essayé de faire preuve, ils avaient fini par se laisser embobiner par ses grands yeux tristes, sa gestuelle savamment étudiée et la façon experte dont elle maniait son mouchoir.

Jane commença par s'étonner du repas médiocre qu'on leur servit avant de comprendre que le garde-manger était sans doute aux trois quarts vide.

— Je vais parler aux domestiques, dit-elle tout à coup, puisque Daphne faisait mine de ne rien remarquer.

Ivo se leva à son tour.

— Nous allons y aller tous les deux, dit-il. Daphne, je pense que tu devrais aller t'allonger un peu. Tu dois être épuisée. Demande à ta femme de chambre de s'occuper de tes tenues de deuil.

— Pouvez-vous vous entretenir avec le cuisinier et le personnel de cuisine ? lui demanda-t-il une fois Daphne sortie. Je vais m'assurer que les valets de pied fassent preuve de la plus grande discrétion s'ils veulent pouvoir retrouver un emploi à l'avenir.

— Vous comptez les menacer ?

— Je vais simplement leur dire que mon avocat prendra note de leurs références. Je pense que cela suffira à tuer dans l'œuf toute tentative de chantage à l'encontre de Daphne.

— Bonne idée, dit Jane qui se sentit exténuée tout à coup.

Songer qu'elle allait passer toute son existence loin d'Ivo la faisait atrocement souffrir. D'autant qu'elle n'était pas certaine de faire le bon choix. Dès que Daphne serait lavée de tout soupçon et obtiendrait enfin ce qu'elle voulait, deviendrait-elle pour autant moins égoïste et plus aimante ? Cela ne risquait-il pas au contraire d'empirer encore les choses ?

Mais quelle autre possibilité avait-elle ? Elle ne pouvait tout de même pas dire à Ivo qu'elle l'aimait et qu'elle serait une bien meilleure épouse que la femme dont il était épris depuis des années. Elle avait beau jeu d'accabler Daphne. Ne faisait-elle pas preuve à son tour d'un égoïsme éhonté en se cherchant des excuses qui lui permettraient de revenir sur la décision qu'elle avait prise ?

Pleurer à chaudes larmes lui aurait sans doute fait un bien fou. Même si cela n'aurait rien changé à ses tourments. Elle inspira profondément mais ses émotions la submergèrent tout à coup.

— Je vais aller parler au cuisinier, dit-elle en sortant précipitamment, les larmes aux yeux.

— Ils m'ont crue, dit Daphne, un grand sourire aux lèvres, en entrant dans le salon.

Jane réprima un soupir. Plus elle côtoyait Daphne, plus son côté infantile lui tapait sur les nerfs. Le jugement venait d'être rendu. Le magistrat avait conclu à la mort accidentelle de Sir Clement alors que celui-ci était sous l'emprise de l'alcool. Daphne semblait ne pas avoir entendu la dernière intervention du jury qui avait expliqué que Sir Clement avait sans doute été distrait par la violente dispute qui l'opposait à son épouse et, vu son état d'ébriété, son faux pas lui avait été fatal.

— Il ne me reste plus qu'à assister à ses funérailles et à la lecture de son testament, maintenant, dit Daphne d'une voix enjouée, puis tout redeviendra exactement comme avant. Avant que cet homme horrible ne me fasse dévier du droit chemin.

Elle attrapa la main d'Ivo et la serra avec une certaine fébrilité.

— Viens t'asseoir, Daphne, dit ce dernier. Tu es épuisée et toujours en état de choc.

Jane en resta bouche bée. Daphne ne jouait pas la comédie. Elle croyait *vraiment* ce qu'elle venait de dire et ne se faisait aucun reproche.

Ivo et Daphne prirent place sur le canapé au coin du feu et, de son côté, elle s'assit à l'autre bout du salon. C'était la place qui convenait à un chaperon, après tout. Les larmes qui avaient menacé de couler la veille s'étaient asséchées, et avaient laissé place à une tristesse morne ainsi qu'à une inquiétude sourde qui ne la quittait plus. Quelque chose lui disait qu'elle allait droit dans le mur.

Jane se mit tout à coup à feuilleter son carnet de croquis en guise de distraction. Il était bien rempli, à présent. Elle n'avait pu s'empêcher de réaliser quelques dessins dans la salle d'interrogatoire pour passer le temps. Le médecin légiste, sévère et attentif. Certains jurés qui semblaient s'ennuyer mortellement et manquaient d'attention. Et d'autres qui paraissaient au contraire tout excités par cette affaire et étaient suspendus aux lèvres de chaque orateur. Sans oublier Daphne, plus pâle que jamais, en tenue de deuil et qui arborait son air tragique habituel.

— Je suis désespérée par les paroles que j'ai proférées à son encontre juste avant sa chute, avait-elle déclaré. Je lui en voulais tellement des méchancetés qu'il m'avait dites. C'est hélas la dernière image de moi qu'il aura eue.

Cette remarque avait bien entendu provoqué une onde de sympathie dans le tribunal.

Jane revint aux croquis qu'elle avait réalisés pendant le trajet. Des fragments de vie rurale ou des silhouettes entraperçues dans les auberges où ils s'étaient arrêtés. Mais son regard fut brusquement attiré par une légère saillie dans la couverture de son carnet où elle glissait généralement quelques feuillets supplémentaires. Elle tomba sur un petit morceau de papier sale et froissé, plié en quatre.

Que diable cela pouvait-il bien être ?

Puis les souvenirs lui revinrent d'un coup. Ce bout de papier était tombé du manteau d'Ivo lorsque celui-ci l'avait ôté à l'auberge afin de se faire examiner par le médecin. Elle l'avait alors ramassé, pensant le lui rendre après la consultation, puis cela lui était complètement sorti de la tête. Bien sûr ! Il s'agissait du carnet de croquis qu'elle utilisait lors de ses déplacements et elle ne s'en était pas servie depuis son arrivée à Batheaston.

Jane observa Ivo et Daphne. Ceux-ci étaient en pleine discussion et ne lui prêtaient pas la moindre attention. Elle déplia discrètement le morceau de papier.

Est-ce que tu vas enfin me croire quand je te répète que je ne veux plus de toi ?

Je leur ai dit de faire ce qu'il fallait pour que tu comprennes enfin.

Laisse-moi tranquille.

Je te déteste.

D.

Il lui fallut quelques instants pour comprendre de quoi il s'agissait. Puis elle se souvint qu'une des brutes avait fourré ce papier dans la poche d'Ivo avant de le rouer de coups. *Daphne avait menti.* Ce n'était pas son mari qui avait lancé ces quatre hommes aux trousses d'Ivo dans un terrible accès de jalousie, comme elle l'avait prétendu. C'était bien elle qui avait monté cette cabale pour empêcher Ivo d'annuler son mariage. Elle ne s'était nullement inquiétée des conséquences de ses actes. Les brutes qu'elle avait engagées auraient très bien pu battre Ivo à mort.

— Veuillez m'excuser, dit Jane, je vais aller me reposer un peu.

En pleine discussion, Ivo et Daphne ne réagirent pas à son intervention. Jane se précipita aussitôt dans sa chambre, aux prises avec un conflit de loyauté. Devait-elle immédiatement brûler ce message ou le donner à Ivo ? Fallait-il montrer Daphne sous son véritable jour ? Valait-il mieux qu'Ivo ouvre les yeux et voie la femme qu'il aimait telle qu'elle était réellement ?

Elle avait mal posé les données du problème, à bien y

réfléchir. Il existait une différence de taille entre renoncer à un homme pour qu'il puisse épouser son amour de jeunesse et lui dissimuler la preuve incontestable que la femme qu'il aimait avait envoyé des brutes à ses trousses qui l'avaient ensuite roué de coups. Le pire, c'était que Daphne n'avait nullement assumé ses actes et avait accusé son mari d'être à l'origine de cette altercation.

Jane sentit son sang se glacer tout à coup. Daphne était-elle aussi innocente qu'elle le prétendait ? Ou bien avait-elle volontairement poussé son mari dans l'escalier ? Était-elle une meurtrière de sang-froid ou simplement une femme qui n'avait pas l'habitude de se laisser faire lorsqu'on l'acculait dans un coin ?

La réponse à toutes ces questions importait peu, à vrai dire. Elle n'avait d'autre choix que de donner ce message à Ivo puis de s'enfuir. Si elle restait, il penserait qu'elle attendait une nouvelle demande en mariage au vu des circonstances.

Jane lui écrivit un message en toute hâte, glissa celui de Daphne à l'intérieur, replia le tout puis le scella avant d'empaqueter les quelques affaires qu'elle avait sorties de sa malle. Elle enfila ensuite sa pelisse et sa coiffe, et descendit l'escalier d'un pas feutré. Un valet se trouvait dans le hall d'entrée.

— Appelez-moi un fiacre, je vous prie.

Lorsque le valet revint vers elle, elle lui tendit le message scellé et lui glissa discrètement une pièce dans la main d'un air entendu.

— Donnez ceci à Lord Kendall, je vous prie. D'ici à une heure. Pas avant, vous m'entendez ?

Elle communiqua ensuite l'adresse de la sœur de Violet au cocher, prit place dans le fiacre et sentit sa gorge se serrer en passant devant la taverne The Civet Cat. Combien de jours s'étaient-ils écoulés depuis qu'elle y avait aperçu Ivo en bien mauvaise posture ? Comment aurait-elle pu deviner alors que son existence en serait affectée à jamais ? Alors que le fiacre faisait une brusque embardée, elle se prit la tête entre les mains. Que Violet lui avait-elle dit dans sa dernière lettre ? Ah oui, tout le monde était en bonne forme à présent, mais elle allait encore rester quelques jours avant de rentrer à Batheaston pour le mariage.

Décidément, Jane ne se trouvait pas dans une position très confortable. Si jamais elle sentait que sa présence les importunait d'une manière ou d'une autre, elle se rendrait chez sa tante Hermione. Même si cette perspective ne lui plaisait guère. Annoncer que le mariage était annulé ne serait pas chose facile. Mais probablement moins difficile que d'avoir le cœur brisé à jamais.

Chapitre 19

Lady Harkness, la sœur de Violet, était allongée sur un canapé dans le salon lorsque Jane fut introduite par le majordome. Violet, qui était assise à ses côtés, laissa retomber le livre qu'elle était en train de lire à haute voix et se leva d'un bond.

— Jane, que se passe-t-il ? Althea, tu te souviens sans doute de Jane Newnham, notre cousine.

— Lady Harkness, cousine Althea, je veux dire, dit Jane en lui adressant une petite révérence. Je te présente mes excuses pour cette arrivée à l'improviste mais je suis coincée à Londres et j'espérais que Violet pourrait peut-être me venir en aide. Puis-je rester quelques jours ? Si cela devait causer le moindre dérangement, je peux tout à fait me rendre chez tante Hermione.

Lady Harkness se redressa un peu et posa les pieds sur le tapis.

— Ne dis pas de bêtises, évidemment que tu peux rester. Mon Dieu, cela doit faire au moins quinze ans que je ne t'ai pas vue. Sonne la cloche, ma chère cousine, puis viens t'asseoir et raconte-nous tout.

Jane s'exécuta mais un doute subsistait.

— Tu es certaine d'être suffisamment en forme pour avoir de la visite, cousine Althea ?

Aucune des deux ne portait le deuil, le bébé avait donc survécu, songea-t-elle avec soulagement.

— Comment va la petite ?

— Bien mieux, Dieu merci. Nous étions follement inquiets mais, après quelques jours un peu critiques, la petite Caroline a commencé à aller beaucoup mieux. Le médecin pense qu'elle est sortie d'affaire. On m'a ordonné de rester allongée et de me reposer mais je trouve cela un peu exagéré. Depuis l'arrivée de Violet, je me sens beaucoup mieux. Je serais vraiment ravie que tu restes.

Althea lui adressa un large sourire, mais Jane ne put s'empêcher de remarquer sa grande pâleur. Elle allait accepter l'invitation, mais elle pouvait peut-être se charger d'une partie des tâches que Violet assumait.

— Je te remercie du fond du cœur.

— Mais pourquoi cherches-tu un endroit où dormir ? s'enquit Violet d'une voix inquiète.

Althea en profita pour appeler la gouvernante et lui demanda de préparer une chambre pour son invitée.

— Et que fais-tu à Londres ? reprit Violet, les sourcils froncés.

— Le mariage va être annulé. La femme qu'Ivo aime, celle qu'il aurait dû épouser, est veuve à présent. Je l'ai… Je l'ai libéré de ses engagements.

— Et il a accepté ? s'exclama Violet en écarquillant les yeux. Va-t-il épouser cette femme ?

— Je ne le pense pas. Mais l'arrivée inopinée de celle-ci m'a fait comprendre que je ne pouvais pas me marier avec un homme qui en aimait une autre. Je crois qu'il vient de découvrir des traits de caractère chez cette femme qui risquent de le faire changer d'avis, mais…

Elle avala sa salive et s'obligea à sourire.

— C'est trop tard. Je lui ai clairement fait comprendre que je préférerais ne pas l'épouser.

Les deux sœurs échangèrent un regard entendu, puis Althea reprit la parole :

— Doucement, Violet, dit-elle, comme si elles en avaient déjà débattu.

— Fadaises que tout cela, répliqua celle-ci en se tournant vers Jane. L'aimes-tu ?

— Oui. C'est bien là le problème.

— Je comprends ce que tu ressens, dit Violet.

Jane n'en crut pas ses oreilles.

— Tu croyais t'engager dans un mariage de convenance basé sur une affection réciproque et un esprit de compromis, et il s'agit finalement d'une union déséquilibrée. Ivo aime une autre femme, même s'il a visiblement perdu toutes ses illusions à l'égard de cette personne, et la situation est intolérable pour toi. Tu crains sans doute d'être comparée à elle et refuses de lui dévoiler les sentiments que tu éprouves par peur de t'attirer sa pitié, ce qui détruirait à jamais l'affection qui vous lie et vous mettrait particulièrement mal à l'aise.

— C'est incroyable, tu comprends exactement ce que je ressens ! dit Jane, les yeux écarquillés. Je commençais à me dire que j'exagérais peut-être un peu à cause de l'aversion que Lady Meredith m'inspire. Mais j'aime Ivo. Je ne me contenterai pas d'une place de deuxième choix.

— Ne penses-tu pas le porter un peu moins haut dans ton estime parce qu'il est tombé amoureux de cette personne que tu exècres ? demanda alors Althea.

À ces mots, Jane fit la grimace.

— Je dois reconnaître que cette pensée me taraude parfois. Mais elle est si jolie ! Et les hommes semblent aveuglés par la beauté des femmes.

Et, sur ce terrain, elle ne jouait malheureusement pas à armes égales.

— Cette femme est de surcroît très angoissée et Ivo est d'un naturel protecteur.

Rien ne disait cependant que cet instinct protecteur survivrait bien longtemps après la lecture du message qu'elle lui avait laissé.

— Et s'il venait te chercher ? Et désirait t'épouser malgré tout ? demanda Althea.

Déstabilisée, Jane ne trouva pas immédiatement les mots pour répondre. Althea semblait résolue à lui poser toutes les questions qui lui venaient à l'esprit, même les plus difficiles. Cela l'aiderait sans doute à y voir plus clair.

— Il ne fera jamais une chose pareille. Je lui ai clairement fait comprendre que je ne l'épouserais pas et que, s'il me prêtait l'argent dont j'ai besoin pour m'installer en tant que portraitiste professionnelle, il n'entendrait plus jamais parler de moi.

Les deux sœurs la dévisagèrent alors, la bouche ouverte.

— Que veux-tu *faire* ? bredouilla Violet.

— Peindre des portraits. Mais j'ai compris dans l'intervalle que ce n'est pas vraiment ce que je désire. Pas sur un plan professionnel en tout cas. Je veux pouvoir peindre librement, m'exercer comme bon me semble et faire tous les progrès dont je suis capable. Je pensais qu'il fallait absolument m'installer à mon compte pour atteindre cet objectif. Mais j'ai fini par comprendre que cela me demanderait beaucoup d'énergie de parvenir à conserver un toit au-dessus de la tête et d'avoir un garde-manger bien rempli. Je ne vois pas comment je pourrais me consacrer pleinement à mon art si je suis constamment préoccupée par mille autres choses. De toute évidence, je ne suis pas prête à vivre dans le dénuement. C'est sans doute une faiblesse de caractère, j'en conviens, ajouta-t-elle en se mordillant la lèvre inférieure.

— Cela me semble au contraire plutôt lucide et rationnel de ta part, dit Althea. Tu sembles bien te connaître. Tu as conscience de tes forces et de tes faiblesses. As-tu l'ambition de devenir une peintre célèbre ? Non ? C'est ce que je pensais. Et, pardonne-moi si je suis un peu intrusive, mais est-ce important à tes yeux de te marier un jour et d'avoir des enfants ? Sans renoncer pour autant à ton art.

Jane hocha la tête en guise d'assentiment.

— J'ai une amie qui veut devenir romancière et a pour ambition de combattre par tous les moyens les torts causés aux femmes. Elle est animée d'une passion sans commune mesure et fera tous les sacrifices que cette vocation exigera d'elle. Elle aimerait pourtant fonder une famille et vivre aux côtés d'un homme aimant, mais elle accepte d'y renoncer pour faire avancer sa cause. Même si elle considère que la plupart des hommes ont un jugement erroné, elle ne les déteste pas, vous voyez.

— Si Mildred et Arthur apprenaient que leur fille a décidé de passer sa vie enfermée chez elle à peindre des portraits à l'huile, ils seraient très malheureux pour Jane, dit Violet à sa sœur. Ils veulent qu'elle fasse un bon mariage. Ils vont être extrêmement déçus que celui-ci ne parvienne pas à son terme. Cela risque d'être très difficile pour Jane de retourner vivre avec eux dans le Dorset.

— Ils ne lui pardonneront pas facilement ce revirement de situation, en effet, dit Althea en toute franchise.

Jane fit la grimace.

— J'en ai bien conscience. Lorsque j'ai expliqué à Ivo que je ne désirais plus l'épouser, je lui ai demandé de me prêter de l'argent afin de m'établir à Brighton ou à Scarborough sous un nom d'emprunt. Je lui ai promis de le rembourser au fur et à mesure de mes rentrées d'argent et il a immédiatement acquiescé. Je ne pensais pas vraiment ce que je disais. Je sais bien que cette existence ne me conviendra pas. Mais pourquoi a-t-il accepté si facilement ? Non pas de me prêter de l'argent mais de me laisser me lancer en tant que portraitiste professionnelle ? J'ai eu l'impression qu'il s'en moquait totalement.

Plus elle y pensait, plus cela lui semblait étrange. Peut-être était-il perturbé par le retour tonitruant de Daphne ? Ivo semblait toujours maître de lui-même d'ordinaire. Même lorsque les circonstances mettaient ses nerfs à rude épreuve.

L'amour qu'il portait à cette femme horripilante faisait sans doute office d'exception.

— Il me connaît, c'est peut-être la raison pour laquelle il ne semblait pas concerné, murmura-t-elle alors.

— Les émotions qui animent Lord Kendall en ce moment sont bien le cadet de mes soucis, dit Violet. Si tu retournes vivre chez tes parents, tu risques de mener une vie épouvantable. Aimerais-tu t'installer chez moi ? Nous nous entendons bien, il me semble, et j'ai trouvé cela très agréable d'avoir de la compagnie. Et naturellement, tu pourras peindre comme bon te semblera.

— Tu peux également vivre ici, suggéra Althea. Ta mère se calmera peut-être un peu à l'idée que tu rencontres de bons partis en vivant à Londres.

— Comme c'est gentil à vous, dit Jane, son regard passant de l'une à l'autre.

Elle était très touchée. Leur sourire et la chaleur de leur voix attestaient de la sincérité de leurs propositions respectives.

— Je crois que nous allons devoir nous la partager, dit Violet en partant d'un rire sonore.

— Si vous pensez que je peux participer d'une manière ou d'une autre aux frais que je vais vous occasionner, cela me ferait très plaisir, dit Jane. Je peux parfaitement me rendre utile.

Trouver le bonheur ne lui semblait plus d'actualité, mais elle pouvait néanmoins se satisfaire du sort qui lui était réservé. Elle pourrait continuer à peindre. Ses amies ne la rejetteraient pas et ses cousines lui permettraient de se rendre utile. Ses parents finiraient peut-être par lui pardonner. Bien d'autres femmes avant elle avaient dû se résoudre à rester vieilles filles…

Vieille fille. L'expression lui resta en travers de la gorge. Jane sentit soudain qu'elle perdait pied. L'immense chagrin qui l'accablait et qu'elle était parvenue à garder sous contrôle pour accomplir son devoir avec toute la dignité et toute la grâce dont elle était capable la submergea tout à coup.

— Excusez-moi, il faut que je…

Elle sortit précipitamment du salon.

Par miracle, elle parvint à demander à un valet de lui indiquer sa chambre, qu'elle ferma aussitôt à double tour avant de s'écrouler sur son lit et de pleurer à chaudes larmes.

Jane n'était pas du genre à pleurer. Elle n'avait jamais compris quel bénéfice les gens pouvaient bien tirer de tels épanchements. Pourtant, en se réveillant une heure plus tard, le visage chiffonné et les yeux rougis, elle s'aperçut qu'un calme étrange s'était emparé d'elle. Le chagrin n'avait pas disparu, mais la tempête intérieure qui menaçait de la faire chavirer semblait s'être éloignée.

Elle arrangea un peu sa tenue, se passa de l'eau froide sur le visage puis appela la femme de chambre pour lui demander de lui apporter de l'eau chaude. Celle-ci s'empressa de la satisfaire.

— Miss Lowry et Lady Harkness espèrent que vous vous êtes bien reposée, Miss Newnham. Elles m'ont chargée de vous dire qu'il est inutile de descendre avant le dîner et vous conseillent de vous reposer.

La femme de chambre jeta alors un rapide coup d'œil en direction de la pendule.

— Le dîner sera servi dans environ deux heures. Voulez-vous que je déballe vos affaires pendant que vous vous rafraîchissez, Miss Newnham ?

— Oui, je vous remercie.

Jane cligna des yeux en voyant l'heure indiquée sur la pendule. À peine cinq heures et demie ? Comment était-ce possible ? Elle repassa alors sa journée en détail. Elle s'était enfuie avant le déjeuner et cela ne lui avait pas pris plus d'une heure pour se rendre chez sa cousine Althea. Ivo était face à un terrible dilemme à présent. Il connaissait désormais les mensonges de Daphne et l'horrible trahison dont elle s'était rendue coupable. Comment allait-il réagir ? Quelles émotions le traverseraient ? Le pauvre était loin de chez lui et n'avait personne à qui se confier.

Ivo.

Son ami.

Son amour.

L'homme qui l'avait protégée et qui la comprenait si bien. Il aurait terriblement eu besoin d'une oreille amicale. De son côté, elle avait eu la chance de se trouver un refuge et bénéficiait du soutien indéfectible de ses cousines. Ivo quant à lui était seul.

— Trouvez-moi une chemise propre et brossez le bas de ma robe de promenade, je vous prie, dit-elle à la femme de chambre tout en remettant ses épingles à cheveux en place. Je dois sortir de toute urgence.

Lorsqu'elle fit irruption dans le salon pour annoncer à ses cousines qu'elle allait appeler un fiacre, celles-ci demeurèrent de marbre.

— Je suis désolée, dit-elle tout en essayant de nouer les rubans de sa coiffe, je vais revenir bientôt mais je ne peux pas vous dire quand exactement. Mais je ne pouvais pas m'enfuir ainsi sans…

— Bien entendu, dit Althea en appelant le valet. John, demandez immédiatement que l'on prépare le petit cabriolet pour Miss Newnham. Je vais prévenir le cuisinier de garder au chaud un dîner pour deux, pour toi et ton comte.

— Il n'est pas à moi.

Jane ne voulait pas se donner de faux espoirs. Elle ne le supporterait pas.

— Mais je te remercie de bien vouloir prévenir le cuisinier de mon retour tardif et de me prêter ton cabriolet.

— Il n'y a vraiment aucune urgence à me le rapporter, dit Althea.

Une fois dans la rue principale de Kensington, Jane sentit sa gorge se nouer. Elle aurait préféré ne plus jamais revenir hanter ces lieux. Tandis que le véhicule faisait des embardées pour éviter les ornières boueuses, elle aperçut par la fenêtre des soldats de la caserne voisine qui marchaient au pas, ainsi que la malle-poste qui fit s'envoler des poules imprudentes en train de se promener sur la route.

Les souvenirs qui lui revinrent en mémoire étaient si confus. Souhaitait-elle réellement n'avoir jamais rencontré Ivo ? Peut-être aurait-il mieux valu passer par là quelques secondes avant l'altercation qui avait opposé ce dernier aux quatre brutes qui l'avaient roué de coups ? Non ! Bien sûr que non !

Elle devait se concentrer sur le paysage qui défilait par la vitre si elle désirait retrouver son calme. C'était un petit bourg très animé qui possédait un grand nombre d'auberges. The Duke of Cumberland. The Bunch of Grapes. Et The Civet Cat. Une fois encore, le véhicule réduisit considérablement sa vitesse à l'approche de cette maudite taverne. Que se passait-il ? Jane se tordit le cou pour voir ce qui pouvait provoquer ce ralentissement intempestif. Nulle collision, cette fois. C'était juste un troupeau qui traversait tranquillement la rue.

En apercevant un homme de grande taille sur le trottoir, à quelques mètres de The Civet Cat, Jane se frotta les yeux. Était-elle victime d'une hallucination ? Mais non ! C'était bien Ivo, la main levée, en train de héler un fiacre !

Jane tira brusquement le cordon qui permettait d'avertir le cocher, descendit la vitre et se pencha par-dessus la portière.

— Arrêtez ! Arrêtez-vous ! Ivo, je suis là !

Ce dernier pivota sur ses talons et, l'espace d'un instant, son visage n'arbora pas la moindre expression. Puis il s'élança vers elle, ouvrit la portière de son cabriolet à la volée et rattrapa Jane de justesse alors qu'elle en dégringolait.

— Ivo !

C'était merveilleux de se blottir ainsi au creux de ses bras et de se sentir à nouveau en sécurité. Elle se retint de lui passer les bras autour du cou et de l'embrasser fougueusement, et se contenta de lui donner l'accolade.

— Je me faisais tellement de soucis pour vous ! Où est Daphne ?

— Je l'ai envoyée chez ses tantes, dans ma voiture.

Il parcourut alors les alentours du regard et fronça les sourcils.

— Nous ne pouvons pas parler ici. À qui appartient ce cabriolet ?

— À ma cousine Althea. Lady Harkness. La sœur de Violet.

— Ont-elles refusé de vous accueillir ?

Il l'invita alors à remonter à bord du cabriolet tout en lui tenant la porte puis s'adressa au cocher, mais elle ne comprit pas ce qu'il lui ordonna.

— Non, bien sûr que non ! Mais tout à coup, je me suis dit que vous alliez vous sentir affreusement mal en lisant le message de Daphne. Comprendre qu'elle vous a menti sur toute la ligne a dû vous causer beaucoup de peine. J'ai pensé que vous auriez besoin d'une… d'une oreille amicale.

— Est-ce donc tout ce que vous êtes pour moi ? demanda-t-il en prenant place en face d'elle.

Elle tenta de déchiffrer son expression mais son visage demeura impassible.

— Je l'espère. Êtes-vous très en colère contre moi ? Auriez-vous préféré que je détruise ce message qui avait glissé de la poche de votre manteau ? Je me suis dit que les faits étaient trop graves pour être passés sous silence. Que vous deviez savoir que Daphne n'était peut-être pas la femme que vous vous imaginiez. Peut-être même que… Enfin, j'ai pensé que vous aviez le droit de savoir et que cela vous permettrait d'en parler ouvertement avec elle.

Cette conversation était encore plus difficile qu'elle ne

se l'était imaginée. Ivo allait-il se figurer qu'elle avait agi par pure malveillance ?

— Pensez-vous qu'elle ait assassiné son époux ? demanda-t-elle à brûle-pourpoint.

Ivo prit une courte inspiration.

— Je ne pense pas qu'elle ait prémédité quoi que ce soit. Je crois que la chute de Meredith a été provoquée par sa consommation excessive d'alcool et que c'est juste un accident dramatique. Daphne est de nature impulsive mais ce n'est pas une criminelle.

— Je vous avoue que cela m'a traversé l'esprit mais, au final, j'ai changé d'avis sur cette question. Je pensais en revanche que vous deviez avoir toutes les cartes en main avant de l'épouser.

— Les faits ont leur importance mais ils ne sont pas tout, dit Ivo d'un ton énigmatique.

Il parcourut des yeux l'intérieur du véhicule.

— Vous n'avez pas emporté de bagages ?

— Comment ? Euh, non. Je comptais ensuite rentrer chez ma cousine Althea. Je n'ai pas l'intention de retourner vivre chez mes parents dans le Dorset. J'étais simplement venue voir si je pouvais vous aider d'une manière ou d'une autre. Je n'aurais pas dû partir précipitamment comme je l'ai fait.

— Je comprends votre réaction. Cela a dû être difficile. Avez-vous songé à déchirer ce message en mille morceaux ?

— Oui, car je savais qu'il vous blesserait, mais parfois on n'a pas le choix. Certaines choses doivent être affrontées.

— Vous avez raison. Les faits ont leur importance, comme je viens de vous le dire, mais je pense que les émotions et les sentiments qui apparaissent en filigrane le sont encore plus.

— Je vois, mentit-elle.

Elle ne voyait rien du tout, en fait, ne comprenait rien, excepté qu'elle aurait dû se réjouir qu'Ivo ait si facilement surmonté la trahison de la femme qu'il aimait depuis si longtemps.

— Vos sentiments envers elle n'ont donc pas changé, dit-elle en faisant de son mieux pour parler d'une voix légère.

— Si vous parlez de la femme que j'aime, les sentiments que j'éprouve envers elle n'ont pas changé, vous avez raison sur ce point.

— Allez-vous l'épouser ?

Cette maudite Daphne allait lui briser le cœur. Comment pouvait-il faire une bêtise pareille ?

— Oui, j'ai la ferme intention de l'épouser.

Et, pour la première fois depuis leurs retrouvailles, il lui adressa un large sourire.

Chapitre 20

Jane savait qu'elle aurait dû dire quelque chose. Elle aurait dû le féliciter et lui jurer qu'elle était contente pour lui. Mais elle ne put s'y résoudre. Elle lui retourna alors un sourire forcé.

— Elle ne peut que se réjouir d'épouser un homme aussi loyal.

Sa remarque était un brin désobligeante, mais c'était tout ce dont elle se sentit capable. Elle voulait qu'il soit heureux. Mais elle savait également que tel ne serait pas le cas aux côtés de Daphne. Elle devrait peut-être tenter quelque chose…

— Êtes-vous certain de prendre la bonne décision ? Y avez-vous mûrement réfléchi ?

— Très certainement.

— Bien qu'elle ait rompu avec vous ?

— Oui, malgré cela, répondit-il, un sourire en coin. Cela m'a fait prendre conscience des sentiments que j'éprouve envers elle.

— Oh.

Elle afficha à nouveau un sourire de façade et regarda par la fenêtre, à court d'arguments. Le paysage qu'elle distinguait à peine à la tombée du jour lui rappela vaguement quelque chose. De toute évidence, ils n'étaient pas à Knightsbridge.

— Ivo, où nous emmenez-vous ? Cette route nous éloigne de Londres. Mais, j'aperçois The Pack Horse. Nous sommes à Turnham Green !

— Oui, dit-il alors que le véhicule s'immobilisait.

— Que se passe-t-il ?

— Ils ont certainement un bon verre de vin à nous proposer.

— Qu'avez-vous donc en tête ? demanda Jane alors qu'Ivo sautait déjà à terre sans attendre que le palefrenier ait le temps de déplier le marchepied.

— Je me disais qu'une fugue amoureuse pouvait avoir un certain attrait en compagnie de la bonne personne.

Comme Jane le regardait sans comprendre, Ivo s'adressa au cocher qui attendait visiblement ses instructions.

— Amenez le véhicule aux écuries et demandez qu'on prenne soin des chevaux. Quant à vous, offrez-vous quelque chose à boire.

— Ivo !

Ce dernier sourit à l'adresse d'une servante qui le fixait du regard.

— Bonsoir.

— Je me souviens de vous, milord. Le gentleman blessé accompagné de sa sœur. Êtes-vous bien rétabli, milord ?

— Je me porte comme un charme, répondit-il. Nous aimerions un petit salon privé et une bouteille de votre meilleur bordeaux.

— Bien entendu, milord. Par ici, miss.

— *Ivo !*

Jane claqua la porte du petit salon – qu'elle reconnut immédiatement – et s'y appuya, le cœur battant à tout rompre.

— Qu'entendez-vous par « fugue amoureuse » ? Je vous rappelle que vous allez épouser Daphne.

Il lui prit alors la main et lui fit signe de s'asseoir dans un fauteuil près du feu.

— Asseyez-vous, Jane.

— Non.

— Je vous en prie. Je risque fort d'avoir envie de vous embrasser si vous restez debout à me regarder ainsi. Et nous devons d'abord discuter d'un certain nombre de choses.

Jane se laissa tomber sur les coussins moelleux qui étaient disposés dans le fauteuil.

— Mais vous disiez que…

— J'ai dit que je voulais épouser la femme que j'aime. J'aurais dû ajouter « si celle-ci est d'accord », dit-il en prenant place face à elle. Vous avez déjà accepté une demande en mariage de ma part par le passé, après tout.

— Mais vous ne m'aimez pas.

— C'était le cas lorsque nous avons pris la décision de nous marier la première fois, dit Ivo. Les choses se sont faites graduellement, Jane. Si doucement que je n'ai pas compris ce qui m'arrivait. Sans doute parce que je n'avais encore jamais ressenti cela. Je pensais aimer Daphne mais ce n'était pas la même chose, je vous assure. Appelons cela un ersatz d'amour. Si j'étais resté en Angleterre et n'étais pas parti faire la guerre toutes ces années, cette histoire avec elle aurait été qualifiée de petit flirt. Rien de plus.

À ces mots, Jane poussa un profond soupir. Cette scène était-elle réelle ou était-elle en proie à une hallucination ? S'était-elle vraiment réveillée après sa grosse crise de larmes ou était-elle en plein rêve ?

— Lorsque j'étais au front, Daphne ne m'attendait pas patiemment comme elle le prétendait et n'a pas été un modèle de fidélité, tant s'en faut. C'est ce que ses tantes viennent de me raconter. Daphne passait de flirt en flirt et a évité plusieurs scandales de justesse. Si je ne m'étais pas senti aussi coupable et n'avais pas fait cette promesse à Charles, j'aurais sans doute mieux analysé les sentiments que j'éprouvais envers elle la première fois que je l'ai revue.

Il fit alors la grimace.

— La culpabilité n'est pas une émotion d'une grande utilité dans ce genre de circonstances, je le crains, reprit-il. J'avais une espèce de brouillard dans le cerveau.

— Et quand ce brouillard s'est-il enfin levé, si je puis m'exprimer ainsi ?

— Lorsqu'elle a débarqué chez mon grand-père à Merton Tower et que je l'ai vue à travers vos yeux. Je doutais sérieusement éprouver encore quoi que ce soit envers elle depuis quelque temps, mais je revoyais sans cesse l'image de Charles sur son lit de mort qui s'inquiétait tant pour elle. J'ai également vu la façon dont vous vous êtes occupée d'elle ainsi que la gentillesse et la fermeté dont vous avez fait preuve.

— Je n'ai pas fait preuve de la moindre gentillesse envers elle, murmura Jane.

Son cauchemar était-il terminé ? Elle n'osait y croire. Ce serait si cruel si elle se trompait une nouvelle fois.

— À votre place, n'importe quelle femme l'aurait mise à la porte. Au lieu de vous débarrasser d'elle et du danger qu'elle représentait pour vous une bonne fois pour toutes, vous vous êtes inquiétée pour moi. Pour elle, également. Je n'ai compris que plus tard que, pour vous, cette irruption de Daphne dans notre existence risquait de réduire à néant tout ce que nous partagions.

— Partagions-nous réellement quelque chose, Ivo ?

— Oui, je le pense vraiment. Quelque chose qui dépasse la simple affection. Quelque chose qui va bien au-delà de ce qu'on attend d'un mariage de convenance. Lorsque vous m'avez transmis les lettres que vous aviez écrites à vos amies et que j'ai vu votre écriture tremblante et les quelques bavures qui ressemblaient étrangement à des larmes, je me suis dit que vous ressentiez sans doute la même chose que moi.

Ivo se leva brusquement, prit ses mains dans les siennes et l'invita à se lever à son tour.

— Jane, je vous aime. Je veux vous épouser. Dites-moi que je ne me suis pas trompé. M'aimez-vous ?

— Pourquoi ne m'avez-vous rien dit lorsque je suis venue vous voir dans le bureau, dans ce cas ?

Elle secoua la tête, espérant y voir enfin plus clair.

— Jane, c'est vous qui êtes venue me voir pour rompre vos engagements. Vous paraissiez tellement soulagée d'avoir trouvé une bonne excuse pour ne plus m'épouser ! Je ne savais plus que penser. Par ailleurs, vu les circonstances, je ne pouvais pas abandonner Daphne. Non seulement elle s'était comportée de manière insensée, mais elle s'était de surcroît réfugiée chez moi. Le temps était compté. Nous aurions eu grand besoin de parler calmement tous les deux mais c'était impossible. Peut-être devrions-nous avoir cette petite conversation maintenant ? ajouta-t-il en lui souriant tendrement.

— Ivo !

Sous le coup de l'émotion, Jane se jeta dans ses bras. Il la serra tout contre lui, le cœur battant au rythme du sien.

— Ce n'est donc pas un rêve, dit-elle d'une voix soulagée.

— Non. Ces deux derniers jours ressemblaient fort à un cauchemar, mais je vous assure que vous ne rêvez pas. Jane, si vous désirez reprendre votre liberté et si vous pensiez sincèrement ce que vous m'avez dit lorsque vous avez rompu nos fiançailles, il faut me le dire tout de suite parce que je ne supporterai pas ce suspense insoutenable plus longtemps.

— Vraiment ?

Elle pencha la tête légèrement en arrière pour le regarder droit dans les yeux.

— Oh ! Ivo, je ressens exactement la même chose ! Mais que se serait-il passé si je ne vous avais pas vu en train de héler un fiacre ? Et si mon fiacre ne s'était pas retrouvé bloqué devant cette fameuse taverne la première fois ? Et si… ?

— Et si aucun valet de pied de votre connaissance n'avait accepté de poser nu ? Vous ne seriez pas tombée en disgrâce et n'auriez pas été envoyée à Bath. Nous étions destinés à nous rencontrer, Jane. J'ai une question à vous poser. Vous pouvez vous montrer horripilante, têtue comme une mule mais courageuse comme pas deux. Pour moi, vous êtes la plus adorable des femmes. De votre côté, m'aimez-vous ?

— Oui.

À peine eut-elle prononcé ce mot qu'il l'embrassa avec fougue.

— Je vous aimerai toujours, ajouta-t-elle quand ils reprirent leur souffle. Et si nous passions la nuit ici, Ivo ?

Ses yeux s'obscurcirent alors avec une intensité qu'elle ne leur avait encore jamais vue et les mains qui lui enserraient la taille se firent plus possessives encore. L'espace d'un instant, elle crut qu'il allait acquiescer mais il finit par secouer doucement la tête.

— Les domestiques nous ont reconnus. Ils nous pensent frère et sœur. Et puis, vos cousines vous attendent. Ce ne serait pas très correct. Sans compter que le jour où je vous coucherai dans mon lit, je risque de ne jamais vous en laisser sortir.

Un petit coup discret fut soudain frappé à la porte. Ils eurent juste le temps de s'éloigner l'un de l'autre. C'était la servante qui leur apportait le vin qu'ils avaient commandé. Terriblement mal à l'aise, Jane se concentra sur un point loin devant elle puis fit semblant de chercher quelque chose dans son sac pour se donner une contenance.

— Buvons à notre futur ! lança Ivo en versant le liquide écarlate d'une main légèrement tremblante.

— À notre futur ! répéta-t-elle en riant. Je risque d'être un peu pompette. Cela dit, j'avais la tête qui tournait avant même de porter ce verre à mes lèvres.

— Il faut y aller, maintenant, dit Ivo en laissant quelques pièces sur la table. Avant de perdre toute notion du temps et de respectabilité.

Il lui prit la main et l'attira tendrement contre lui.

— Laissez-moi vous raccompagner chez vos cousines. Demain j'irai à Merton Tower et, lorsque Miss Lowry pourra quitter le chevet de sa sœur, vous pourrez toutes les deux rentrer à Batheaston et nous célébrerons alors nos noces.

— Mais nous les avons annulées ! dit Jane, la main sur le cœur. Comment allons-nous expliquer tous ces revirements ?

— J'ai une confession à vous faire, Jane. Je vous la ferai dans l'écurie, dans l'espoir que vous ne me réprimanderez pas trop sévèrement si nous avons des témoins.

— Vous pouvez bien me confesser tout ce que vous voulez, je sais que je vous pardonnerai, dit-elle alors qu'ils débouchaient dans la cour.

Le cocher et le palefrenier étaient appuyés contre le véhicule, une chope à la main, mais quand ils les aperçurent, ils la burent d'une traite et contrôlèrent le harnais en toute hâte.

— Notre mariage n'a pas été annulé et aucune lettre n'a été envoyée, Jane. Nous pouvons célébrer nos noces comme prévu. J'ai pris le risque que vous ne désiriez pas réellement me quitter.

— Juste parce que vous avez remarqué des taches sur mes lettres et en avez déduit que j'avais pleuré à chaudes larmes ?

Jane s'arrêta net et pivota sur ses talons pour le regarder fixement.

— Cela m'a donné de l'espoir, Jane. Appelez cela comme vous voulez. De l'instinct peut-être. Ou une foi aveugle. À moins que je n'aie simplement pris mes désirs pour la réalité.

— Oh ! Ivo Merton, je vous aime plus que tout !

Jane lui passa les bras autour du cou et l'embrassa fougueusement, ignorant les rires des domestiques qui traversaient la cour et un concert de sifflets en provenance des écuries.

Lorsqu'ils interrompirent leur baiser, Ivo la souleva de terre et la porta dans ses bras jusqu'au cabriolet.

— Vous feriez mieux de m'épouser, à présent, dit-il d'une voix rauque. Je crains que ma réputation ne soit mise à mal dans le cas contraire.

Jane partit alors d'un petit rire.

— La résidence de Lady Harkness, je vous prie, lança Ivo avant de claquer la portière.

Jane se retrouva sur ses genoux sans bien savoir comment, ivre de bonheur.

— Il faut encore que vous me disiez une chose avant que je ne vous couvre de baisers durant tout le trajet qui nous ramène à Mayfair, dit Ivo. Pensiez-vous que j'aimais toujours Daphne lorsque nous avons décidé de nous marier la première fois ?

— Je ne savais pas que vous l'aviez aimée avant de comprendre un tas d'allusions et d'indices disséminés çà et là. Il y a d'abord eu votre grand-père qui semblait très inquiet à l'idée que je puisse penser qu'il s'agissait d'un mariage d'amour. Et il aurait fallu être complètement stupide pour ne pas comprendre les sous-entendus que votre tante a faits lors de sa visite. Puis… Je suis tombée sur les inscriptions à l'ermitage. Après cette découverte, j'ai failli annuler le mariage et n'ai cessé de me tourner et retourner dans mon lit pendant plusieurs nuits, reconnut-elle. Mais Daphne était mariée. Je vous faisais confiance et savais que vous me seriez fidèle. Je me suis dit que vous finiriez par m'aimer. Il fallait juste faire preuve de patience.

— Quant à moi, je confondais tout. La culpabilité et la nostalgie avec l'amour. Je pense que votre patience sera bien récompensée dès que nous serons mariés.

— Je comprends mieux mon amie Verity lorsqu'elle dit que les hommes ne sont pas très doués pour exprimer leurs émotions. Pauvre Daphne, ajouta Jane dans un murmure.

— Vous êtes très indulgente envers elle.

Il envoya alors valser sa coiffe sur l'autre siège tout en lui déboutonnant sa pelisse.

— Je la plains, pour être honnête. Elle n'est pas très intelligente et on l'a beaucoup trop gâtée. J'ai l'impression qu'on a toujours cédé à tous ses caprices. Je ne pense pas qu'elle ait beaucoup d'empathie envers les autres. Cela s'explique aisément : elle s'est toujours vue à travers le regard de personnes aveuglées par sa beauté. Elle aurait besoin d'un homme mûr, d'un homme qui ne s'intéresserait pas à sa dot et qui saurait contrôler ses humeurs et ses lubies. Peut-être qu'elle trouvera un bon parti, une fois sa période de deuil terminée.

— Elle a ma bénédiction, dit Ivo d'une voix ferme. Elle est en sécurité chez ses tantes et vous, ma chère Jane, vous êtes sur le point de vous faire corrompre dans un véhicule lancé à toute allure.

— Oh… Vraiment ?

Les lèvres d'Ivo étaient déjà sur le haut de sa poitrine et son corset lui sembla bien ample tout à coup tandis que son cœur battait à tout rompre. Ivo se mit à lui titiller un mamelon du bout de la langue et elle laissa échapper un petit cri. Oubliant la question idiote qu'elle venait de poser, elle se débarrassa en toute hâte des vêtements qui s'interposaient entre eux.

— C'est tout à fait possible, marmonna Ivo d'une voix rauque. Je n'en ai jamais fait l'expérience et n'ai pas l'intention de commencer aujourd'hui, mais je dois reconnaître que l'idée est extrêmement tentante.

Il la serra tout contre lui, s'adossa au fauteuil et l'observa dans la pénombre du véhicule, déshabillée jusqu'à la taille, les cheveux lui tombant en cascade sur les épaules. Malgré le manque de luminosité, il devina qu'elle rougissait, mais elle lui accordait néanmoins toute sa confiance. Elle *l'aimait*. Il faillit se jeter à ses pieds. On pouvait dire que la route avait été semée d'embûches !

— Vous êtes belle, dit-il en toute franchise. Belle à l'intérieur et à l'extérieur. Je vais vous aider à vous rhabiller. La première fois que nous ferons l'amour, ma chère Jane, je veux que nous ayons tout le temps nécessaire pour profiter l'un de l'autre.

Remettre les crochets en place ainsi que les épingles à cheveux provoqua des taquineries et des fous rires en tout genre. Ivo laissa échapper un profond soupir. En compagnie de Jane, la vie serait à la fois douce et pleine de surprises.

Une fois arrivés chez sa cousine Althea, il l'accompagna jusqu'en haut du perron, s'assura qu'elle entrait en toute sécurité et lui déposa un ultime baiser sur la main. Ce serait la dernière fois de sa vie qu'il s'éloignerait de son grand amour.

18 octobre, Merton Tower

— Tu es splendide, dit Verity alors qu'elle accrochait son voile dans le magnifique diadème de la famille Merton.

— Je me sens splendide, reconnut Jane. Est-ce que je suis vraiment… jolie ?

— Non, tu n'es pas jolie, dit Melissa en fronçant les sourcils. Tu ne seras jamais *jolie*.

À ces mots, Lucy et Prue, ses deux autres amies, écarquillèrent les yeux et retinrent leur souffle.

— Tu es magnifique, conclut Melissa.

— C'est l'amour qui me rend belle, dit Jane en ramassant son bouquet de mariée. Venez, je suis si impatiente d'épouser Ivo !

Elle s'élança dans le couloir, sa robe de mariée virevoltant sur le parquet, puis dans l'escalier monumental en bas duquel l'attendait sa mère, un mouchoir à la main.

Jem, qui avait récemment été promu valet, se tenait au garde-à-vous dans son uniforme tout neuf et lui adressa un sourire éclatant à son passage. Lorsqu'ils atteignirent enfin la porte de la chapelle, elle aperçut son pauvre père, blême sous l'effet du stress tandis que sa mère se dirigeait en toute hâte vers la place qui lui était réservée.

Lorsque Jane pénétra enfin dans la chapelle, les invités se levèrent à l'unisson dans un bruissement de soieries et de draps fins, et par-delà les taches de lumière colorée projetées par les vitraux se tenait Ivo, l'amour de sa vie. Il la regarda intensément. Même à cette distance, elle imagina sans peine l'expression de ses yeux et la tendresse de son sourire. Il lui tendit la main pour l'inviter à le rejoindre et Jane se dirigea vers lui d'un pas résolu, sans saisir le bras de son père comme le voulait la tradition.

Ivo lui prit la main dès qu'elle le rejoignit et la porta à ses lèvres.

— Enfin, murmura-t-il.

— Pour toujours, lui répondit Jane dans un souffle.

Vous avez aimé ?
Découvrez prochainement la série
« Scandaleuses liaisons » de Virginia Heath,
dans votre collection Les Historiques.

Les Historiques

HARLEQUIN

Retrouvez prochainement, dans votre collection

Les Historiques

Un Viking pour geôlier, de Caitlin Crews - N°936

Angleterre, royaume de Wessex

La princesse Aelfwynn n'en revient pas. Après tant d'efforts pour s'enfuir du château familial de Mercie, loin de la politique royale, des guerres et d'une cour hypocrite, la voici de nouveau sous entrave. En effet, un redoutable guerrier viking se dresse face à elle, sommé par son roi de l'enlever. Thorbrand lui laisse le choix : tenter sa chance au milieu de la forêt inhospitalière qu'elle a entrepris de traverser et se retrouver traquée par les loups… ou partir avec lui. Livrée à elle-même, Aelfwynn accepte de le suivre, intensément troublée. Car, bien au delà de la peur, c'est un désir dévorant qu'elle ressent déjà pour son geôlier…

L'Écossaise insoumise, de Terri Brisbin - N°937

Écosse, an de grâce 1377

« J'épouserai Sheena MacLerie. »

En prononçant ces mots, Robbie sent une fureur infinie le parcourir. Héritier du clan Cameron, il n'a d'autre choix que de se lier à la fille du puissant Connor MacLerie. Mais Sheena est bien la dernière demoiselle avec laquelle il souhaite s'unir, elle qui l'a trahi des années plus tôt. Depuis cette terrible querelle, Robbie lui voue une haine sans limites, et sa fiancée, visiblement résolue à rompre leur engagement, le lui rend bien ! Que lui cache-t-elle donc ? Après toutes ces années de mépris réciproque, Robbie s'en fait la promesse : il découvrira le secret de sa belle ennemie…

La renaissance d'un chevalier, de Melissa Oliver - N°938

SÉRIE : ILLUSTRES CHEVALIERS - TOME 3

Château de Pulverbatch, Angleterre, 1221

Il y a bien longtemps que Lady Gwenllian de Clwyd a renoncé à l'amour. Comment pourrait-elle encore y songer, et même y croire, alors que son cœur appartient toujours à Ralph de Kinnerton, l'homme qu'elle a dû repousser des années plus tôt ? Mais voici qu'après six années d'exil il est de retour en Angleterre, en chevalier accompli, marqué par les cicatrices d'une attaque meurtrière à Poitiers. Alors que Ralph participe à un tournoi royal afin de retrouver son rang ainsi que les terres de ses ancêtres, Gwenllian est gagnée par un fol espoir. Leur union, qu'ils avaient autrefois souhaitée avec tant d'ardeur, serait-elle de nouveau possible ?

Les Historiques

Un comte en disgrâce, de Virginia Heath - N°939

SÉRIE : SCANDALEUSES LIAISONS - TOME 1

Manoir de Markham, Angleterre, décembre 1813

Lorsque Violet, riche héritière des Dunston, échappe à un enlèvement, elle tombe immédiatement sous le charme de son courageux sauveur. Jack est l'homme le plus séduisant qu'elle ait jamais vu, et elle accepte la protection qu'il lui offre dans son manoir. Tandis qu'elle s'attache à lui chaque jour davantage, Violet a l'impression qu'il lui cache quelque chose. Et c'est avec horreur qu'elle découvre bientôt qu'il est un Warriner, autrement dit un membre d'une des familles les plus controversées d'Angleterre ! Parce qu'elle se doit de garder son image intacte, il ne serait en aucun cas recommandable pour une jeune femme de son rang de fréquenter Jack. Encore moins d'en tomber amoureuse…

Le secret d'un guerrier, de Harper St. George - N°940

SÉRIE : GUERRIERS D'IRLANDE - TOME 1

Irlande, XIIe siècle

Raine tremble de rage. Si ses sœurs n'étaient pas retenues en otage par le roi d'Angleterre, il ne serait pas obligé de suivre les ordres de ce souverain odieux ! Pour les sauver d'un sort funeste, le voilà contraint d'assassiner le roi d'Irlande. Alors qu'il réfléchit à la meilleure stratégie à adopter, il croise la route de la belle Lady Carice, la fiancée de son ennemi. À bout de forces, elle lui demande de l'accompagner vers l'ouest, où elle espère fuir son mariage forcé. Raine tient là sa chance : il lui serait facile de se servir d'elle pour atteindre sa cible. Mais, contre toute attente, quelque chose chez cette jeune femme fragile et déterminée l'incite à vouloir la protéger…

La maîtresse du Highlander, de Suzanne Barclay - N°941

Allisun est sur le qui-vive. Depuis l'attaque des hommes de Jock Carmichael, elle a fait le serment de protéger le clan Murray, dont elle est la cheffe. Fuyant la forteresse familiale en flammes, elle trouve refuge avec les siens dans des grottes, en pleine montagne. Bien que Jock la traque sans relâche, Allisun refuse de céder à la peur. Courageuse et passionnée, elle est prête à se battre comme une lionne pour assurer l'avenir de ses vassaux et protéger sa petite sœur, Carina. Et ce n'est pas Hunter Carmichael, le séduisant neveu de Jock, qui l'empêchera de mener à bien sa vengeance…

HARLEQUIN

Réveillez la lady qui est en vous !

HARLEQUIN
www.harlequin.fr